**장생**  넌 죽어 다시 태어나면 뭐가 되고프냐? 양반으로 나면 좋으련?

**공길**  아니, 싫다!

**장생**  그럼 왕으로 태어나면 좋으련?

**공길**  그것도 싫다! 난…… 광대로 태어날란다.

**장생**  이년, 광대 짓에 목숨을 팔고도 또 광대냐?

**공길**  그래, 이놈아. 그러는 네 놈은 뭐가 되련?

**장생**  나야 두말할 것 없이. 광대, 광대지!

**공길**  그래! 징한 놈의 이 세상, 한판 신나게 놀다가면 그뿐.
　　　　광대로 다시 만나 제대로 한번 맞춰보자!

**장생**  지금 한번 맞춰보면 안 될까?

(연산 웃음을 터뜨린다. 공길과 장생, 줄을 힘껏 튕기더니 높이 몸을
띄운다. 시간이 멈춘 듯 화면 정지한다.) ― 영화 〈왕의 남자〉 중에서

나도 조심해야겠다. 혹시라도 책을 내게 되면, 아주 잘 아는 이에겐
부탁할 일이 못 된다는 걸. 조심해서 챙겨야겠다.

. . .

사진 작업을 수십 년 해오신 원로작가께 여쭤보았다.
"잘 아는 사람 찍기가 쉬우세요, 모르는 사람 찍기가 쉬우세요?"
선뜻 대답이 나오진 않았다.
"글쎄……. 모르는 사람?"
그 대답 끝에 잘 알면 아는 대로 차라리 어렵다는 토를 다셨다.
그 말뜻, 이제야 알겠다.

. . .

오지혜를 언제 처음 봤더라? 초등학교 때? 간간히 윤소정 언니에게
들은 당신의 딸 이야기로?
내가 미국에 살 때 오지혜가 잠시 우리 집에 머문 적이 있고, 결혼식
때 주례 서달라는 부탁을 받기도 했다. 그 덕에 이제까지의 경력 중 제일 무
섭고 떨리는 자리를 마련해주어, 그만 그 자리에서 기절해버릴 것만 같았
다. 나를 주례로 세우면 길고 지루한 말 대신 "야, 잘 살아라! 이상!" 이렇게
짧은 주례사를 들을 것 같아 부탁했단다.
"왜 꼭 남자 어른이어야 돼? 왜 나보다 엄마나 아버지 쪽을 더 잘 알

아야 되냐고. 나를 잘 알고, 나 잘 살기를 바라는 어른이면 되잖아?"

. . .

　곁에서 지켜보면서 "너는 연기보다 연기 교수법을 전공해봐. 남들에게서 이것저것 집어내주는 일"이라고 자주 말했다.

　남들이 보기 전에, 제본과 장정이 되기 전에, 널찍한 B4 용지에 인쇄된 교정본을 보는 것은 재미난 경험이다. 오지혜를 통해 많은 사람을 만났다. 잘한다, 오지혜! 더 잘해라, 오지혜!

　배우들과의 인터뷰에서 왜 그리 질투란 말이 자주 나올까? 네 것이 아닌 것을 탐하지 말라. 인생의 겪음은 오롯이 각자의 것이니…….

. . .

　각설하고, 인터뷰 잘하는 사람 우리나라에 몇 안 된다. 앞으로 사람 공부 더 해서, 인터뷰계의 철옹성으로 우뚝 서기를! 이 아줌마가 응원해줄게!!!

**양희은** | 가수 · 방송인

"그 여자 누구야?"

영화를 감상한 뒤 제가 뱉은 그 한마디는, 지금 생각해도 삭막합니다. 헤아려보면 벌써 5년 전의 일입니다. 〈와이키키 브라더스〉를 보고 나서도 저는 '오지혜'라는 배우의 이름과 얼굴을 몰랐습니다. 그래서 동료들에게 물었습니다. "맨 나중에 노래 불렀던 그 여자 누구야?"(오지혜 씨 미안~)

'사랑밖에 난 몰라'는 관객들에게 끈적끈적하고 긴 여운을 안겨주었다고 합니다. 저 역시 그랬습니다. 거기엔 가수 심수봉의 오리지널을 위협하는 카리스마가 있었습니다. "그 여자 멋지다"는 생각이 들었습니다. 그런데 아나나 다를까, 제 입장에서 "그 여자 진짜 멋지다"고 할 만한 뉴스를 접하게 됐습니다. 오지혜 씨가 〈한겨레21〉의 오래된 정기 독자인데, 요즘 가정 경제의 어려움으로 함께 구독하던 아무개 영화 주간지를 끊고 우리 것만 본다는 것이었습니다. 만날 수 있는 핑계가 생겼습니다. '이 주의 독자'라는 인터뷰 칼럼의 주인공으로.

2002년 1월, 서울 대학로의 한 찻집에서 그녀를 만났습니다. 첫눈에도 '딱 부러져' 보였습니다. 똑똑한 딴따라! 그런 그녀가 글까지 잘 쓸 줄은 몰랐습니다. 그로부터 7개월 뒤에야 알았습니다. 2002년 8월, 그녀는 이성욱 기자의 '중개'로 영화배우 문소리 씨와 대담을 나누었고 그 결과를 문장 실력으로 뽐낼 기회가 있었습니다. 옛날 기사를 검색해보니 이런 제목이 달려 있군요. "순수의 연기, 옹골진 배우 — 배우 오지혜가 만난 〈오아시스〉의 문소리." 이걸 읽는 순간 머릿속 회로가 빠르게 돌기 시작했습니다. "얘기 된다." 그리고 하나 더. "이왕 쓸 거, 연재해도 되겠다." 2003년 1월부터 연재된 '오지혜가 만난 딴따라'는 그렇게 태어났습니다.

'딴따라가 만난 딴따라'는 매력적인 컨셉트였습니다. 배우나 가수, 개그맨들의 인터뷰 기사는 대한민국 언론에 차고 넘칩니다. 하지만 보통 기자들로 구성되는 인터뷰어들이 일회성 만남으로는 죽었다 깨도 흉내낼 수 없는 게 하나 있습니다. 그건 '역사'입니다. 오지혜 씨는 "딴따라가 무슨 글을 쓰겠느냐"는 편견을 깨주었지만, 글 솜씨 하나만으로 픽업된 건 아닙니다. 그녀의 인터뷰엔 늘 흥미진진한 '역사'가 있었습니다. 너도 알고 나도 아는 역사가 아니라, 그녀만이 알 수 있고 그녀만이 해석할 수 있는 '딴따라들의 역사'입니다. 때문에 "왜 친한 딴따라들 위주로만 만나느냐"는 일부 독자들의 항의에 쉽게 고개를 끄덕이지 못했습니다.

오지혜 씨는 '뜨거운 여자'입니다. 그녀의 글에서도 뜨거운 향기를 느낄 수 있습니다. 늘 공동체의 관계를 선하게 변화시키려는 열망이 느껴집니다. 그래서였을까요. 제가 맨 처음에 떠올린 칼럼 제목은 '오지혜의 뜨거운 만남'이었습니다. 그 뜨거움에 화들짝 데인 적도 있습니다. 연재를 시작하기로 합의한 뒤 구체적인 사항을 의논하자며 회사 앞 중국집에서 점심을 함께 하기로 했습니다. 그날따라 회사 동료들이 별 약속이 없는 듯해 네댓 명과 함께 간 게 화근이었습니다. 화제가 영화판 이야기로 흘렀고, 이상하게 내내 잡담만 하다 오지혜 씨를 돌려보냈습니다. 순전히 데면데면하고 우유부단한 제 성격 탓이었는데, '다음에 전화나 이메일로 다시 의논하면 되겠지' 하고 안이하게 판단했던 겁니다. 다음 날 무서운(!) 이메일을 받았습니다. 무지 장황했는데 요지는 이랬습니다. "너 어제 나 왜 보자고 했니? 그렇게 일해서 되겠니?" 정색을 하고 쓴 그 이메일은 시퍼런 칼날 같았습니다. 어느 글에선가 그녀에 관해 '단칼'이라고 표현한 적이 있습니다. 그녀 앞에선 "그까이 꺼 대충~"이 안 통합니다. 기면 기고, 아니면 아닌 화통한 캐릭터입니다.

이 글을 쓰기 위해 〈와이키키 브라더스〉를 비디오로 다시 봤습니다. 동네 비디오 가게의 '500원, 2박 3일' 대여 조건이 5년의 세월을 말해주는 듯했습니다. 영화 속에서 성우(이얼)는 과부가 된 인희(오지혜)를 다시 만납니다. 그 인희는 더 이상 여고생 보컬그룹 시절의 도도하고 깐깐한 인희가 아닙니다. 그걸 보며 이런 생각이 들었습니다. "내가 아는 오지혜는 아직도 그 여고생 인희 같은데……."

　　오지혜 씨, 영화 속의 30대 인희처럼 변하지 마시기 바랍니다. 그 샤프펜슬 같은 날카로움과 꺼지지 않는 열정으로 '오지혜스러움'을 유지해주세요. 당신은 '딴따라 업그레이드'의 모델입니다, 라고 글을 마치려니 아부가 너무 심한 듯해 낯이 뜨겁습니다.

**고경태** | 〈한겨레21〉 편집장

# 책머리에

이 책에 실린 글들은 모두 시사주간지 〈한겨레21〉에 연재되어 왔던 인터뷰 글들입니다. 4년 전인가요? '오지혜가 만난 딴따라' 라는 코너의 원조(?)가 되기도 한 문소리를 인터뷰하러 간 자리가 생각납니다. 좋아하긴 하지만 별로 친하지도 않고 나보다 한참 후배인 그에게 같은 배우 입장에서 기자 흉내를 내며 이것저것 물어본다는 것이 영 어색했습니다. 취재(?)수첩이랍시고 가져간 수첩을 테이블 위로 꺼냈다 넣었다 몇 번이고 반복하기도 하고 정작 쓰려고 하니 뭘 받아 적어야 하는지도 난감했습니다. 집에 돌아와 모니터 앞에 앉았을 땐 날 믿고 속 얘길 해준 그 친구의 맑은 눈이 떠올라서 깜박이는 커서만큼 제 심장도 콩닥거렸습니다. 그 친구에 대한 개인적인 애정을 만천하에 공개한다는 것이 짝사랑을 커밍아웃 하는 것 같아 쑥스럽기도 했습니다.

중간에 공연 때문에 쉰 기간이 있긴 하지만 2년 넘는 시간 동안 서른 명이 넘는 딴따라들을 인터뷰하고는 제게 새로운 버릇이 하나 생겼습니다. 언제부터인가 처음 만나는 사람이 호감이 가면 이것저것 캐묻는 버릇 말입니다. 남의 생각, 남이 살아온 길을 전해 듣는 즐거움이 이렇게 좋은 거구나 하는 생각도 했습니다. 평소에 말 많고 주장이 세서 친구만큼 적도 많았던 저에게 이 글을 쓰는 일은 커다란 수련이었습니다. 그래서 뭐가 달라졌느냐고 물으신다면 뾰족히 드릴 말씀은 없지만 그래도 제 영혼이 한 움큼 자랐다는 건 분명히 말씀드릴 수 있습니다.

무엇보다 제가 이 분들을 만나면서 제일 행복했던 건 입장의 동일함을 느끼는 쾌감이었습니다. 과부 마음 홀아비가 안다는 말이 있지요. 글 잘 쓰고 똑똑한 사람 다 놔두고 굳이 딴따라인 저를 글로 살풀이하라고 등 떠민 이유도 바로 입장의 동일함이 이 코너의 컨셉트였기 때문일 겁니다. 아무리 이 땅의 '쟁이'를 사랑하고 이해하는 기자라 할지라도 같은 딴따라인 저만큼 그러할까 하는 생각이 연재 제의를 뻔뻔스럽게 받아들일 수 있었던 힘이었습니다. 연극연출가 이윤택 씨가 쓴 『우리에게는 또 다른 정부가 있다』는 책이 있습니다. 마음속에 또 다른 정부를 품고 동시대인들과는 조금 다른 눈으로 세상을 바라보는 사람들끼리의 만남은 무대 위나 무대 아래나 똑같이 행복했습니다.

코너 제목을 왜 굳이 멸시의 뜻이 있는 딴따라라는 단어를 썼는지 의아해 하는 분들이 많았습니다. 딴따라를 멸시하는 시선을 멸시하는 그런 반골스러운 의미가 있다고 설명을 할까 하니 어째 좀 부족한 듯 싶네요. 인터뷰 첫 주자인 명계남 씨는 코너 제목을 듣더니 "내가 감히 어떻게 딴따라야, 난 그냥 양아치야"라고 했습니다. 이러면 좀 이해가 가실까요? 어차피 '다른 정부', '다른 세상'을 꿈꾸는 우리들이니 굳이 완벽한 공감을 구하진 않겠습니다.

너무 칭찬 일색 아니냐 핀잔하는 분들도 계셨습니다. 시간이 돈인 사람들을 사정해서 불러다 놓고 비판을 할 만큼 전 그들과 멀리 있지 않았습니다. 비평과 분석은 비평가나 기자가 해야 할 일이고 전 그저 동료, 선배, 후배를 만나 파이팅을 외쳐줄 마음뿐이었습니다. 개미들이 열심히 일하는 동안 놀기만 한 베짱이는 가난하게 살았다는 이야기처럼 억울한 얘기가 없습니다. 진정 개미들은 힘들게 일하는 동안 베짱이의 연주를 들으며 위로를 받은 적이 단 한 번도 없었을까요? 과연 베짱이는 자기 혼자 즐거우려고 연주를 했을까요? 대신 놀아주고 돈 버는 것이 제 직업입니다. 같은 베짱이들을 만나면서 '칭찬일색'이었던 이유는 저 역시 베짱이기 때문입니다.

이미 주간지로 볼 사람은 다 본 글을 다시 책으로 내자는 제의를 받고 나만 좋은 일 하는 거 아닌가 싶어 지금도 얼굴이 화끈거립니다. 그나마 차별성을 두기 위해 덧붙인 근황들도 이런저런 사정으로 인해 출간이 미뤄지면서 '근'황이 아니게 돼버려 민망할 따름입니다. 아무쪼록 귀한 시간 내주시고 마음 살짝 열어주셨던 동료, 선·후배 딴따라 분들께 커다란 감사드리며 행여나 폐가 되지 않았으면 하는 마음뿐입니다. 이 책은 최근에 저를 인터뷰한 어느 기자의 말마따나 저를 두고두고 채찍질하게 될 겁니다.

문소리에 대한 글을 써내라고 협박했던 건 이성욱 기자(현 〈씨네21〉 편집차장)였고 나 혼자 행복한 글쓰기를 귀한 지면에 싣는 걸 지켜주신 분은 고경태 기자(현 〈한겨레21〉 편집장)였습니다. 이 두 분이 아니었으면 이런 행복한 경험을 해볼 기회는 없었을지도 모릅니다. 고맙다는 말은 많이 했지만 이 기회에 다시 한번 감사를 전합니다. 무슨 수상 소감 같아 쑥스럽지만 그래도 꼭 감사를 드려야 할 분들이 있습니다. 병석에 누워 계셔야 할 몸인데도 표지 사진을 위해 부산에서 서울까지 한 걸음에 달려와 주셨던 선화 언니와 형부, 오랜 시간 애써줬던 윤희 씨, 뒤늦게 편집을 맡아 속상한 일 많을텐데도 부족한 필자를 달래가며 졸고들을 멋진 책으로 만들어 주신 한겨레출판의 모든 분들, 뜨거운 충고를 아끼지 않았던 친구들, 배우질만 하면 됐지 글까지 쓴다고 설치는 며느리 덕에 아이를 거의 키워주다시피 하신 어머님, 남궁금 여사께 사랑을 담아 감사드립니다. 그리고 언제나 내 편인 룸메이트 이영은 감독에게 고마운 마음을 전합니다. 참! 이 책을 읽겠다고 펼쳐드신 당신께도 감사드립니다.

2006년 봄 성수동에서

**오지혜**

# 차례

오지혜가 만난 이 시대의 '쟁이'들

# 딴따라라서
## 좋다

# 순수의 연기, 옹골진 배우

    내가 그녀를 처음 본 건 〈박하사탕〉 촬영을 앞두고였다. 나도 그 영화에 출연할 뻔(?)했기 때문에 배우들 상견례 하는 자리에 가게 됐다. 상견례 자리라곤 하지만 대부분 서로 다 아는 사이였기에 오랜만에 만나 수다 떠는 분위기였는데, 모르는 얼굴이 하나 있었다. 극중 영호의 첫사랑 역을 할 여배우라고 소개받지 않았으면 나는 그녀가 배우는커녕 그 팀과 전혀 관계없는 사람인줄로만 알았을 거다. 스태프로조차 보이지 않을 정도로 그녀는 그저 영화 현장 구경 나온 너무나 평범한 학생 같았기 때문이다. 한데 그녀는 '생짜' 치곤 너무나 씩씩했고, 내용은 잘 기억나지 않지만 농담까지 툭툭 하는 모습이 참 인상적이었다. 그게 눈에 거슬린다거나 건방지다는 느낌은 들지 않았다. 그저 '참 밝고 순수한 친구구나' 싶었다. 그래도 그녀가 '배우'가 되리라고는 그땐 상상도 못했다. 그녀의 첫인상은 그랬다.

    그녀를 두 번째 만난 건 〈오아시스〉 촬영을 앞두고였다. 심각한 목소리로 이창동 감독님이 전화를 하셨다. 문소리를 도와달라고. 잘해야 한다는 압박감 때문에 극도로 스트레스를 받고 있어서 도무지 연기 연습을 시작하려 들지 않는다며 '그녀의 마음을 열어달라'는 것이었다. 제기랄, 난 왜 배우 섭외는 안 오고 순 이런 거만 들어오나 투덜대며 문소리를 만나러 갔다.

처음 봤을 때처럼 털털하게 날 대하긴 했지만 그녀의 영혼은 어미 잃은 새끼 고양이처럼 두려움에 떨고 있었고 매우 예민해져 있었다. 난 그녀의 영혼 속을 조심스레 여행하기 시작했다. 그녀는 생각보다 참 똑똑한 배우였다. 그리고 그 똑똑함은 그녀의 장점인 동시에 자기 스스로에게 걸림돌이었다. 그녀가 힘들어한 건 여배우로서 온몸이 틀어진 모습을 보이는 게 '쪽팔려서'가 아니라, 이런 제대로 된 작품에 매력 있는 캐릭터를 연기하기엔 자신의 실력이 턱없이 부족하다는 사실을 받아들이는 게 너무 힘겨워서였다.

난 진심으로 그녀를 위로하고 다독였다. 그러면서 나도 모르게 그녀를 좋아해버렸다. 얘길 하면 할수록 불과 몇 년 전의 내 모습과 너무도 닮아 있었기 때문이다. 다행히도 내 진심은 그녀의 마음 깊은 곳을 건드렸고 그녀는 스스로 옥죄던 쓸데없는 자기검열에서 어느 정도 해방되었다. 그날 밤, 그녀는 공주 연기를 한 데모 테이프를 가지고 감독님을 찾아가서 그를 감동시켰다. 그리고 겨우 촬영에 들어갈 수 있었다.

그녀를 세 번째 본 건 그녀의 초대를 받아 〈오아시스〉의 기술 시사에 갔을 때였다. 영화 속 두 주인공, 종두와 공주는 속된 말로 무지 '꼬진' 인간들이었다. 그런데도 그렇게 사랑스러울 수가 없었다. 그리고 장애인을 흉내내야 하는 신체 연기에만 신경 쓰느라 정작 진짜 연기를 놓치고 가면 어쩌나 했던 건 예상대로 기우에 지나지 않았다. 설령 그랬다 하더라도 그걸 용서하고 넘어갈 감독이 아니었다. 영화가 좋은 거야 말할 필요도 없고 문소리의 연기에 가슴이 뿌듯할 정도로 만족스러웠다.

네 번째 만남은 엉뚱하게도 내가 그녀를 인터뷰해야 하는 자리였다. 배우가 배우를 인터뷰한다는 기획이 맘에 들었다. 원래 가끔 만나는 사이였던 것처럼 기자와 두 여배우는 그렇게 인사동 밥집에서 밥과 술을 먹으며 신나게 수다를 떨었다. 언제나 inter-view-ee 입장에만 있다가 처음으로 inter-view-er로서 갖는 자리랍시고 '취재수첩(?)'까지 챙겨들고 갔지만 홍보 때문에 하루에도 몇 번씩 똑같은 얘길 하고 다닐 그녀가 측은하게 느껴져서 시시껄렁한 호구조사는 하지 않기로 했다. 그 자린 그런 거 없이도 내가 그녀를 'inner-view'하기에 충분했다.

　　그녀는 여전히 씩씩했지만 매스컴을 상대하면서 적잖이 상처를 받은 듯했다. '언니 배우'인 난 상처받지 않고 그들 속에 섞이는 방법을 알려줬다. 그리고 그녀는 〈박하사탕〉의 문순임보다 훨씬 자기와 비슷한 내면을 가진 〈오아시스〉의 한공주를 연기하면서 부쩍 성숙해 있었다(극중 캐릭터인 공주는 비장애인들이 장애인들은 다 천사 표일 거라고 막연히 상상하는 것과는 다르게 아주 재치 있고 자기 주장이 확실하고 성욕에 대해서도 당당한 똑똑한 여자였다). 그래서 많은 사람들이 장애인 연기를 하느라 힘들지 않았느냐고 묻는데 몸은 힘들었지만 오히려 자기와 다른 성격을 연기했던 〈박하사탕〉 때보다 맘은 편했다고 한다.

　　연기를 위해 만났다가 친구가 됐다는 장애인 '언니'들이 영화를 봤다기에 그들의 소감이 궁금했다. 조심스레 건넨 그녀의 질문에 그들의 대답은 '재밌다' '감동적이다' 따위가 아닌 '현실적이다'였다고 한다. 그녀의 볼이 기분 좋은 흥분으로 금세 발그스레해진다. 그들의 소감이 마음의 짐을 한껏 덜어냈다고 한다. 덩달아 나도 기분이 좋아진다. 특히 판타지 장면들이 인상적이라면서 자기네들이 그렇게 지하철 같은 데서 벌떡벌떡 일어나는 상상을 하는 걸 어떻게 알았느냐고 하더라는 그녀의 말에 우리 모두 잠시 숙연해졌다.

〈오아시스〉 애기로 시작한 우리의 수다는 술 한잔이 들어가면서 남자배우는 못생기고 나이 많아도 연기만 잘하면 좋은 기회들을 많이 만나는데 여배우들은 그렇지 못한 현실에 대해 성토대회를 열기도 했다. 허나 나나 그녀나 이미 '현실을 읽는 혜안'을 갖고 있으므로 그저 킬킬대고 만다. 관객이 원하지 않는다는 데엔 할 말이 없지 않은가.

아무리 허물없는 사이라지만 그래도 명색이 인터뷰 자리인데 '촌스런' 질문 하나 정도는 해야겠기에 연기를 하는 이유가 뭐냐고 물었다. 연기를 하지 않았다면 모르고 지나갔을 자신의 모습을 발견할 수 있기 때문이란다. 똑같은 질문에 "상처받은 영혼을 위로하고 싶어서"라고 대답하던 내 모습이 생각나서 피식 웃는다. 내 이유는 상당히 사회적인 데 반해 그녀의 이유는 사뭇 개인적이다. 훨씬 솔직한 대답이지 않은가.

그녀는 〈오아시스〉 작업을 하면서 골반이 틀어지는 '중상(?)'을 입었다고 한다. 하지만 열심히 하는 연기보다 잘하는 연기가 더 중요하듯이 프로 세계에서 과정은 별로 중요하지 않다. 장애인 연기를 하다 정말 장애인이 됐다 해도 연기가 그럴 듯하지 않으면 말짱 도루묵이기 때문이다. 한데 다행히도 그녀는 공주 연기를 멋지게 해냈다. 그녀의 그 결과에 나도 아주 조금이나마 도움을 주었다고 생각하니 더없이 기쁘다.

인터뷰를 마치고 집으로 돌아오는 버스 속에서 난 그녀를 위해 그리고 날 위해 잠시 기도를 해본다. 부디 앞으로도 이창동 감독처럼 배우를 괴롭혀도 좋으니 한 장면 한 장면 깊은 신뢰를 바탕으로 끊임없이 대화하면서 '함께' 만들어가는 감독만 만나기를……. 그리고 더 이상 그녀가 자본의 논리 안에서 상처받는 일이 없기를……. (2002년 8월)

**요즘 그녀는** ■■■

얼마 전. 정신대 할머니들 후원을 위한 일일호프에 도우미로 가기로 해서 수다 떤 지한참 된 그녀도 불렀다(그녀와 난 이 인터뷰 후 속내를 털어놓는 사이가 됐다). 오랜만에 만나 할 얘기도 많은데 사진 찍자는 팬들 성화에 사진만 찍다 헤어졌다. 그런데 5만 원남짓 나온 계산서를 자기가 낸다고 나가서 그 전날 모 영화제에서 시상하고 받은 돈 30만 원을 봉투째 내는 게 아닌가. 괜히 거기서 보자 해서 돈 쓰게 했다고 머쓱해했더니 좋은 일에 돈 쓰게 해줘서 고맙다고 했다. '배우'로서의 근황은 독자들이 더 잘 알리라 싶어 '멋진 딴따라'로서의 근황을 적는다.

딴따라라서 좋다

# 어쩌면, 영원한 '또라이'

명계남 내가 그를 부르는 호칭은 공식적으론 '선생님'이지만 비공식적으론 '아저씨'다. 오래 전부터 '집안 삼촌' 같은 그를 인터뷰하기엔 좀 쑥스러운 면이 없지 않았지만 들려주고 싶고 듣고 싶은 얘기가 있어서 그를 졸랐다.

인터뷰 약속은 대선(대통령선거) 발표가 있기 며칠 전에 이뤄졌다. 그는 영화배우이자 제작자였을 때보다 대선 기간 동안 훨씬 더 자주 사람들 입에 오르내렸다. 내가 처음 그의 이름을 'social'한 신문기사 안에서 발견한 건 그가 조선일보사 앞에서 자기 몸뚱이만 한 피켓을 들고 일인 시위를 했을 때였다. 시위의 안건은 '안티조선운동'. 사실 사석의 그에게선 '의식 있는 지식인'의 모습을 발견하지 못했다. 그저 무지 머리가 좋고 센스 있고 재주 많은 사람이구나, 그리고 권위의식이라곤 눈곱만큼도 찾아볼 수 없는 참 자유로운 사람이구나 하는 정도였다. 평소의 그는 후배들에게 항상 "가슴이 시키는 대로 살아라"를 외쳤고 정말 하고 싶어 미치겠거나 자신이 옳다고 생각하는 게 생기면 앞뒤 안 재고 정말로 '가슴이 시키는 대로' 저지르고 다녔다. 때문에 그 기사를 본 나는 "음…… 이 양반의 '가슴'이 이번엔 언론 권력과 맞장 뜨라고 시켰나보군" 하고 흐뭇해했다.

가슴이 시키는 대로 사는 사람들의 공통점은 '친구'가 많은 만큼 '적'도 많다는 건데 그 역시 예외는 아니었다. 그러더니 결정적으로 대선 기간 동안 그는 문화예술계에서 참 많은 욕(?)을 얻어먹었다. 아니, 내가 대신 얻어먹느라 바빴다. 그들은 하나같이 "명계남, 문성근, 너무 설친다"고 했다. 난 솔직히 그 말에 동의할 수 없었고 이해도 가지 않았다. 대선 기간 동안 노무현 씨를 대통령으로 만들기 위해 '설친' 사람들은 어마어마하게 많다. 명계남과 문성근은 그중 하나일 뿐인데, 다만 '딴따라'여서 사람들 눈에 더 자주 비쳤을 뿐인 것을……. 그러면서 그들이 설치는 건 다 나중에 정치하려는 속셈이라는 거다(근데 참 이상하다. 정치를 하는 게 왜 나쁘지? 여태까지 문화예술인 중에 정치판으로 가서 잘한 사람이 없어서 그런 건가? 잘하면 될 거 아냐? 그건 곧 '정치'가 '정치'로 보이지 않고 '권력'으로 보이기 때문일 거다. 그리고 국민들이 그렇게 생각하는 건 다 정치인들 잘못이다). 심지어 "노무현 찍고 싶어도 명계남 설치는 거 보기 싫어서 찍기 싫다"는 사람까지 있었다. 말하자면 명계남이 '완장 스타일'이어서 싫다는 거다. 참 답답했다. 그건 그를 잘 모르고 하는 소리다. 아닌 게 아니라 영화에서 그는 '고위층' 역할을 많이 맡았다. 비열한 사장, 냉혈한 보스 같은……. 그런 이미지 때문에 그런 생각을 하는지 몰라도 그에게 정말 어울리는 역은 따로 있다. 연극 〈늘근 도둑 이야기〉의 어설픈 노인 도둑, 〈콘트라베이스〉에서 짝사랑하는 여자에게 화끈하게 고백 한 번 못해보고 쩔쩔 매는 소심맨 등등이 그에게 '적역'이다.

한데 재미있는 현상이 일어났다. 노무현 씨가 차기 대통령으로 당선되자 나는 어이없게도 '축하' 전화를 연거푸 받았다. 물론 나 역시 기쁘긴 한데 '축하' 라니? 대답이 걸작이었다. "너 명계남 하고 친하잖아." 참 어이가 없었다. 그랬다. 그동안 그들은 질투를 한 거였다. 명계남이 어떤 제스처를 쓰든 그 사람이 진정으로 민주주의를 위해 악쓰고 다닌다고는 절대 생각지 않고 그건 정치판에 기웃거려서 떡고물을 얻어먹거나 '한 자리' 차지하려는 것처럼 보였고, 그렇게 될 걸 생각하니 질투가 났었나보다. 난 그들이 명계남이 아니어도 어차피 노무현을 찍을 사람들이 아니었다고 생각한다 (오히려 노사모나 대학생들 사이에선 자기 일 다 내팽개치고 대학마다 다니면서 "선거에 참여하는 건 어느 누구를 밀어준다는 의미가 아니라 10년, 15년 후에 민주주의 국가에서 살 것인가 그렇지 않을 것인가를 결정하는 일"이라고 200번도 넘게 목 터져라 외친 그를 영웅처럼 생각하고 있다).

그리고 그 다음 많이 들은 말은 그가 많이 '변했다' 는 거였다. 나도 이 부분에 대해선 직접 보지 않고는 뭐라 말할 수 없어서 인터뷰를 부담스러워하는 그를 졸라 여의도에서 잠깐 얼굴을 봤다. 결론부터 말하자면 그는 변하긴 변해 있었다. 하지만 사람들이 지레 얘기한 '완장' 이 아니라 '순진한 투사' 로 변해 있었다. 이 양반이 언제 이렇게 가열차졌나 놀랄 정도로……. 그리고 몸이 많이 변해 있었다. 오래 못 본 새 많이 늙었고 하도 무리를 해서 심한 몸살과 함께 이와 잇몸이 다 내려 앉아 점심식사를 죽으로 해야 했을 정도로 몸이 안 좋아져 있었다. '완장' 으로 변했으면 어쩌나 했던 내 기우는 보기 좋게 무너졌고 대신 그가 참 측은해 보였다. 벌써부터 사람들이 '청탁' 전화를 하도 해와서 전화번호를 바꿨다기에 나도 당신과 친해서 '떡고물' 이 떨어질 거라 생각했는지 사람들이 '축하' 한다 그러더라 하고 둘이 낄낄대고 웃었다. 그리고 우리 사회가 아직 덜 성숙했단 생각에 웃음 끝은 떨떠름했다( '패가망신' 한다잖아!).

될 수 있으면 물렁한 얘기만 하고 싶어하는 그에게 대뜸 물었다. 대

선 끝난 지금 심경은? "당연히 될 거라 믿었기에 담담했다. 오히려 그 다음
날 노무현이 살아온 여정을 보여준 텔레비전 다큐를 보고 눈물을 흘렸다."
영화는 언제 다시 시작할 거냐 물었더니 이 대목에서 한숨을 땅이 꺼져라
쉰다. 대표가 전국을 내 집 삼아 돌아다니는 동안 회사는 거의 망하기 일보
직전이 됐다는 거다. 경리도 도망가고 돈도 다 떨어져서 이제부턴 다시 '닥
치는 대로' 일해야 한다며 큰일이라고 걱정한다. '닥치는 대로' 일하는 건
당신 전공이니까 다시 시작하면 잘 되리라 믿는다고 얘기해주려는데 그가
주먹까지 불끈 쥐며 얘기한다. "3년 안에 서울 관객 300만 영화 꼭 만들 테
니 두고 봐." 이럴 땐 두고 보잔 사람이 무서워진다.

　　그리고 인터뷰를 위해 만나긴 했지만 그를 좋아하는 후배로서 하기
힘든 충고를 했다. "성근이 아저씨나 계남이 아저씨가 '설치긴' 마찬가진데
계남 아저씨만 특히 욕먹는 건 우아하고 우아하지 않고의 차이가 아닐까?
솔직한 건 좋은데 앞으로 말조심을 좀 하셨음 좋겠다." 그의 대답을 듣고 피
식 웃음이 나왔다. "세상에 문성근이처럼 '논리맨'이 있으면 나 같은 '또라
이'도 있어야 재밌지. 다 문성근이 같으면 그거 재미없잖아?" 그리고 자신
은 한 번도 격렬한 적이 없고 다만 '가슴이 시키는 대로' 했을 뿐이라는 말
도 덧붙였다. 앞으로도 옳다고 생각하는 일은 '닥치는 대로' 할 거란다. 누
가 말려?

　　대선 다음 날 오후. 약속 확인 사살(?)을 위해 다시 전화를 했을 때 놀
랍게도 그는 어느 촬영장에서 전화를 받았다. 좀 쉬었다 하지 그러느냐 했
더니 여태까지 자기 하나 때문에 여러 사람 스케줄이 밀렸던 거라 어쩔 수
없다고 쉰 목소리로 말한다. 그가 가는 촬영장 대부분이 별로 돈도 안 되는
젊은 사람들의 단편영화 같은 거다. 그는 아무 일도 안 하고 있으면 죽는 줄
아는 게 틀림없다. 뭐라고 잔소릴 할라치면 '가슴이 시켰다' 하고 씩 웃는

그가 나로선 아무리 눈을 씻고 다시 봐도 '완장'으로 보이지 않았다.

　　짧은 만남을 뒤로하고 난 집으로 그는 회사로 가는 길에 내가 "마지막 질문 하나!"를 외치고 오지혜를 주연으로 쓸 생각이 있는지 물었다. 얼굴이 금방 하회탈처럼 구겨지며 낄낄대면서 하는 말, "난 언제나 오케이야. 널 주연으로 쓰겠다는 감독만 찾아와." 오케바리. 일단 제작자 하나는 나섰고, 감독만 찾으면 된다 이거지? 횡단보도를 건너다 무심히 뒤를 돌아보았다. 총총걸음으로 제 갈 길을 가는 그의 늙은 뒷모습이 측은하지만 든든해 보였다. (2003년 1월)

### 요즘 그는 ■■■

오랜 세월 그를 존경하던 영화청년이 감독으로 데뷔하면서 그를 주인공으로 만든 영화 〈손님은 왕이다〉가 개봉됐다. 스포일러가 될 것 같아서 자세히 내용을 얘기할 순 없지만 그는 이 영화에서 배우로서는 더 없는 영광이 될 만한 역할을 맡았다. 10년 전에 했던 모노 드라마 〈콘트라베이스〉도 동시에 공연 중이다. 배우를 관둘 생각이 있었던 게 아니라 시민의 한 사람으로서 '옳은 일'이라 믿은 길에 달란트를 바치고 왔을 뿐인데 사람들은 그를 순수한 배우로 대하기를 꺼려한다. 그는 그게 너무 두렵단다. 옳다고 생각하고 뛰어 들었던 일이었지만 예상보다 수백 배 수천 배 이상 상처를 받은 그는 그렇게 사랑했던 배우를 이제 더는 할 수 없을 것 같다는 절망감에 빠져 있다. 자신을 배우로 봐달라고, 사람을 만날 때마다 진지하게 얘기하는 모습이 간절하다 못해 처절해 보이기까지 했다. 그런 각오로 선 무대여서 그런지 '혼신을 다한다'는 표현밖에 쓸 말이 없을 정도로 열연을 하고 있고 다행히 관객들의 호응도 뜨겁다. 옛날 같으면 '아님 말고!' 했을 그인데 칭찬을 해도 믿지 않고 자꾸만 엄살을 부리는 게 내가 아는 명계남이 맞나 싶을 정도다. 내게 가슴이 시키는 대로 살라고 용기를 줬던 그 멋진 딴따라를 이렇게 만든 것이 단지 세월만은 아닌 거 같아서 마음이 아프다. 그러나 난 그가 곧 '무슨 일 있었어?' 하고 툭툭 털고 일어서리라 믿는다. 그냥 겁먹고 주저앉기엔 '딴따라 명계남'을 좋아하는 사람이 너무 많기 때문이다.

# 도사님인가, 외계인인가

**김창완** 초등학교 6학년 내 마지막 어린이날 선물은 대학생 사촌오빠에게 받은 산울림의 '개구장이' 엘피판이었다. 난 그 동요 같은 가요, 가요 같은 동요를 듣고 또 들었다. 고등학교 땐 그의 노래를 들으면서 어떻게 세상에 이런 노래가 존재하나 신기해했다. 사랑 노래가 판치는 시절, 엄마가 해주는 고등어 반찬이 먹고 싶다느니 비닐 장판 위에 있는 딱정벌레가 어떻다느니 하는 가사도 그렇고 노래 자체도 마치 자면서 부르는 것처럼 심드렁하기 짝이 없었으니 말이다. 한데 내 10대의 감성은 그 어정쩡하면서도 심드렁한 노래에 '꽂혀' 있었다. 그는 내 어린 시절 아이콘 중 하나였다.

배우란 참 매력 있는 직업인 것 같다. 배우생활 10년 남짓 된 올해 난 내 10대를 노래로 키워줬던 그를 상대역으로 만났다. 배우로 살아간다는 건 현실에서 할 수 없는 걸 맘껏 해볼 수 있어서 좋기도 하지만, 이렇게 배우가 아니었으면 결코 다가가 볼 수 없는 사람을 가까이서 만날 수 있으니 참 신나는 일이 아닐 수 없다. 그리고 아는 사람은 알겠지만 난 얼마 전 한 드라마에서 그를 다른 여자에게 빼앗겼다. 원래는 나와 결혼하기로 되어 있었건 만…… . 극중인데도 속상했다. 마음의 정리(?)를 하고 차분한 마음으로 분장실에서 만난 그가 갑자기 '사회학적으로' 궁금해졌다.

단번에 인터뷰를 허락해주긴 했지만 〈한겨레21〉이라는 얘긴 정말 열 번도 더 했는데 계속 "어디라고?" 하고 묻는다. 그리고 보니 그를 인터뷰 기사에서 본 기억이 별로 없다. 우리나라 대중가요사에 빠질 수 없는 사람이고 요즘 텔레비전 광고 열 개 중 하나는 그를 모델로 하고 있는데도 말이다. 게다가 술도 몇 번 마시고 작업도 같이 했는데 그의 개인사는 한 번도 들어보지 못했다는 생각에 대뜸 가족 얘기부터 물었다.

외국으로 공부를 하러 갔던 외아들 신화는 이제 대학 졸업을 앞두고 있는데 그의 전공이 '원거리 통신'이라는 걸 그는 최근에야 알았다고 한다. 대화가 없었느냐고 물었더니 뭐 꼭 그런 건 아니고 많이 놀고 오라고 신신 당부를 했는데 공부를 하고 왔더군, 하면서 예의 그 싱거운 미소를 짓는다. 신화는 한 번도 속을 썩인 적이 없고 아들과 아버지 사이에 목에 핏대 세우며 싸워본 적도 한 번도 없단다. 그리고 그는 자신이 아들에게 사랑받고 있다고 확신하고 있었다. 신기하다. 어떻게 단 한 번도 속을 안 썩이는 자식이 있을까? 한데 그 정도 신기함은 아내 얘기를 들으니 아무것도 아니었다.

여기서 잠깐. 아내 얘기를 하기 전에 술 얘기를 먼저 해야겠다. 그의 음주 생활은 가히 알코올 중독에 가까운 수준이다. 낮술은 기본이고 앞에 앉은 사람이 특별히 맘에 들지 않아도 그냥 기분만 조금 좋으면 술자리를 벌인다. 그리고 거의 하루를 넘긴다. 그런 그가 아침 방송을 하는 게 신기했는데 아닌 게 아니라 음주 방송을 하다가 청취자에게 지적을 당한 적도 몇 번 있다고 한다.

당연히 아내의 반응이 궁금했다. 그녀는 그에게 자유의 날개를 달아

줬다고 한다. 아내 얘기는 아들 얘기보다 더 신기했다. 우리 부부도 참 '쿨'하게 산다고 자부하고 있었지만 그의 부부 얘기를 들으니 우리 부부 쿨한 건 새 발의 피였다. 단 한 번의 부부싸움도 없었고 서로의 생활에 전혀 간섭하지 않으면서도 강한 유대관계를 갖고 살아가는 부부인 것 같았다. 아직 결혼 3년차인 나는 '공동 가사분담'이 어쩌고 하면서 잘난 척을 했다가 그의 '큰 사랑론' 앞에서 슬쩍 꼬리를 내렸다. 그건 그렇다 치고 인터뷰 내내 대화가 자꾸 꼬인다는 생각이 들었다. 어디서든 수다 떠는 걸로는 뒤지지 않는 나였는데 이상하다 싶었다. 조금 있다가 그 이유를 알았다. 가수, 배우, 디제이, 광고 모델 등이 아닌 자연인 김창완은 마치 아홉 살짜리 천재 소년 같았다. 그냥 천재도 아니고 그렇다고 그냥 소년도 아닌 꼭 아홉 살짜리 천재말이다. 어른이라고 하기엔 너무 순수하고 아이라고 하기엔 너무 심오한 아홉 살짜리 천재 소년!

〈한겨레21〉을 본 적이 있느냐니까 〈한겨레21〉뿐만 아니라 그 어떤 시사 잡지에도 관심이 없단다. 유일하게 관심 있는 잡지는 자연 다큐멘터리에 관한 것 정도. 신문도, 텔레비전도 보지 않는다는 그에게 살면서 제일 궁금한 건 뭐냐니까 인간은 어디서 왔을까 하는 거라고 정말 진지하게 대답한다(이러니 내가 그를 천재 소년으로 볼 수밖에). 그리고 너무나 자연스러운 CF 연기의 노하우를 물었더니 '대중을 읽는 힘'을 갖고 있기 때문이라고 한다. 아니 잡지도, 신문도, 텔레비전도 안 보면서 어떻게 '대중'을 읽느냐 했더니 라디오 디제이를 오래 하면 대중으로 향하는 다른 통로는 전혀 필요가 없다며 라디오를 예찬한다(그는 자신의 아침방송 오프닝 멘트를 오랫동안 직접 쓰고 있다. 그런 경우는 아주 드물다).

몇 년 전 어느 술자리에서 들은 얘기. 그는 자신이 하는 일에 비해서 세상이 돈을 너무 많이 주는 것 같다고 했다. 그 당시 그 얘긴 신선한 충격

그 자체였다. 이 땅의 어느 누가 자기 능력에 비해 대우가 너무 후하다고 불평(?)하겠는가 말이다. 그래서 아직도 그렇게 생각하느냐고 물었더니 조금 주저하다가 이젠 그렇지 않단다. 이유는? 그때에 비해 자신의 씀씀이가 엄청나게 커졌기 때문이라나?

먹물 냄새가 전혀 나지 않는 서울대 출신의 가수 겸 배우 겸 진행자 겸 디제이 겸 CF 모델인 그의 얘길 종합해보면 이렇다. 제일 큰 관심사는 자연환경의 보존(그의 라디오 오프닝 멘트 대부분은 하늘, 구름, 벌레, 물에 관한 것이라고 한다), 자신의 인생에서 제일 잘한 건 아내를 만난 것, 영화는 집에서 DVD로 보고, 책은 원래는 많이 봤는데 요샌 골프에 빠져서 많이 못 보고 있고, 투표는 '난리가 안 났으면 하는 마음'으로 했고, 매일매일 술 먹는 게 행복하다는 것이다.

사회에 대한 환원 얘기가 나왔을 때 그는 여전히 진지한 얼굴로 세상에 대한 제일 큰 시혜는 용서라고 했다. 개인에 대한 용서에서 시작해서 사회적인 용서가 자신이 세상에게 베푸는 배려이고 그것은 곧 망각이라고 했다. 그리고 그는 인터뷰 내내 이런 유의 얘길 자주 했다. "모르는 건 모르는 채로 가슴에 담아둬라. 알려고 노력한다고 사물의 본질을 알 수는 없다." 흠……. 이건 필시 허연 머리 허연 수염에 허연 도포 자루를 입은 도사 할아버지들이 하는 말 아닌가? 아닌 게 아니라 처음부터 끝까지 그는 도사 같은 말만 했다. 신문도 안 보고 텔레비전도 안 보고 그저 술만 먹는데도 그렇게 노래도 잘 만들고 디제이도 잘하고 연기도 잘하는 그와 만나고 돌아오는 길, 나는 꼭 도사님을 만나고 온 기분이었다. '아니지. 이런 대도시에 사는 도사가 어디 있어? 그것도 자전거 타고 다니는 도사……. 그렇담 그는 혹시 외계인이 아닐까?' (2003년 1월)

**요즘 그는** ■■■

여전히 매일 아침마다 촌철살인에 주옥 같은 오프닝으로 청취자들을 행복하게 하고 있고, 얼마 전엔 『이제야 보이네』라는 제목으로 책도 냈다. 30년 전부터 이미 다 '보였던' 것 같은 그가 이제야 보인다고 하다니……. 그 책, 안 사볼 수가 없다. (설마 술을 끊은 건 아니겠지?) 며칠 전에 인터뷰 내용 게재에 대해 허락을 받기 위해 전화를 했더니 오후 4시였는데도 자다가 받았다. 잠결이긴 하지만 흔쾌히 허락을 하는 그의 목소리엔 책 따위가 나오는 것보다 그 순간 한 숨 더 자는 것이 너무나도 중요하다는 뜻이 가득 담겨 있었다. 그 비몽사몽한 와중에도 하는 말. "술 좀 많이 사먹을 수 있게 많이 팔아라 지혜야." 내가 못살아, 정말.

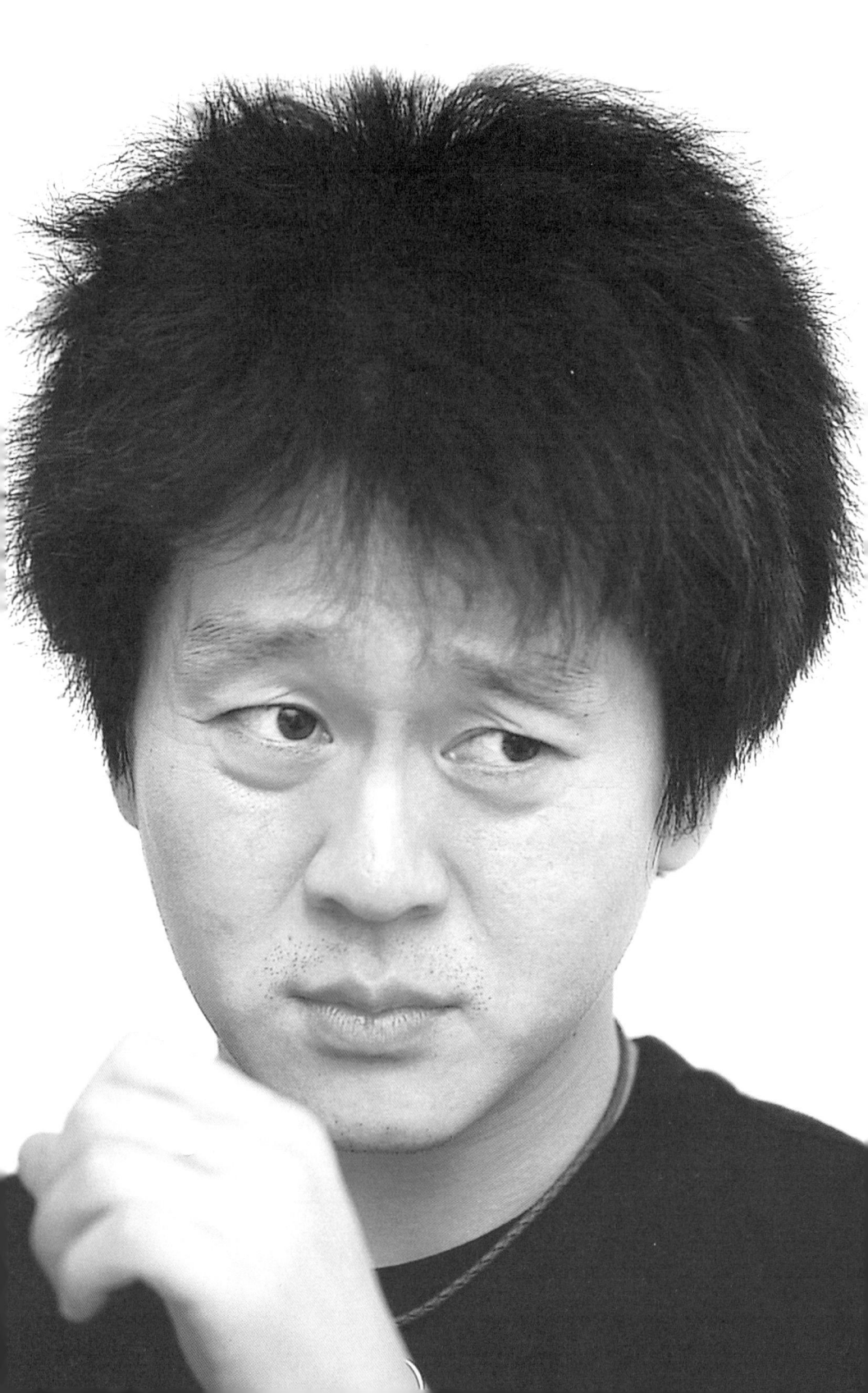

# 동네 고삐리 알바생?

윤도현과 난 이래저래 인연이 좀 있다. 1997년 극단 학전에서 락오페라 〈개똥이〉에 함께 출연했고 그의 아내 이미옥과는 96, 97년에 역시 극단 학전의 〈지하철 1호선〉에서 '걸레'(?)와 '선녀'로 함께 공연했다. 그리고 이 부부는 현재 우리 집 바로 맞은편 아파트에 산다. 안부 전화가 아닌 섭외 전화를 했더니 아내 이미옥이 당황스러울 정도로 조심스러워한다. 이유인즉슨 그가 요즘 인터뷰 기사나 오해로 인한 소문들 때문에 신경이 많이 날카로워 있다는 거다. 인터뷰 기사 때문에 상처받은 거라면 내가 충분히 위로해줄 수 있겠다 싶었다. 별로 유명한 배우는 아니지만 나 역시 기자들이 프라이버시를 강간하고 사실을 왜곡해서 상처받은 적이 한두 번이 아니었기 때문이다. 무척 예민해져 있다는 그를 어떻게 하면 편안히 만날까 생각하다 마침 마실와라 마실가마 하던 참이어서 우리 집에 초대를 하는 게 좋겠다 생각했고 그도 좋아했다.

그래도 그렇지 아무리 후배남편이자 누나동생 사이라지만 그는 '국민가수' 아닌가. 신혼을 즐길 시간도 없이 바쁜 그가 시간을 내준 게 고마워서 어떻게 대접해야 하나 고민하다가 화려한 요리보단 시집간 누이 집에서 밥 한 끼 먹는 것처럼 대접해야겠다 싶어 우거지 갈비탕을 푸짐하게 끓여놓고 그를 기다렸다. 약속 시간에서 1초도 지나지 않아 벨이 울려 나가보니 동네 고삐리 알바생 하나가 쭈뼛하며 들어선다. 동네 빵집서 사왔다며 곰보빵이랑 팥빵 등을 가득 들고 어제도 그제도 이 시간에 왔다는 듯이 내 집에 들어서는 그가 낯익어 다시 보니 이게 누군가. 국민가수 윤도현 아닌가!

시대에 한 획을 긋는 대스타는 어딘가 남다른 데가 있기 마련이다. 실력이 엄청나게 좋든가 아님 아주 영특하게 대중이 자신에게 원하는 것을 재빨리 그리고 정확히 잡아내서 항상 가면을 쓰고 다니든가(그게 꼭 나쁘다는 뜻은 아니다. 내가 싫어하는 표현이긴 하지만 '공인'으로서 최선을 다하는 거니까). 윤도현이 대스타가 될 수 있었던 요인은 오로지 엄청나게 좋은 노래 실력뿐이라는 걸 그가 내 집에 머물렀던 세 시간 내내 확인할 수 있었다. 그는 그가 오늘날 이 자리에 있게 된 게 신기할 정도로 자신이 대중에게 어떤 존재인지 깨닫지 못하고 있었다.

김기덕과 이문세가 쌓아 놓은 아우라를 겁도 없이 들어차고 앉았다가 버벅댄다고 흠뻑 욕을 얻어먹던 그의 디제이 초년생 시절이 불과 2년 전이라는 사실이 믿기지 않을 만큼 지금 그는 너무나 능글맞은 '선수'가 되어 있어서, 난 그가 이제 더 이상 옛날의 그 촌스러운 윤도현은 아닐 거라고 확신했다. 어느 정도 여우가 됐을 거라고 믿어 의심치 않았다. 그렇지 않고서야 정글과도 같은 연예계의 정상 자리를 차지했을 리가 없기 때문이다. 한데 이게 웬걸. 무대 매너와 디제이 솜씨가 '프로'로 업그레이드된 것에 비해 인간 윤도현은 내가 처음 봤던 6년 전 그 촌스런 파주 촌놈 그대로였다. 보기

아슬아슬할 정도로 그는 전혀 '다듬어'지지 않은 원석 그대로였다.

우선 그는 '오! 필승 코리아'에 얽힌 오해부터 얘기했다. 우리나라에 축구 기적이 일어나고 있던 그 시각. 정작 그 기적을 더 환상적으로 꾸며주었던 노래 '오! 필승 코리아'의 주인공인 그는 아내와 함께 외국의 어느 섬에서 느긋하게 신혼의 단꿈에 젖어 있었다. 안부 전화를 통해 축구가 의외로 승승장구하고 있다는 소식만 들었을 뿐 라디오도 텔레비전도 없고 핸드폰은 당연히 안 터지는 그곳에서 그는 우리나라 축구가 4강에 들고 덩달아 자신이 부른 그 노래가 국민의 응원가가 되어 대한민국 땅 전체를 들썩거리게 하고 있을 줄은 꿈에도 몰랐다고 한다. 신혼여행을 월드컵 기간으로 정한 것도 다들 축구에 정신이 팔려 있을 테니 콘서트 스케줄이 널널할 거란 계산이었다. 그런데 신혼여행에서 돌아와보니 그야말로 '난리'가 나 있었고 자신도 모르게 '국민가수'란 호칭으로 불려지더라는 거다. 인기가 치솟고 CF로 돈을 버니 좋긴 한데 얼떨떨했다. 음반 제작을 한 것도 아니고 단지 한 회사가 부탁해서 가벼운 마음으로 응원가 한 소절을 녹음했을 뿐인 그 노래의 저작권이 자신에게 있다고 소문이 나는 바람에 난처한 적이 한두 번이 아니었다고 한다.

그중 제일 억울했던 건 그 노래의 여파가 선거 바람에까지 미쳐서 각 당에서 '오! 필승 코리아'에서 '코리아'대신 자기들 당에서 나온 후보의 이름을 넣어 노래해달라는 부탁을 해왔는데, 그걸 거절했더니 "윤도현이 돈독이 올랐다"는 소문이 돌았던 거다. 상처를 많이 받았다고 한숨을 쉬는 그에게 물었다. "어느 당이 제일 조르든?" "한나라당이요. 아휴, 말도 마요. 제일 끈질겼어요."

노무현의 열혈 지지자처럼 비치는 것에도 불만을 토로했다. 어느 기자가 이번 대선에서 누굴 찍을 거냐고 묻기에 "노무현이요"라고 딱 한마디,

그것도 딱 한 번밖에 얘기한 적이 없었다. 게다가 자신은 노사모도 아니고 선거운동을 한 것도 아니며 어느 날 공연장에 노무현 씨가 찾아와서 악수를 청하기에 얼떨결에 악수를 했을 뿐인데 마치 '열성분자'인 것처럼 보도가 돼서 당황스럽다는 거다. 월드컵 이전에도 그는 이미 스타였다. 텔레비전 쇼 진행자에 라디오 디제이로도 상당히 인정받고 있는 지금의 그 위치면 이 정도의 매스컴 플레이에 눈 하나 깜짝하지 않을 만한데 그는 꼭 신곡 낸 지 얼마 안 된 신인가수처럼 새가슴을 갖고 있었다.

6년 된 연예인 생활은 아직도 미숙해 보이는 반면 이제 1년도 채 안 된 결혼생활은 아주 의젓하게 해내고 있다. 오랜 연애를 거치기도 했지만 같은 딴따라의 길을 걷는 아내 이미옥을 그는 참 예쁘고 착하다고 칭찬한다. 바쁜 부부지만 파출부 안 쓰고 아내는 쇼핑과 요리, 자신은 청소와 빨래로 가사도 분담하며 안 싸우고 잘 지낸다고 한다.

그는 홈페이지에 팬들이 남기는 말 하나하나에도 상처를 받는다. 정말 무시해도 되는 말들조차 파르르 떨며 섭섭해 한다. 라디오 진행 솜씨나 노래하는 폼을 봐서는 전혀 그럴 것 같지 않지만 그는 정말 새가슴이다. 그의 노래가 아무런 기교나 양념을 치지 않은 통짜 살코기 그대로인 건 그가 상처받기 쉬운 맑은 영혼을 가졌기 때문인 것 같다. 나는 그에게 남들은 다 알고 그만 모르는 사실(그가 대중에게 어떤 존재인가라는 것)을 알려주려다 만다. 그가 그 사실을 알아버리면 노래에 기교와 양념이 쳐질 것 같아서.

올 봄에 그는 성공회대 신문방송학과에 입학한다. 학생의 본분을 다하기 위해 일을 좀 줄일 생각이라는 얘길 하다가 공연이 끝났을 아내를 데리러 가야 한다고 일어난다(그녀는 현재 〈지하철 1호선〉에 다시 출연하고 있다). 주섬주섬 일어나 신발을 신으러 가다 말고 돌아서서 인터뷰 같지 않고 신나게 수다 떨다 가는 것 같아서 기분 좋단다. 또 글이 실릴 잡지가 자기가 좋아하는 〈한겨레21〉이어서 더 좋다며 씩 웃는다. 자긴 〈한겨레21〉을 항상 '볼 일'을 보면서 봐서 화장실 습기 때문에 책이 다 쭈글쭈글하다면서 킬킬 거리며 신발을 신는 그를 보니 노무현을 지지한 거나 북한공연 때 흘린 눈물의 이데올로기가 아무런 '배후' 없이 '자생'된 것임이 느껴졌다. 인사를 꾸벅 하고 나가는데 그의 모습은 좀 전의 그 '동네 고삐리 알바생'이 되어 있었다. (2003년 2월)

### 요즘 그는 ■■■

이사를 갔다고는 하지만 근처로 가서 그런지 아내 이미옥을 우리 동네 대형 마트에서 만났다. 딸내미 기저귀를 사가지고 가던 참이라는 국민가수의 아내인 그녀는 기사는 커녕 차도 없이 혼자 집채만 한 기저귀 박스를 들고 택시를 세우느라 애쓰고 있었다. '도현이'가 딸내미 예뻐 죽는다면서 함박웃음을 짓는 아내 이미옥 역시 참 예뻤다. 얼마 전 지방 행사 때 사회자로 갔다가 초대 가수로 온 그와 반갑게 만난 적이 있다. 아이 아빠가 된 그는 한층 더 세련되고 성숙해지긴 했으나, 친한 외국 가수와의 인터뷰 자리에서 윤도현을 어떻게 생각하느냐는 대본 속의 질문을 하자 생방송 중인데도 "어휴, 앞에다 놓고 그런 걸 물으면 어떡해요"한다. 그를 보면서 영혼은 여전히 새가슴이구나 하고 속으로 킬킬댔다.

# 내 음악의 원천은 불행

**김윤아** 그녀를 만나서 인사를 하고 내가 내뱉은 첫마디는 바보 같
게도 "어? 정말 김윤아가 내 눈앞에 있네"였다. 제기랄, 창피하게 이게 무슨
소리람? 딴따라의 딸로 태어나 나 역시 딴따라로 난다 긴다 하는 수많은 딴
따라 속에서 살아오면서 웬만해선 기가 눌려본 적이 없는 나였거늘……. 인
터뷰어와 인터뷰이의 만남은 배우와 관객의 관계처럼 일종의 기 싸움이다.
관객에게 주눅 든 배우에게 공연이 잘되기를 기대하기란 어렵다는 것이다.
안 그래도 그녀의 노래가 갖는 카리스마에 매혹당했던 난 내 입에서 이 바
보 같은 말이 튀어나오는 순간 이번 인터뷰가 순조롭긴 이미 글렀음을 감지
해버렸다.

　　　아닌 게 아니라 그녀는 인터뷰하러 나온 사람 맞나 싶게 마음을 쉬
열어주지 않았다. 그녀는 천천히 아주 천천히 마음을 보여주었다. 그녀는
내가 생각했던 것보다 훨씬 더 똑똑했고 훨씬 더 어른스러웠으며 훨씬 단단
한 사람 같아 보였다. 예상이 가장 빗나갔던 부분은 어이없게도 내가 제일

확신하고 있던, 바로 '음악을 하는 이유'였다(음악 듣고 책 한 권 읽었다고 그녀의 정신세계를 다 파악했다고 생각했다니!).

　　인간은 타인에게 인정받기 위해 세상을 살아간다. 정신병원에 입원한 수많은 환자들의 공통점은 사랑하는 사람에게 인정받지 못한다고 생각하는 것이라고 한다. 보통 사람의 인생이 그런데 관객의 박수를 먹고사는 딴따라들의 삶은 말해 무엇하랴. 배우인 나 역시 평생 관객을 짝사랑하는 마음으로 살고 있다. 매 공연 때마다 관객이 많기를 바라는 이유 역시 그들을 즐겁게 해주기 위해 연습했는데 아무도 와주지 않으면 배우로서의 존재 의미가 사라지기 때문이다. 물론 그들이 내 '재주'를 보고 웃고 울고 하는 걸 보면서 갖는 쾌감, 결국 그 쾌감을 잊지 못해 계속 이 짓을 하는 것이며 내가 여태까지 만난 딴따라들 어느 누구도 다른 이유를 대는 사람이 없었다. 당연히 위와 같은 대답이 나올 걸 예상하고 음악 하는 이유를 물었다. 다분히 공격적일 만큼 당당하게, 그리고 딱 부러지게 대답하는 그녀의 입에

선 "아니요. 그렇지 않은데요"라는 소리가 나왔다.

어찌어찌하다 환상의 팀워크인 자우림 멤버가 구성됐고, 노래가 너무 좋아서 그냥 띵까띵까 만들고 불렀는데 좋아해주니까 그리고 돈까지 주니까 참 좋고 고맙긴 하다, 그러나 음악을 하는 건 음악 없이는 하루도 살수 없는 자기 자신을 위해서이고 관객이 한 명도 없고 아무도 관심을 갖지 않는다 해도 자우림은 지금과 똑같이 음악을 만들고 자기들끼리 부를 거라고 한다. 그리고 음악이 더 이상 돈을 벌어다주지 않는다면 다른 걸 해서 먹고살더라도 지금 자신들이 하는 음악엔 조금도 변화가 없을 거라고 힘주어 말했다. 다른 멤버들은 어떨지 몰라도 적어도 자신은 남들이 자기 노랠 어떻게 생각하는지 솔직히 그리 크게 관심 없고 멀어질까봐 두렵지도 않단다. 어차피 자기 스스로를 위안하려고 시작한 노래이기 때문에. 팬들이 들으면 실망하지 않을까 싶을 정도로 단호했다. 당황한 나는 "그래도 홈페이지에 글을 올리는 건 누군가 한 명이라도 봐주길 원해서 아닌가요?" 했더니, 아니란다. 인터넷에 글 쓰는 작업 역시 순전히 '일기' 쓰는 마음으로 쓸 뿐 그어떤 '관계'도 원하지 않는다고. 4집에 있는 노래 중 9·11 사태를 보고 쓴 가사가 있기에 어떤 메시지가 담겨 있느냐 했더니 "아무것도 전달하려 하지 않았다. 그냥 쓴 거다. 내 노래 하나 따위가 세상을 변화시킬 리 없지 않은가?"라는 대답이 날아온다. 그녀의 음악들이 대부분 냉소적인 이유를 짐작케 하는 대목이다.

그녀가 그렇게 얘기하진 않았지만 그녀는 혹시 나처럼 다른 사람의 영혼을 위로하기 위해 일을 한다는 딴따라들을 위선자라고 비웃고 있는 건 아닐까? 딴따라의 전신은 무당이었다. 무당은 확실히 남을 위로하는 사람이다. 아주 오래 전엔 정치와 종교, 경제 그리고 의료행위, 이 모든 것들이 다 무당의 몫이었다. 무당은 아주 절대적 존재였던 것이다. 김윤아는 당신

들이 감히 스스로 무당이라 말할 수 있느냐고 물을지도 모른다. 그녀는 다른 사람을 위로하기 이전에 자기 자신부터 위로하느라 바빴던 것이다. 무슨 상처가 그리 많기에 음악만이 유일한 안식처이고 음악이 없으면 견딜 수 없을 것 같다고 말하는 걸까? 자신의 음악활동의 원천은 불행이라고, 그녀는 눈썹 하나 움직이지 않고 말했다. 백퍼센트 행복해질 수 있다면 음악 따윈 필요 없을 거라고 한다. 그녀는 명랑하게 웃지만 그녀의 노래들은 그로테스크하기 짝이 없고 소통의 단절을 가슴 아파하며 세상을 끝없이 비웃는다. 그런 가사가 나오는 동기를 물었더니 그냥 자기 속에 어두운 면이 있나보다 하고 웃어넘긴다. 하지만 그녀는 가까운 사람의 죽음을 여러 번 경험하고 나서 알 수 없는 죄책감에 빠졌고, 심지어 자신의 일생이 타인의 죽음을 연료로 굴러가고 있는 게 아닌가 하는 망상에 사로잡히기까지 했다고 그녀의 책에서 털어놓았다. 책에까지 쓴 얘길 다시 묻진 않았다.

그 죽음들 중엔 남자친구의 죽음도 있었다. 상처가 컸을 거다. 연애관도 섬세하다 못해 시니컬하기까지 했다. 인터뷰 내내 열심히 날 경계하던 그녀의 더듬이 끝이 스르륵 내려가면서 자신의 사랑론을 들려준다. '내 안에 내가 너무 많아 당신이 쉴 곳이 없다'는 말을 절실히 이해하는 경험을 했다고 한다. 이상주의자여서 연애에 실패하는 것 같단다. 그렇게 좋아하는 음악을 어느 날 갑자기 싫어지면 관둘 수도 있다고 한 말이 생각나서 묻는다. 사랑도 어느 날 갑자기 싫어지면 툭 끝내버릴 수 있는가? 그렇다고 한다. 돌아가신 아버지도 하나도 보고 싶지 않다고 하는 데에 이르러서는 소름이 돋는다. 자길 너무 어둡게 보는 것 같은 느낌이 들었는지 갑자기 명랑한 체하며 자신은 만화 중독이고 관심 있는 분야는 패션과 쇼핑이라며 웃음을 보인다. 밴드에 대해 묻자 그녀의 인생에서 좋은 건 그거밖에 없나 싶을 정도로 자랑을 한다(밴드 자랑을 할 땐 그녀가 유일하게 진정 행복해 보이는 순간이었다).

난 그녀를 음악 천재라고 믿는다. 천재가 아니고서야 그런 음악과 그런 노래 실력이 나올 수 없다. 때문에 난 그녀의 창작활동의 원천이 불행이라는 얘길 들을 수밖에 없었던 이날의 인터뷰를 후회했다. 그녀를 만나지 말걸. 그랬으면 그녀가 괴로워하건 말건 힘들어하건 말건 그녀의 불행을 자양분으로 태어난 그녀의 음악만을 즐겼으리라. 허나 난 이미 인간 김윤아를 사랑하게 됐음을 커밍아웃할 수밖에 없다. 여린 사람일수록 강한 척하는 법이다. 나는 그녀의 카리스마가 한없이 선하고 약한 그녀의 영혼을 지켜주는 갑옷 역할을 하고 있음을 알아챘다. 자우림. '자주색 비가 내리는 숲'이라니, 너무 슬프다. 그녀의 노래가 천재성을 잃어도 좋으니 그녀가 슬픔의 부채감으로부터 하루빨리 해방되었으면 좋겠다. 그리고 그녀가 혹 허락한다면 그녀의 친구가 되고 싶다. (2003년 2월)

**요즘 그녀는** ■■■

지금 이 글을 다시 읽어보니 그녀가 나랑 친구를 하고 싶어할 리가 없다는 생각이 든다. 그녀와 난 참 '다른' 딴따라이기 때문이다. 그래도 난 오늘도 지루하기 짝이 없는 촬영장 가는 길의 벗으로 그녀의 노래들을 주섬주섬 챙겼다.

그녀의 근황을 살펴보니 한밤중에 하는 텔레비전 음악 프로를 진행하고 남의 프로에 출연하고 무대에 서고 팝 명곡들을 리메이크했다는 새 앨범을 만들고……. 그 어느 것 하나 음악과 관련 없는 게 없다. 그녀답다. 새 앨범도 죽인다는데 얼른 사야겠다.

# 삐딱하고 신선한 웃음 제조기

이상우

그가 쓰고 연출하는 작품들은 대부분 평화와 통일을, 반전과 민주주의를 얘기한다. 하지만 공연장 안에선 그런 단어들과 어울릴 만한 그 어떤 엄숙한 분위기도 보이지 않는다. 엄숙하기는커녕 시종일관 키득거리고 깔깔대다가 나오는 공연이 대부분이다. 우느라 손수건 두 개쯤은 필요한 〈봉숭아 꽃물〉이나 무거운 정치극 같은 걸 안 한 건 아니지만, 역시 그의 재기가 빛나는 건 코미디다.

연우무대 창단 멤버 중 하나였던 그는 10년 전 자신의 극단을 만들었다. 이름하야 '차이무'. '차원이동무대선(次元移動舞臺船)'의 준말이다. 관객은 이 배를 타고 새로운 차원을 이동하며 전혀 새로운 관점에서 세상을 보게 되고, 그러면서 마치 우주에서 지구를 바라보듯 자신이 사는 세상을 발견하게 된다는 '깊은' 뜻이 담긴 극단 이름이다. 이 극단을 거쳐 갔거나 물밑 활동을 하고 있는 단원들 중 들어서 알 만한 사람으로 문성근, 명계남, 송강호, 유오성, 박광정 등이 있다. 나 역시 한때 이 신나고 재미난 배에 동승해서 몇 편의 연극을 했고 지금은 '비밀 단원'으로 활약(?) 중이다.

　그는 지금 배우들의 앙상블 연기가 환상적이었던 〈거기〉라는 작품을 끝내자마자 극단의 레퍼토리 중 하나인 〈늙은 도둑 이야기〉를 공연 중이다. 명계남의 대학로 컴백(?) 기념공연이기도 한 이 작품 역시 냉소적인 웃음 안에 따뜻한 사람 이야기를 하는 코미디다. 시작과 동시에 보름치가 이미 매진됐다던데 명계남의 스타성 때문만은 아닌 것 같다. 차이무의 고정 팬들이 무척 많기 때문이다. 꽃샘추위가 기승을 부리던 일요일 오후, 그의 삐딱하면서도 소박한 웃음도 보고 오랜만에 작품도 다시 볼 겸해서 극장을 찾았다.

　그는 요새 너무 바쁘다. 작품이 연달아 올라가 쉴 틈이 없는데다가 연극원 교수 노릇까지 하고 있기 때문이다. 그 교수 노릇이란 것 역시 모두 공연 실습이기 때문에 요즘 그의 머릿속엔 여러 개의 작품이 동시에 동작선을 긋고 있는 중이다. 이런 와중에도 그는 행정자치부가 주관하는 노 대통령 취임식 준비회의에 노문모(노무현을 사랑하는 문화예술인 모임) 회원 자격으로 참가해 여러 가지 아이디어와 의견을 제출하기도 했다. 새 대통령을 맞는 소감을 물으니 기분이 좋다면서 다소 엉뚱한 이유도 들었다. 젊은 대통령이라 걸음이 빨라서 일 진행이 빨리 된다는 것이다. 모두들 노 대통령의 '이미지'에 집중하고 있을 때 그는 연극연출가답게 그의 '동작선'을 계산했나보다.

　오래 전부터 가깝게 지내던 이창동 감독이 문화관광부 장관이 된 점에 대해서도 소감을 물었다. 잘할 거라 믿는다며 어차피 문광부 장관은 관료가 할 수 없는 자리이므로 적절한 자리 배치였다고 생각한다. 그러면서 슬쩍 한마디 덧붙인다. 5천 년 문화의 나라라면서 문화부가 독립이 안 되고 항상 체육과 관광이 붙어 있는 게 말이 안 된다며 '분리'가 먼저일 것 같다고 한다. 백 번 동감이다. 권위주의에 대한 얘길 하다가 연극협회 이야기를 하게 됐다. 난 연극협회가 대학로 '삐끼'들을 답답해하는 건 알겠지만 근절 방법이 너무 권위적이고 유치하다고 흉을 봤다(그들은 요즘 트럭에 스피커를 달고 하루 종일 대학로를 누비며 '호객행위에 관심 갖지 맙시다' '좋은 연극은 하루 두 번 이상 공연하지 않습니다'를 외치고 있다). 한데 이런! 맞장구를 쳐줄 줄 알았는데 핀잔을 들었다. "너도 연극하는 사람 아니냐? 어떻게 같은 식구를 그렇게 흉볼 수 있니? 그 사람들, 오죽하면 그런 방법을 썼겠나 생각해봐라. 나도 협회의 주장에 다 동의하진 않지만 비판을 할 땐 반드시 '대안'이 있어야 해. 대안이 없는 일방적인 비판은 그 내용이 아무리 일리 있는 말일지라도 폭력이거든. 연대의 중요성을 간과하고 서로 지 잘난 줄만 알기 때문에 연극판이 제대로 안 돌아가는 거야. 함부로 흉보지 마." 이렇게 부끄러울 수가……. 흉보다 닮는다고 가부장적 권위주의를 흉보는 내 안에 나도 모르게 숨어 있던 폭력적이고 무책임한 모습을 들켜 부끄러워 죽을 뻔했다. '젊은 꼰대' 답게 그는 약간 격앙되어 말을 이었다. "기자들도 그래. 연극 보고 재미없으면 아무 말 안 하면 돼. 오히려 그게 더 무섭지 않나? 좋은 것만 얘기했으면 좋겠어." 그러게. 비판은 충분한 애정과 대안이 있을 때에만 힘을 갖는다. 일방적으로 흉을 보는 건 비생산적이고 소모적이며 세상의 평화에 하등 기여하지 못하는 짓이다.

　　차이무 공연 팸플릿에 실린 글들은 공연 못지않게 재밌다. 글도 글이지만 배우와 배후(스태프)들의 이력을 쓰는 난이 참으로 신선하다. 출신 학교들을 다 초등학교만 쓰는 거다. 제작에 돈을 댄 기업의 대표도, 나이 지긋한 평론가들도 차이무 공연 팸플릿에는 최종 학력 대신 출신 초등학교 이름만 달랑 나온다. 초등학교 이름만 봐서는 배우들의 연기에 선입견을 가지려야 가질 수가 없으니 이 얼마나 신선하고 즐거운 짓인가. 물론 이 아이디어 역시 (머리 말고) 그의 가슴 속에서 나온 것이다. 그만큼 그는 권위와 폭력과 선입견, 특히 편견을 싫어한다. 쉰이 넘은 나이에도 항상 캐주얼 차림에 빡빡 깎은 머릴 하고 있는 그에게 양복이 전혀 어울릴 것 같지 않지만, 그에게도 회사원 시절이 있었다. 서울대 미학과를 나와 광고 회사에서 카피라이터 일을 했다. 그러다 연극을 선택한 이유는 광고도 창작이지만 검사를 받는 창작이었기 때문에 '검사를 받지 않는 창작'을 하고 싶어서였다고 한다. 80년대 연우무대 시절에 정치적 린치를 받지 않았느냐고 물으니 대본 심의가 있긴 했지만 연극은 대중적 선전 효과가 크지 않을 거라고 생각했는지 크게 간섭하지는 않았다고 한다. 오히려 공연을 심사하러 나온 관료들이 굳은 얼굴로 들어갔다가 연극이 하도 웃기니까 같이 깔깔대고 나오더라며 킥킥 웃는 그의 얼굴은 영락없는 개구쟁이다.

예술가에게 꼭 필요한 건 뭐라고 생각하느냐고 물었다. 포기하는 게 많아야 한다고 대답한다. 가정, 돈, 안락함 같은 것 말이다. 조금 불편한 게 예술의 원동력이라는 거다. 몇 년 전에 문성근, 이창동과 셋이서 술을 먹다가 "우린 편안하면 불편해. 그치?" 그러면서 킬킬대고 웃었단다. 이런 얘길 들을 때마다 난 가슴 저 밑바닥에 큰 애벌레 한 마리가 꼬불꼬불 움직이는 것 같은 느낌이 든다. 연극을 안 하기도 하고 못 하기도 한 게 어느덧 5년이 됐다. 그동안 관객을 만나지 못한 갑갑증 때문에 (명계남의 표현을 빌자면 '연극이 마려워서') 계속 마음 한구석이 불안했다. 이제 보니 그동안 내가 너무 편안해서였기 때문인 것 같다. 다시 관객을 만나기 위해 난 무엇을 포기해야 하나 생각해본다.

차이무 홈페이지에는 '아재 글판'이란 곳이 있다. 그가 가끔 끼적거리는 곳이다(그는 선생님이란 호칭보다는 '상우 아재'로 불리는 걸 좋아한다). 거기 '아름다움'이란 제목의 짧은 글이 있는데 그의 예술관을 한마디로 요약해 놓은 것 같아 옮겨 적는다.

"아름다움에는 한 가지 기준이 없다는 것이 얼마나 다행인가? 얼마나 아름다운가?" (2003년 3월)

## 요즘 그는 ■■■

작년(2005년) 12월에 차이무 10주년 기념공연으로 애국가 저작권을 둘러싼 이야기가 소재인 연극 〈마르고 닳도록〉을 다시 무대에 올렸다. 문성근이 십 년 만에 연극무대에서는 작품이라 화제가 되기도 한 이번 공연은 대극장에서 했을 때보다 훨씬 압축되고 찰진 공연이어서 보기에 즐거웠다. 근데 얼마 전 그가 사고를 친다는 소식을 들었다. 바로 나이 오십 한참 넘어 영화감독으로 데뷔를 한다는 것이다. 노근리 사건이 소재라고 하니 평화를 주제로 한 작업을 하는 것은 여전한 것 같아 반갑지만 현실적인 걱정이 앞서기도 한다. 내 원고에 내가 리플을 달고 있는 요즘, 그 기사를 보고 그에게 전화를 했다. "아재, 저 우정 출연 찜이요. 아무 거나 시켜주세요." 그는 또 아이처럼 웃는다.

# 멋지다, 육두문자!

그가 배칠수라는 이름 말고 어엿한 본명을 가지고 있을 거라고 생각은 했지만 본명이 '이형민'이라는 건 이번에 처음 알았다. 어느 누구도 그를 본명으로 부르려 하지 않기 때문이다. 그만큼 '배칠수'의 아우라는 강력했다.

결론부터 얘기하자면, 그는 아주 야무지고 단단한 사람이다. 외모부터가 그랬다. 화면으로만 봤을 땐 몰랐는데 실제로 보니 운동선수를 인터뷰하러 온 건가 헷갈릴 정도로 큰 키에 울트라맨 같은 근육질의 남자였다. 나이도 생각보다 많았고(90학번), 수영선수인 아내와 결혼해서 돌쟁이 딸도 있는 멀쩡한(?) 30대 아저씨였다.

깍듯이 예의를 갖추면서도 이런 인터뷰는 백만 번쯤 해봤다는 듯이 준비된 답변을 척척 내놓는 데 자기 소신이 분명하고 말이 굉장히 빨랐다. 방송에서처럼 우스개 소리를 툭툭 던져가며 자기 얘길 했지만 그의 히스토리는 결코 웃기지 않았다. 2남 5녀 중 막내로 태어났는데 어머니는 그를 낳

고 얼마 안 가서 돌아가셨다고 한다. 엄마 같은 누나들 손에서 자랐고 자신의 정력과 끼는 아버지에게 받은 유산이라고 했다. 그의 아버지는 그를 나이 오십에 낳았고 남의 목소리 흉내를 잘 내셔서 가끔 동네 사람들한테 장난도 치곤 하셨다고 한다.

어렸을 때 꿈을 물었다. 대통령이나 과학자가 되고 싶어하는 또래 친구들이 그의 눈엔 철딱서니로 보였다. 늘 가난했던 그는 부자가 되는 게 꿈이었다고 한다. 20대 때 가졌던 헬스클럽 사장 직함은 대학 때부터 레크리에이션 강사와 어린이 체육교실 교사를 하면서 안 먹고 안 쓰면서 악착같이 모은 돈에 매형에게 꾼 돈을 합쳐서 이룩해낸 거였단다. 대학도 우유 배달을 해서 마쳤고 헬스클럽 사장일 때도 장가갈 밑천은 자기가 마련해야겠다고 결심하고서 물 아끼느라 페트병에 물 받아 세수를 할 정도로 징그럽게 돈을 모았다. 매형 돈은 진작 갚았고 인천에 작은 아파트까지 마련한 후 군대에 있을 때부터 사귀어온 지금의 아내와 결혼했다고 한다. 와우! 이 얼마나 멋진 대한청년이란 말인가!

'배칠수'가 된 사연도 치열했다. 원래 타고난 목소리와 말투가 배철수 씨랑 똑같은 줄 알았는데, 아니었다(자연인 이형민의 목소리는 배철수도 아니고 최양락도 아니었다). 개그맨을 꿈꾸기 시작했던 고등학교 시절부터 배철수 목소리 흉내를 그야말로 피나게 연습한 끝에 오늘날의 영광(?)이 있었다는 거다. 그는 왜 유독 성대모사에 목숨을 걸었을까? 앵무새가 사람이나 다른 동물들 울음소리를 흉내내는 건 '놀이'가 아니다. 그것은 곤충이 보호색을 갖는 것처럼 자기를 공격할지 모르는 강한 상대 앞에서 자신은 공격 의사가 없다는 걸 알리기 위한 일종의 '자기 방어' 수단이다. 자기 표현은 곧 자기 정체성을 지켜내기 위한 자기 방어이기도 하다. 결핍 덕택에 일찍 철들어버린 그는 스스로도 감탄할 정도의 재주인 자신의 '구라'를 듣고 행복해하는 사람들을 보면서 개그맨의 꿈을 키웠고, 몸으로 표정으로 웃기는 슬랩스틱 코미디엔 재능이 없는 것 같아 치열하게 성대모사를 연습했던 것이다.

처음으로 '진짜' 배철수와 만났을 때 처음엔 시큰둥하던 배철수 씨가 자기와 목소리가 너무 똑같은 그에게 결국 마음을 열고 호형호제하는 사이가 됐다는 얘기도 재밌었다. 오히려 요즘엔 너무 많은 사람의 목소리를 따라하느라 정작 자기 흉내가 약해졌다며 좀더 분발하라고 잔소리를 한단다. 배철수 흉내가 약해진 건 모르겠지만, 그의 성대모사의 한계는 어디인지 궁금하긴 하다(그는 차범근 흉내도 끝내주게 잘한다).

그러나 내가 그를 찾은 건 그의 목소리 재주보다는 신랄한 시사 멘트 때문이었다. 작가가 써준 대로 읽는 눈치가 아니었다. 그의 세계관이 궁금했다. 자신은 아는 건 많은데 깊이 아는 건 하나도 없다고 겸손을 보였다. 아닌 게 아니라 그는 세계관을 키워줄 소위 운동권 친구도 없고 즐겨 읽는 책은 소설책이며 체대를 나와 보디빌더를 했던, 누구 말마따나 '육체의 길'

을 걸어온 이였다. 먹물(?)들이 책 붙잡고 고민만 하고 있을 때, 세상의 '진실'은 이런 길들여지지 않은 사람에게 더 빠르고 더 정확히 가 닿는 것 같다. 돈 주고 보는 신문은 〈한겨레〉밖에 없다고 해서 이유를 물었다. 다른 신문들, 특히 조중동은 굳이 돈 내고 보지 않아도 발에 채일 정도로 굴러다니기 때문이란다. 방송인이기 때문에 신문을 닥치는 대로 읽는데 바보가 아니고서야 조중동이 한심하다는 걸 모를 수는 없다고 한다. 그의 얘긴 이렇다. "물론 어떤 신문도 시각의 절대 균형을 가질 순 없다. 〈한겨레〉도 어느 정도 '편향된' 시각을 갖고 있는 것 같다. 하지만 그건 어디까지나 세계관의 편향일 뿐인데 조중동은 그 편향의 방향이 '자사 이익'으로 향해 있기 때문에 읽기가 짜증난다"는 거다. 그리고 덧붙여 "특히 이번 이창동 장관 죽이기는 유치해서 눈뜨고 못 봐주겠다"고 하는데 그의 멋진 '구라'에 반해 입이 쩍 벌어졌다. 아니, 정확히 얘기하자면 그 '구라' 뒤에 있는 그의 '소프트웨어'에 반했다고 해야 옳다.

　　요즘 지상파 방송에서 김학도와 진행하고 있는 라디오 프로를 들은 적이 있다. 잘하긴 하지만 그의 매력은 우리 정부에게 억지로 '자전거'를 팔아먹은 부시에게 신나게 육두문자를 날려가며 욕하는 인터넷 방송에서 더 빛난다. 지상파와 인터넷의 장단점을 물었다. 지상파는 돈을 많이 줘서 좋고 인터넷은 95% '아군'이어서 좋단다. 순전히 자기 하고 싶은 대로 하는데도 모두가 박수쳐주는 것만큼 딴따라한테 신나는 일이 어디 있을까? 이번 대선 때는 "너무 노무현 후보 편만 드는 것 아니냐. 아무리 지상파가 아니라지만 그래도 많은 사람들이 듣는 방송의 디제이인데 너무 편향된 거 아니냐?" 하는 의견들이 게시판에 올라왔다고 한다. 그는 "사려 깊지 못한 행동은 죄송하나 진심이었다"고 답했다. 사막 한가운데 떨어뜨려놔도 살아나올 사람 같다니까, 그런 얘기 많이 듣는단다.

노 대통령에게 바라는 건 이래도 욕먹고 저래도 욕먹는 거 일단 그냥 자기 소신대로 밀어붙였으면 좋겠다는 거란다. 너무 '단순 무식 과격'한 것 같아 피식 웃음이 나왔지만 그런 그의 솔직함이 멋져 보였다.

그를 만난 날, 부시는 이라크에 기어코 불화살을 날렸다. 부시를 어떻게 생각하느냐 물었다. "개××죠." 그의 육두문자를 '라이브'로 들으니 맘 한구석이 조금은 시원해진다. 세상 돌아가는 게 그의 씩씩한 목소리와 말투처럼 간단명료하다면 얼마나 좋을까. 제일 무서운 건 돈이고 제일 행복한 건 딸 솔이라면서 총총히 다음 스케줄 장소로 가는 그의 모습이 그의 두껍고 단단한 팔뚝만큼이나 야물딱져 보였다. 그를 만나고 왔다니까 한 후배가 여러 사람을 동시에 만나고 온 것 같지 않느냐고 농을 한다. 그러나 난 딱 한 사람, '이형민'을 만나고 왔을 뿐이다. (2003년 3월)

### 요즘 그는 ■■■

여전히 각종 라디오 프로에서 맹활약 중이다. 나는 택시를 탈 때마다 그의 목소리를 듣는다. 아니, 그의 목소릴 입은 각종(?) 정치인들의 목소리를 듣는다. 9시 뉴스보다 훨씬 더 깊고 자세하고 무엇보다도 본질에 가깝게 시사를 전달받는다. 최양락과 진행하는 '3김 퀴즈'라는 코너는 스타코너가 된 지 오래다. 택시 안에서 택시기사랑 단 둘이 타고 가는 상황이 난 항상 데면데면한데 이 코너를 함께 듣다보면 내릴 땐 화기애애한 분위기에서 내리게 된다. 너무 웃겨서 꼭 '함께' 웃게 되기 때문이다.

# 진정한 아티스트, 샤먼의 후신

이상은 십수 년 전 양희은 씨가 교통사고로 병원에 입원 중이었을 때다. 가까운 지인인지라 병문안을 갔다. 방을 들어서자마자 엉망진창이 된 얼굴로 텔레비전을 보고 있던 그녀가 대뜸 하는 말이 "나 쟤 좋아"였다. 황당해하며 텔레비전을 봤다. 화면에선 남잔지 여잔지 알 수 없는 꺽다리 선머슴애가 긴 다리를 겅중거리며 그 겅중거리는 춤만큼이나 살짝 우스꽝스런 노래를 부르고 있었다. 내가 이상은이라는 딴따라를 처음 '접수' 한 장면이다.

많은 사람들이 이미 알고 있듯이 그녀는 대중의 사랑을 흠뻑 받고 있던 어느 날 홀연히 사라졌다가 어느 날 '도인' 이 되어 우리 앞에 나타났다. 혹자는 그녀를 음유시인이 되어 나타났다고 하지만 이미 그녀의 노랫말들은 '시(詩)'를 넘어서 동양철학의 화두나 불교의 선문답에 가까이 가 있었다. 매스컴마다 그녀의 변신 자체만을 떠들어댈 뿐 어느 곳도 변신의 동기를 제대로 알려준 곳이 없었다. 난 그 동기가 궁금했다.

봄 햇빛이 유난히 눈부시던 어느 날 신촌에서 그녀를 만났다. 변화의 동기부터 물어봤다. 그녀는 자신의 변화 동기를 사람과의 만남에서 찾았다. 대중가요를 통해 세상을 보는 글을 쓰던 지인 한 분이 그녀의 미국 유학 이후의 노래들을 듣고 일본 활동을 권했다고 한다. 리채(그녀의 영어 이름이다)도 얘기했지만, 일본은 문화적으로 우리보다 훨씬 앞서 있는 나라다(옛날엔 우리에게서 모든 걸 배워갔다지만 어찌된 영문인지 지금은 그네들이 훨씬 어른스럽다). 리채의 표현에 의하면 그런 현상은 꼭 일본이라서라기보다 선진국으로서의 성숙함이란다. 한국 대중들은 아티스트(아니, 그냥 대중가수라고 해두자) 한 명이 인간적으로 성숙해가는 과정을 바라봐주지도 않고 기다려주지도 않는다. 그저 소비하려고만 든다. 나이든 가수들이 피를 토하듯 신곡을 내도 팬들은 그저 자기가 소싯적 좋아했던 옛날 노래들만 들으려 하지 신곡은 거들떠도 안 본다. 즉 그냥 그 시절 유행했던 노래를 좋아하거나 그 노랠 즐기던 자신의 추억에만 관심 있을 뿐 가수 자체를 진심으로 좋아하는 진정한 팬은 찾아보기 힘들다는 것이다. 한데 일본은 이미 그런 문화가 정착되어 있었다. 그녀의 노래를 통해 그녀의 성장을 지켜보는, 그러면서 자신도 함께 커 가는 팬들이 있는 것이다. 거기다가 이미 일본에선 우리가 대안이라고 칭하는 음악들이 주류가 되어 있기 때문에 문화의 다양성을 추구하는 사람들과의 만남은 그녀의 음악세계를 윤택하게 살찌울 수 있었다. 특히 '공무도하가' 이후 팬 층이 좁고 깊어지면서 각계의 수많은 전문가들을 만나게 됐고, 그녀의 상상력은 물 만난 고기처럼 일본의 아티스트를 갈망하는 팬들 사이를 빠르게 헤엄쳐나갔던 거다.

이런 얘길 들으면서 잠깐 동안 '좁고 깊은' 팬을 가진 그녀의 음반이 한국에서 '먹힐'지 걱정되기도 했지만 일본으로 '가고' 한국으로 '오고' 따위의 개념에서 이미 자유로운 그녀의 음악을 생각한다면 기우에 지나지 않을 것이다. 문제는 한국에도 분명 '깊은' 팬들이 있음에도 '장(場)'이 활발히 마련되지 않은 점이다.

예전에 한 인터뷰 기사에서 이제 '담다디'로부터 자유로워졌다는 이야기를 읽은 적이 있다. 한동안 그녀는 자기 자신은 이미 '담다디'로부터 훨씬 멀리 그리고 높이 올라와 있는데 이미 만들어진 이미지 소비에만 열을 올리는 우리네 매스컴은 그녀가 어떤 깨달음을 얻었건 말건 '주구장창' '담다디' 얘기만 해서 인터뷰하기를 꺼려했더랬다. 나도 고백하건데 유명한 배우 부모를 둔 덕에 기를 쓰고 연기를 해도 징그럽게 따라붙던 '누구누구 딸'이란 꼬리표가 참 싫었다. 그러던 어느 날인가부터 나를 '누구의 딸'이 아닌 '배우 오지혜'로 찾아주기 시작했다. 그러면서 깨달았다. '내가 도망간다고 덜어지는 게 아니었구나. 그저 세월이 나를 성숙하게 하는 것이구나' 하는 것을. 그녀에게 '담다디'는 내가 그토록 뛰어넘고 싶어했던 부모 같은 존재였을지도 모른다. 30대 중반이 된 그녀는 이젠 그런 성장의 터널에 오히려 감사한다고 한다. 지금의 내가 그렇듯이.

아티스트로서 정체성을 구축하는 것과 팬들과의 소통 중에서 어느 쪽을 더 중요하게 생각하느냐고 물었다(이런 질문은 어린아이한테 "엄마가 좋아, 아빠가 좋아?" 하고 묻는 것과 같은 수준이긴 하지만 말이다). 그녀의 대답은 이랬다. "아티스트의 자의식과 팬과의 소통은 조금 다른 얘기다. 팬 서비스만이 팬을 향한 사랑이라고 할 순 없다(그녀는 요즘도 콘서트에서 앙코르를 받으면 가벼운 마음으로 우스꽝스런 춤을 추며 '담다디'를 불러준다. 유쾌한 팬 서비스인 셈이다). 자신만의 세계를 구축해 나가는 노력 역시 팬 사랑의 일환이다. 문화예술의 마당엔 그냥 단순한 '놀자 판'만이 아니라 '얘들아, 저 달을 보자!' 하는 태도가 필요하기 때문이다. 정신의 리더로서 말이다." 죽이는 '현답'이다.

노래든 연기든 무대에 서는 사람들 사이엔 비밀리에 내통하는 무언가가 있다. 그녀는 내가 쓴 김윤아에 대한 글에서 샤먼(shaman)에 대한 얘기가 인상적이었다면서 자신도 무대에 서면 '여 사제'가 됐다고 생각한단다. 일단 무대에 오르면 객석에 아무리 똑똑하고 지위 높은 사람이 앉아 있더라도 자신은 '달'을 가리키는 여 사제가 된다는 거다. 그녀의 콘서트나 내 공연을 보고 간 그 수많은 관객들이 자신도 모르는 사이에 무대 위에 서 있는 제사장들에 의해 자신의 영혼이 제의를 지내고 돌아갔다는 사실을 알까? 콘서트건 연극이건 그 사제의 손끝이 '달'을 가리킨다면 그건 곧 한판의 굿이라는 사실을 그들은 알았을까? 그녀와 대화를 하면서 난 정신적인 오르가슴을 느낀다.

　　그러나 여 사제는 무대에서 내려와서도 계속 '달' 얘길 했고 그러다 보니 '돈'이 도망갔다. 돈 없이 지낸 시절이 있었지만 한 번도 심각해본 적이 없었던 건 털털한 성격과 검소한 생활 탓도 있지만 무엇보다 그녀의 신앙심 때문이었다. 이제 겨우 30대 중반인 그녀가 수십 년은 내공을 쌓아야만 가능한 '힘 뺀' 소리로 노래를 하는 저력이 그녀의 신앙 때문일지도 모른다고 생각해본다. 그게 아니라면 그녀는 너무 빨리 늙어버린 걸지도 모른다. 힘 빼는 게 얼마나 어려운 건데……

　　며칠 전 그녀는 이라크 파병을 반대하는 가수들의 모임에 얼굴을 내밀고 성명서도 읽었다. 성명서를 읽은 장소가 일본이었다면 더 선전 효과가 컸을 거라면서 한국에서 무력감을 느끼는 게 억울하다고 한다. 대중적인 인기에 대해선 허허롭던 그녀가 프로파간다의 효과에 대해선 예민해진다. 이런 그녀를 두고 '진짜 딴따라'라고 하는 거다. 샤먼의 후신 말이다.

(2003년 4월)

**요즘 그녀는** ■■■

지난 여름에 나온 그녀의 새 음반을 들여다보니 그녀는 여전히 '지도에 없는 마을'을 찾아가고 "느리게 걷는 동안 꽃은 얼마나 자라고 함박 웃고" 있는지를 느끼며 살고 있다. 그리고 그런 그의 영혼은 그대로 그녀의 노래가 된다.

"지구 반대편에선 매일 안 예쁜 뉴스, 화도 나고 슬프지. 하지만 좋은 에너지를 보내"라는 그의 노랫말에서도 알 수 있듯이 그녀의 음악은 그녀 영혼과 몸뚱이 속에 있는 그 '좋은 에너지'로 만들어지고 있고 앞으로도 그럴 것이다.

최근엔 무등산의 한 절에서 친환경 공연도 했다. 친환경 공연이라니, 참 그다운 발상이다. 얼마 전엔 2006년 한국대중음악상에서 '올해의 여자 가수상'도 받았다. 축하해요 상은씨.

# 미스 김, 널 보러가요

**권미형**(左)·**공상아**(中) 80년대에 전국을 공포에 떨게 했던 화성 연쇄살인사건을 소재로 한 연극과 그 연극을 원작으로 한 영화가 동시에 개봉돼 화제가 되고 있다. 연극 〈날 보러와요〉(김광림 작, 연출)와 영화 〈살인의 추억〉(봉준호 각본, 감독)이 그것이다. 송강호, 김상경 주연의 영화도 가히 완벽한 관극의 즐거움을 느꼈을 정도로 훌륭하지만, 원작인 연극 〈날 보러와요〉 또한 원작이 갖는 아우라는 둘째치고라도 연극에서만 느낄 수 있는 재미로 가득 찬 수준작이다. 그리고 난 이 연극이 초연되던 97년에 출연을 하기도 해서 이 작품에 남다른 애정을 갖고 있다. 내가 그때 맡았던 역할은 화성 촌동네의 다방 아가씨 '미스 김'이었다. 영화에는 빠져 있지만 연극에선 관객들에게 끔찍한 살인사건이 계속되고 범인은 오리무중이지만 그래도 삶은 살 만한 것이라는 메시지를 던지는 따뜻한 캐릭터였다.

그 당시 〈날 보러와요〉 공연은 흥행 성적은 그리 좋지 않았지만 연극계에 좋은 작품이라고 입소문이 났다. 제작을 했던 극단 연우무대 쪽에선 공연 끝나고 슈퍼를 차릴 계획이라는 농담까지 할 정도로 분장실 벽은 연극인들이 입장료 대신 들고 온 음료수 박스들로 가득했다.

얼마 전, 바쁜 일상을 뒤로하고 〈날 보러와요〉 연습실을 찾았다. 반은 새 멤버들로 채워져 있었지만 그래도 다시 뭉친 '어제의 용사들'을 응원하기 위해서였고, 무엇보다 또 다른 '미스 김'들이 궁금했기 때문이었다.

오랜만에 느껴보는 연습실 풍경은 나를 흥분시키기에 충분했다. 약간 어두운 조명, 퀴퀴한 지하실 냄새, 담배꽁초가 쌓여 있는 재떨이들, 가족같이 스스럼없는 관계지만 묘하게 뿜어져 나오는 적당한 긴장들…… . 잠깐 잊고 있었지만 내가 너무나 사랑했던 분위기였다. '원조' 미스 김의 방문으로 작은 인사들이 오간 후 시작된 연습. 미스 김 장면만 나오면 복잡한 감정들이 한꺼번에 몰려들어서 입술만 잘근잘근 씹어댔다. 6년 전, 문성근 선배가 어떤 공연 리뷰에 "미스 김을 연기한 오지혜가 예쁘다"라고 썼던 게 생각났다. 그가 나를 모를 리 없으니 얼굴을 예쁘다고 했을 리는 없고 역할도 예뻤고 연기도 예뻤단 뜻이리라. 그리고 나는 몇 년 후 또 다른 미스 김'들'을 보면서 이들 신인 여배우 권미형, 공상아 두 친구 역시 참 예쁘다는 생각을 한다. 싱그러운 자극을 맘에 안은 채 돌아왔고 며칠 후 이 두 배우를 대학로에서 다시 만났다.

아무런 사전 지식이 없는 딴따라를 만난 건 처음인지라 왜 연극을 하게 됐는지부터 물었다. 권미형은 11년 전 〈신의 아그네스〉를 보고 '뿅' 가서 연극하는 사람들은 무조건 멋있게 보였지만, 너무나도 평범한 공무원 집안에서 자란 자기와는 전혀 상관없는 세계라고 생각했기 때문에 러시아어과를 택했다고 한다. 그러나 졸업을 하고 보니 4년 내내 연극 동아리에만 빠져 있었던 자신을 발견했고 그때서야 하고 싶은 걸 하라는 선배들의 충고를 밑천 삼아 서울예전엘 들어갔다. 권미형은 자기 이름만으로 관객을 부를 수 있는 배우가 되고 싶다는 얘기를 하면서도 조금 천천히 배우의 발을 뗀 사람답게 수줍게 말을 이어갔다. 그에 비해 아직 학생인 공상아는 조곤조곤하는 말에 야문 면이 있다. 공상아는 초등학교 6학년 때부터 연예인을 꿈꾸다가 안양예고를 거쳐 지금은 연극원에 재학 중이고, 반전 활동 같은 데에 앞장서는 지적인 배우가 되고 싶다는 꿈을 품고 있다.

가정환경이나 배우가 된 동기, 거쳐 온 학교가 모두 다른 그들의 공통된 대답은 지금 참 행복하다는 것이었다. 그들도 연극이란 아편에 중독된 게 틀림없다. 그렇지 않고서야 많이 알아주지도 않고 돈도 많이 안 주고 미래가 보장되지도 않는 일을 하면서 저렇게 행복한 미소를 지을 수는 없지 않은가.

그들은 같은 작품 안에 같은 역할, 같은 대사를 하고 있지만 다른 미스 김을 보여주고 있다. 배우가 다른 사람이니 다른 연기가 나오는 것은 당연한 얘기지만. 권미형이 연기하는 미스 김은 조금 어눌하고 순박하고, 공상아가 연기하는 미스 김은 나름대로 잔머리도 굴리고 새침을 떤다(그러나 남이 보기엔 역시 순박하다). 만약 여러분이 연극 〈날 보러와요〉의 양쪽 팀 공연을 다 보게 된다면 똑같은 작품인데도 아주 다른 느낌을 받을 것이다. 그녀들과 만나면서 '다른' 연기는 있어도 '틀린' 연기는 없다는 사실이 새삼 떠올랐다.

나는 배우의 변신을 믿지 않는다. 만약 배우의 생명이 변신에만 있다면 토씨 하나 다르지 않은 미스 김을 하루걸러 교대로 연기하고 있는 그들의 모습은 똑같아야 한다. 6년 전의 나도 마찬가지고. 허나 오지혜의 미스 김, 권미형의 미스 김, 공상아의 미스 김은 같으나 다 다르다. 배우 개인이 그 역할에 대해 나름대로 해석한 것은 필요 없고 그저 그 작품 안의 극중 인물만 필요하다면 관객들은 힘들여 극장까지 발걸음 할 것 없이 그저 집에서 작품의 스토리만 읽어도 무방하다. 연극은 그런 거다. '미스 김' 자체를 만나러 오는 게 아니라 '배우 누구누구가 연기하는' 미스 김을 만나러 오는 것이다. 물론 극중 인물을 이해하기 위해 그 인물을 고민하고 분석하는 과정이 필요하다. 그리고 많은 부분이 간접 경험과 상상에 의해 연기된다. 그러나 무대 위에서 숨쉬고 상대방의 눈을 쳐다보고 관객에게 침을 튀기며 존재하는 것은 분명 자연인 배우이므로 결국 그 배우의 개인사와 가치관, 그의 영혼 안에서 모든 게 나온다.

난 그녀들의 전작을 본 적도 없고 앞으로 어떤 배우가 되리라 짐작할 수도 없다. 다만 한 가지 확실한 것은 그녀들이 맑은 영혼을 가졌을 거라는 거다. 미스 김은 맑은 영혼을 가져야만 해낼 수 있는 역할이다(나도 한땐 참 맑은 영혼의 소유자였음을 이 기회를 빌려 주장하는 바이다). 영화는 무력감에 빠질 정도로 비관적인 데 반해 같은 사건을 다루고 있는 연극은 그래도 희망의 메시지를 건넨다. 그건 바로 영화에는 없는 캐릭터인 '미스 김' 때문이

라 해도 과언이 아니다. 진실이 실종되고 자신이 인간이라는 사실이 끔찍하게 느껴지는 가운데 방황하는 인물들 중 유일하게 '확실한 진실'을 갖고 있는 인물이 바로 이 미스 김인 것이다. 그리고 그 진실은 바로 사랑이기 때문이다.

우주의 유일한 헌법이 있다면 그건 아마 사랑일 거라고 말한 시인 함민복의 말을 온몸으로 보여주는 권미형, 공상아가 난 참 예쁘다. (2003년 4월)

## 요즘 그녀들은 ■■■

권미형은 영화 〈살인의 추억〉에도 단역으로 출연했는데 거기서 만난 스태프와 결혼해서 올 여름이면 아이 엄마가 된다. 그리고 참 재밌는 건 난 그 아이의 큰엄마가 된다는 사실이다. 〈날 보러와요〉를 보러 갔을 때만 해도 쉬쉬하며 우리 시동생과 연애를 하고 있었기에, 어떻게 형제가 똑같은 역을 한 여배우들과 연애를 하냐 싶어 재밌어했다. 한데 정말 결혼을 했고 지금 이 친구는 내 동서가 되어 있는 거다. 인연이란 ……. 내 동서 권미형은 연극을 계속하고 있고 학원에서 수염이 막 자라기 시작하는 아이들에게 연기를 가르치고 있다.

공상아는 근황을 물어보기 위해 전화를 했더니 작품 리허설 중이라며 숨이 턱에 찬 목소리로 전화를 받는다. 학교 공연도 하면서 틈틈이 우투리라는 극단에서도 활동 중이라 올 2월에서야 늦은 졸업을 한단다. 프로 맛을 벌써 진탕 봐버렸으니 정식 데뷔를 하면 시시할라나? 시시해하든 말든 지적인 극단에 들어갔으니 지적인 배우가 됐을 건 뻔한 일이고, 이제 우리는 그녀가 반전 활동에 앞장서는지만 지켜보면 될 일이다.

# 가슴에 '독'을 품다

이대연

올해로 배우 경력 15년차인 그의 연기 폭은 사실 그리 넓지 않았다(물론 지난번에도 말한 바 있듯이 배우의 생명이 변신에만 있지 않기 때문에 비슷한 역할을 맡으면서 그 안에서 좋은 연기를 보여준 그를 부정적으로 본 건 아니다). 한데 최근 드라마 〈눈사람〉과 얼마 전 막을 내린 연극 〈아트(Art)〉에서 그는 확실히 달라진 모습을 보여줬다. 항상 해오던 비슷한 캐릭터의 역할을 하고 있는데 그동안 보였던 약간의 작위적인 연기가 사라지고 아주 자연스럽고 편안한 연기를 하고 있는 것이었다. 그를 좋아하는 연극계 후배로서 그의 '변화'가 참으로 반가웠다.

아는 사람은 알겠지만 이 '딴따라 판'이라는 동네는 조금이라도 양아치스러움이 있어야 버텨낼 수 있는 곳이다. 내가 11년째 잘 버티고 있는 걸 보면 내게도 '양아치' 같은 면이 조금은 있는 것 같다. 한데 내가 아는 배우 중엔 양아치스러운 모습이 눈곱만큼도 없는데도 이 판에서 잘 살아가는 이가 있는데, 배우 이대연이 바로 그런 사람이다. 난 그와 꽤 오랜 시간을 알아왔고 〈비언소〉라는 연극으로 한 무대에 서서 전국 순회공연을 다니기도 했는데, 단 한 번도 그에게 실망하거나 부정적인 모습을 본 적이 없다. 언제나 온화하고 간혹 불평을 할 때도 정중히 하며 상대를 깎아내린다거나 남을 흉보는 일은 단연코 없었다. 연극 작업이란 게 가족보다 더 가까워지지 않으면 하기 힘든지라 몇 달만 지내보면 노력하지 않아도 서로의 단점들을 훤히 꿰뚫게 되는데 정말이지 그의 단점은 눈 씻고 봐도 찾을 수가 없다. 한데 그 '단점 없음'은 배우를 택한 그에게 아주 치명적인 단점이었다. 시인 황지우가 말하지 않았던가. "아! 나의 깊이는 나의 한계였으니"라고……

배우인 내게 부모 잘 만나 고생 안 하고 자란 것이 오히려 콤플렉스가 됐듯이 그에겐 어쩔 수 없는 '범생이' 모습이 큰 한계였다고 스스로도 고백했다. 배우가 된 동기가 재밌다. 그는 연세대 신학과를 나왔다. 고등학생 때는 독문과 다니는 누님의 영향을 많이 받아서 정신세계를 동경하는 문학 소년이었고 모태 신앙인이었던 그는 순전히 낭만적인 이유로 신학과를 택했다. 그러나 그에게 신학은 낭만은커녕 너무나 딱딱하기만 했다. 결국 그가 '낭만'을 찾아 들어간 곳이 연세대 극예술연구회였다. 그런데 그곳에서 장로의 아들로 태어나 아무런 풍파 없이 모범생의 정식 코스만 밟아온 그의 '범생이' 기질은 낭만을 즐기는 데 방해만 됐고 그런 자신을 깨고 싶어서 배우가 되기로 결심했다는 거다.

'점잖다', '어른스럽다' 소리가 지겨워 택한 딴따라의 길. 그럼에도 여전히 그 소릴 들어온 그는 나이 마흔이 되고 보니 억지로 될 게 따로 있다는 생각이 들어서 그런 자신의 모습을 그냥 받아들이기로 했단다. 말하자면 자아와 데면데면 타협을 하기로 했다는 거다. 정말 착한 사람은 세상에 없다. 성격 차이일 뿐이지 형도 속으론 못된 생각 많이 하지 않느냐는 내 질문에 맞는 말이라고, '40 불혹'이니 뭐니 하는 말은 다 사기라고, 자신은 그저 스스로를 억압하는 데 익숙할 뿐이라며 킬킬 웃는다.

스스로 억압하는 데 익숙한가보다는 그의 말에 하마터면 눈물을 쏟을 뻔했다. 4년 전 교통사고로 그의 곁을 떠난 그의 아내가 생각났기 때문이다. 난 그때 임신 4개월의 몸으로 영화 〈와이키키 브라더스〉를 찍고 있었기 때문에 소식을 전해준 후배는 내 건강을 염려해 한참을 고민하다 그 사실을 알려줬더랬다. 그날 난 빈소에서 참 많이 울었다. 하은이 엄마도 너무 불쌍했지만 자기가 자랑할 거라곤 착한 아내를 얻었다는 것뿐이었는데 어찌 그걸 앗아가실 수가 있느냐며 굵은 눈물을 흘리는 그가 너무나 가여웠기 때문이다. 그 후 몇 번의 공연이 있었고 사랑하는 아내를 잃고도 무대에서 광대짓을 하고 있는 그를 생각하면 가슴이 아팠지만 시간이 흐르면서 '남의 아픔'은 점점 잊혀졌다.

그는 현재 처가에 들어가 살고 있다. 그의 부모님은 너무 연로하셔서 아이를 맡을 형편이 안 되셨기에 아이들을 장인, 장모님이 키워주시기로 했는데, 아이들과 떨어져 사는 건 너무 가혹한 일이라 어쩔 수 없는 선택이었다고 한다. 아이들 때문이라지만 매일매일 서로 얼굴을 대해야 하는 장인, 장모와의 동거는 참 잔인한 일일 것이다. 사실 많이 힘들어하는 눈치였다. 난 그런 그에게 참 잔인하게도 이렇게 얘기했다. 혹시 신께서 너무나 안온한 인생을 사는 그를 진짜 배우로 만들기 위해 아내를 데려가신 게 아닌가 하는……. 아닌 게 아니라 시인 황지우 씨도 술자리에서 그에게 그러더란다. "대연이 넌 이제 '쟁이'로서의 배수진을 친 거다"라고.

배수의 진을 친다는 것은 한 발자국만 뒤로 물러서면 물에 빠져 죽을 각오를 하고 싸우는 것을 뜻한다. 뒤로 돌아서지 않고 적을 향해 독을 품고 앞으로 앞으로 달려드는 모습이다. 예술은 어떤 형태로든 간에 '자연'에 가장 가까이 가려는 시도이다. 자연이 곧 신이라면 신을 향한 독기 없이는 예술을 할 수 없다는 말일까. 그는 요즘 전에 없던 짜증이 늘었다고 한다. 친구와의 우정을 주제로 한 연극 〈아트〉 공연을 하면서 실제로 친구와 언쟁을 벌인 것이 참 맘에 걸린다면서 자기가 왜 이렇게 변했는지 모르겠다고, 아내에 대한 그리움과 외로움 때문인 것 같다고 쓸쓸하게 웃는 그를 보면서 비로소 그에게서 딴따라로서의 매력을 느꼈다. 동시에 왜 요즘 들어 그의 연기가 활력을 갖게 됐는지도 알게 됐다. 가슴에 '독'을 품었기 때문이다. 그 독이 익으면 한이 되고 한이 익으면 세상을 욕심 없이 바라볼 수 있게 되는 거다. 그런 경지에 이르면 자연에 가장 가까이 간 예술을 할 수 있겠지.

하은이 엄마 얘길 계속하다간 또 주책없이 눈물을 보일 것 같아 얼른 화제를 돌렸다. 정권이 바뀌어서 제일 좋은 건 무엇인 것 같으냐고 물었다. 자긴 정치에 문외한이라 정치나 경제가 어떻게 바뀔 진 모르겠지만 한 가지 좋은 점은 진솔하게 얘기하는 대통령은 처음이라는 것. 전체적인 손익분기점으로 봤을 땐 우리 사회가 한 단계 업그레이드됐다고 본단다. 사회 전체를 민주적인 분위기로 만드는 데 대통령의 그런 솔직한 태도가 일조했다고 본다고. 어떤 아빠가 되고 싶으냐는 물음엔 입술을 꼭 깨물면서 땅바닥을 잠시 쳐다보더니 "딸들이 수다를 떨고 싶어하는 아빠"라고 답한다.

그는 올해 우리 나이로 마흔이 됐다. 요즘 들어 부쩍 는 술자리마다 하도 마흔 타령을 했더니 후배 하나가 시집 하나를 선물했는데 거기 그런 내용이 있었다. 서른이 됐을 땐 낭떠러지에 선 느낌이었는데 마흔이 됐을 땐 허허벌판에 선 느낌이었다는……. 낭떠러지는 조심만 하면 되고 여차하면 다시 뒤로 돌아갈 수 있지만 허허벌판은 도망갈 곳도 없고 숨을 곳도 없고 떨어지고 싶어도 떨어질 곳도 없지 않느냐며 쓸쓸히 웃는 그의 얼굴에서 난 진짜 '쟁이'의 모습을 봤다. (2003년 5월)

텔레비전 사극에 '악' 역으로 출연하고 있다. 못된 인간 연기를 하면서 연기로나마 '악' 할 수 있음에 스트레스를 풀고 있으리라. 이 인터뷰를 한 게 벌써 2년 전이라 딸들이 수다를 떨고 싶어하는 아빠가 되고 싶다던 꿈이 어느 정도 실현됐는지 궁금했다. 둘째는 묻지도 않은 말까지 재잘대며 수다를 떨어 '주지'만 벌써 열한 살이 돼 버린 큰딸아이는 머리 굵은 티를 내느라 세 마디를 물으면 한 마디를 대답한단다. 참, 처가에선 진즉 나와서 요즘은 딸들과 함께 큰누이 식구들과 살고 있다고 한다.

# 심드렁하되 매서운 눈빛!

그는 올해 우리 나이로 예순 셋이다. 우리나라 연극사에 거목으로 남을 배우인 그가 세속적인 명성을 누리지 못한 건 온전히 그의 지나치게 '심드렁함' 때문일 거다. 그의 젊은 시절은 알 수 없지만 측근들 애길 들어보면 평생 단 한 번도 뭔가를 목숨 바쳐 했다는 걸 들어보지 못했다는 거다. 그저 모든 걸 '아님 말고' 하는 자세로 사는 것 같았다. 지금 그는 장년의 남자배우라면 누구나 한 번쯤은 도전해보고 싶어하는 〈세일즈맨의 죽음〉의 아버지 역을 맡아 공연 중이다.

인터뷰를 끔찍이 싫어하는 것도 그가 대중적으로 잘 알려지지 않은 요인 중 하나이리라. 나를 그저 조카처럼 예뻐하기에 잠깐 만나주는 것이었다. 그래도 명색이 인터뷰인데 전날 마신 술이 깨지 않아 눈은 벌겋고 옷은 집에서 누워 있다가 담배 사러 나온 차림이었다. 부모님 상 치렀을 때와 무대 위를 제외하고는 평생 정장을 입어보지 않았다는 말은 참 그다웠다. 그는 정말 연기를 잘하는 배우다(솔직히 60세 넘으면 다 '명배우' 소릴 붙여주는 우

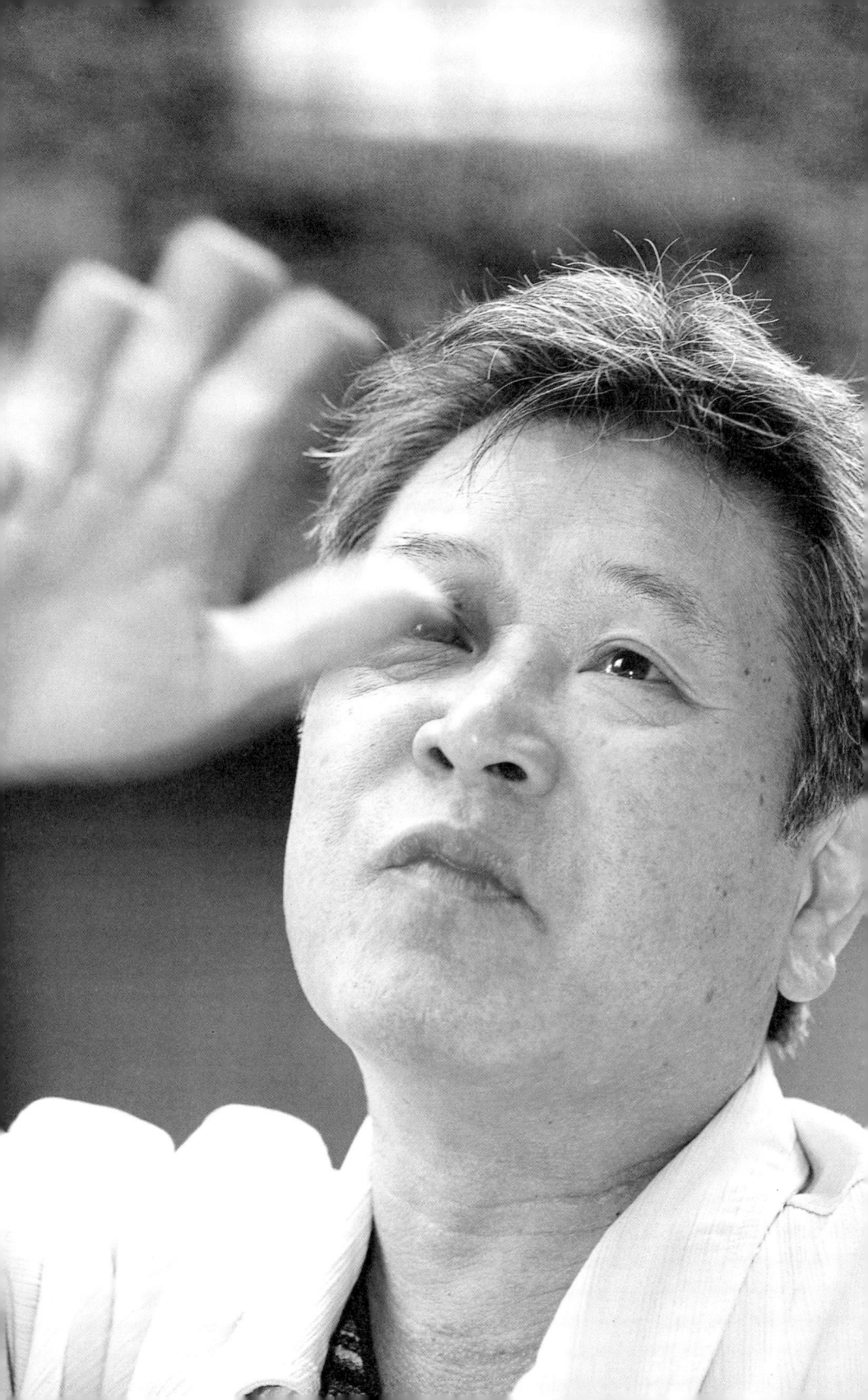

리 풍토가 맘에 안 든다. 40, 50년 했어도 연기 못하는 배우 참 많다. 예술은 오래 한다고 잘하는 게 아닌 것 같다). 발성이나 발음이나 역할 해석이나 무대 장악력이나 그 모두가 완벽에 가까운 배우다. 한데 놀라운 건 그는 연기조차도 뭐 그리 미치도록 좋아서 하는 게 아니란다. 그럼 도대체 60년을 넘게 살아온 인생 중에 뭔가에 미쳐본 적이 있느냐니까 별로 없는 것 같다며 귀엽게(?) 웃는다. 혼란스러웠다. 한 번도 '미친' 적이 없다면 무대 위의 그를 볼 때마다 느꼈던 그 매섭다 못해 무서운 눈매는 어디서 나오는 에너지란 말인가.

그는 사람이라면, 특히 배우라면 어딘가 모를 구석이 있어야 하지 않느냐고 반문한다. 그의 지론대로라면 그야말로 배우다운 배우요, 사람다운 사람인 게다. 평생을 그와 가깝게 지낸 내 부모조차도 그를 연기 잘하는 배우라는 거 말고는 '참 모를 사람'이라고 하니 말이다. 인생의 카테고리가 하나도 없어 보이는 것 같지만 정작 그와 대화를 나눠보면 그의 박식함에 깜짝 놀라게 된다. 10년 넘게 라디오에서 한 프로를 진행하면서 거의 매일 각 분야의 전문가들을 만나 '맞장'을 떴던 것과 타고난 역마살 때문에 틈만 나면 짐을 싸서 길을 떠났던 것이 자양분이 됐던 걸 게다. 여행 하면 나도 할 얘기가 많은지라 어디어디를 다녀왔나 물으니 한참을 세다가 안 가본 나라를 세는 쪽이 더 빠를 것 같다며 또 '귀엽게' 웃는다. 그것도 배낭 하나 달랑 메고 떠나는 진정한 여행자로서 지구 곳곳을 누볐으니 그 옆에 있으면 항상 바람소리가 났던 건 바로 그 때문이었나 보다.

배우가 된 사연을 들으면 무대 위에서 보이는 그의 카리스마의 원천이 더더욱 궁금해진다. 배우가 된 동기 역시 너무나 심드렁하기 때문이다. 스무 살. 별로 하고 싶은 게 없는 청년 시절이었지만 과를 선택해야겠기에 외교관이 되면 멋있을 것 같아 정치외교학과를 들어갔다. 때는 1960년. 어수선한 시국이었지만 별 시대의식이 없었던 그는 목소리가 우렁차다는 이유 하나로 한 선배의 손에 이끌려 학생들 앞에서 뭔가를 읽었다. 그건 4·19 성명서였고 그는 입학한 지 몇 달 채 되지도 않아 제적을 당하고 만다. 부모님께 송구해서 두 달 동안 가출을 했다 돌아온 그는 가을 학기에 입학할 수 있는 학교를 찾았고, 그런 학교는 서울예전밖에 없다는 걸 알았다. 과는 딱 두 개. 연구과와 연기과. 그나마 연구과는 다른 대학을 나온 후에야 들어갈 수 있는 곳이어서 그야말로 '하는 수 없이' 들어간 곳이 연극과였다는 거다. 그래도 평상시에 딴따라 쪽으로 조금이라도 관심이 있었으니까 선택한 것이 아니겠느냐 물으니 전혀 그렇지 않았다고. 그러니 들어가서 대학생활이 재밌을 리 없었던 그는 허구한 날 학교 밖에서 술을 마셔댔다(그의 술 실력은 이때부터 내공(?)이 쌓였으리라). 그렇게 명동을 배회하다가 우연히 비슷한 술꾼인 김벌래(음향전문가)를 만났고 심심한데 연극이나 하자는 김씨의 권유로 학교 울타리 밖에서 처음 무대에 섰던 것이 〈생쥐와 인간〉이라는 작품이었다. 그야말로 '그냥' 한 거였는데 반응은 엄청났고 그때서야 자신이 연기에 소질이 있다는 걸 알았다는 거다. 겨우겨우 '조금' 재밌는 걸 발견한 그는 그 후로 40년을 무대에 섰다. 단지 다른 일보다 '조금' 흥미로웠을 뿐이었다는 배우 짓을 하면서 말이다. 만약 성명서 낭독사건(?)이 없었다면 지금 그는 뭘 하며 살고 있을까? 많은 후배들에게 '배우를 하게 된 동기'를 부여한 배우의 동기치고는 너무나 심드렁하지 않은가.

　청년 시절 얘길 좀더 들려달라고 했다가 깜짝 놀랄 얘길 들었다. 대학을 졸업한 후 무얼 하고 먹고살아야 하나 고민하다가 월남전엘 지원했었다는 거다. 헉! 월남이라니……. 맘이 무거워졌다. 요즘 〈한겨레21〉에서 펼치고 있는 '미안해요 베트남' 운동에 마음을 함께하고 있는 터라 질문하기가 조심스러웠다. 만약 그도 민간인 학살에 동참했던 입장이라면 그는 내 '젊은' 역사관을 어떻게 받아들일까.

민간인 학살에 대해 물으니 자신은 베트남 전쟁 초기인 66년에 참전해서 13개월 동안 있다 왔는데 그땐 전쟁의 열기가 그리 크지 않을 때였다고 한다. 게다가 자신은 한 마을을 공격할 때 폭격기와 대포가 마을을 완전히 쑥대밭으로 만든 후 들어가는 포병이었는지라 시체들만 실컷 봤을 뿐, 군인이건 민간인이건 사람을 죽여본 일도 죽이는 걸 본 적도 없다고 했다. 휴……. (폭격도 학살이긴 하지만) 그나마 다행이다. 그러나 민간인 학살에 동참하지 않은 게 그의 의지가 아니었을 뿐이므로 '상황'이 닥치면 어쩔 수 없었으리라. '어쩔 수 없는' 상황이 아닌데도 무수한 민간인들, 특히 어린 아이들이 우리 군인들 손에 죽음을 당한 사실을 아는지 물었다. 자신도 귀국 후 흉한 소문을 듣긴 했지만 전쟁 자체가 일어나지 말아야지 일단 일어나면 민간인 사상은 어쩔 수 없는 일이라고 단호히 말했다. "어쩔 수 없는 상황이 아니었는데도"라는 내 말을 이해하지 못하는 것 같았다. 아니면 못 들은 척했거나. 그러면서 그는 전쟁은 나쁘지만 그 전쟁 때문에 우리나라가 잘 살게 됐으므로 어느 정도 긍정적으로 본다는 말도 덧붙였다. 난 조금 화가 났다. 우리나라가 잘 먹고 잘 살게 되는 조건이 다른 나라 사람의 피라면 그건 정당하지 못한 게 아닌지 물었다. 그는 아주 잠깐이었지만 무대 위에서 보여주던 예의 그 매서운 눈빛으로 날 보며 말했다. "전쟁보다 무서운 게 뭔지 아느냐. 그건 가난이다. 가난해보지 않은 사람은 모른다. 잘잘못을 따지는 건 너무 단순한 흑백논리다"라고. 난 불행히도 가난을 몰랐으므로 그의 결연한 눈빛에 주눅이 들고 말았다.

그의 보수적인 역사관은 예상 못한 게 아니므로 별로 놀라진 않았다. 하지만 그 눈빛, 오직 무대 위에서만 보여주던 그 매서운 눈빛을 아주 잠깐이지만 무대 '밑'에서 볼 수 있었고 섬뜩하기까지 한 에너지를 느꼈던 것이 쉽게 잊혀지지 않을 것 같다. 그리고 그런 생각을 해본다. 그가 그렇게 술에 숨어 살고 '귀엽게' 웃으며 연기 이외의 모든 일상을 그저 심드렁하게 살아 내는 건 그 '무서운' 에너지를 사람들에게 쉽게 들키지 않게 하기 위한 일 종의 '제스처'가 아닐까 하는……. 그는 정말 모를 사람이다. (2003년 5월)

### 요즘 그는 ■■■

지난해(2005년) 12월, 자신의 평생지기 연출가 오태석의 신작이자 교수 은퇴 기념작인 〈용호상박〉이란 연극에 출연했다. 아마도 매일 연습과 공연이 끝난 후 술을 마셨을 거다. 주로 젊은 사람들로 구성된 그의 팬클럽 '빨간 소주' 멤버들이든 함께 공연하는 연극인들이든 혹은 그저 그 앞을 지나가는 사람들이든 간에 그 누구도 그가 '귀엽게' 웃으면서 술 한잔 하자며 손을 잡아끄는 걸 거부할 수 있는 사람은 없을 것이다. 그가 사람들 옷깃을 잡아당기는 건 예의 그 '귀여운' 눈웃음이 아닌 그 안에 숨겨진 정체 모를 매서움이기 때문이다. 그렇다고 그에게 옷자락 잡히기를 두려워 하지는 마시라. 그 매서움은 무대 위가 아니라면 웬만해선 보여주지 않으니까.

이정은

# 가난한 무대, 천국의 배우

    친하게 지내는 대학로 후배에게서 전화가 왔다. 공연하니까 보러 오라고. 극단 이름을 물으니 '눈 위에 나'란다. 듣도 보도 못한 이름이라서 "아, 극단 하나가 또 '배 째!'를 외치며 생겼나 보구나" 했다. 대표 이름을 물으니 그런 건 없단다. 연출 이름을 물으니 들은 이름이다. 이정은. 이정은? 배우 이정은? 개인적인 친분은 없지만 한양대 연극영화과 88학번으로 나와 비슷한 연배의, 내가 참 좋아하는 여배우였다. 한동안 두드러진 활동이 없기에 그런가보다 했는데 연기가 아닌 웬 연출? 한데 그 후배의 얘기가 내 마음을 답답하게 했다. 작품도 좋고 배우들도 실력을 인정받은 30대들인데 마땅히 제작을 맡아줄 곳이 없어서 일단은 프로젝트 개념으로 뭉쳤고, 제작비가 모자라 배우 네 명이 각자 250만원씩 뱉어내고 시작을 했다는 거다.

    250만원? 25만원이 아니고? 무대 위에선 다들 펄펄 날지만 현실에선 융통성이 없어서 끽해야 알바 수준의 일거리들만 있는 그 친구들이 무슨 돈이 있다고 겁도 없이 그런 일을 저질렀을까 생각하니 친한 후배들도 아닌데 걱정이 덜컥 앞선다. '망하면 어쩌려고?' 하는 생각과 함께 '얼마나 하고 싶으면' 하는 생각이 들자 이 무모한 프로젝트를 선동한 이정은을 만나보고 싶어졌다.

오랜만에 만났지만 그녀는 여전히 왕 털털한 모습 그대로였다. 예전부터 그녀를 보면 만화영화 〈미래소년 코난〉에 나오는 코난 친구 포비가 생각났다. 작은 키에 통통한 몸매, 손가락으로 대충 빗어 넘긴 더벅머리, 헐렁한 셔츠, 헐렁한 면바지 그리고 덩치에 안 맞는 귀여운 눈까지 영락없는 포비다. 유일하게 포비와 다른 점이 있다면 그 귀여운 눈에서 뿜어져 나오는 삐딱한 시선이었다.

최민식의 동생으로 알려졌지만 이미 실력으로 인정받은 배우 최광일 등과 함께 그녀가 '사고'를 친 이번 작품은 미국 작품을 번안한 〈진동거울〉로, 혜화동 로터리에 있는 동숭무대극장에서 공연 중이다. 팸플릿은 요즘 고등학생 학예회도 이렇게는 안 만들겠다 싶을 정도로 초라하고 무대도 가난하기 이를 데 없었지만, 일단 가정폭력을 다룬 원작이 갖는 힘이 좋고 무엇보다도 '진짜 연기'를 고민하는 배우들의 연기와 열정이 대학로 '주류' 연극들 못지않다. 하긴 브로드웨이의 유명한 극장들보다 진짜 연기를 보려면 '오프(off)' 브로드웨이를 가야 하듯이, 대학로에서도 비록 스타 하나 없고 무대는 초라하지만 살아 있는 연기를 보고 싶다면 '오프' 대학로를 찾아야 할 거다(아! 물론 잘 찾아야 한다. 가끔 '지뢰'가 있으니까).

얼마 전에 직접 제작을 했다가 망했다는 얘길 들은 터라 도대체 이번에 또 망하면 어쩌려고 그러느냐는 대안 없는 내 걱정에 그녀는 속 편한 얼굴로 안 그래도 빚이 잔뜩 있지만 하고 싶은 건 해야겠기에 하는 거란다. 마흔 넘어서 하면 좀 웃길 거 아니냐고 키득거리면서……. 빚? 많지만 딸린 식구도 없고 몸 건강한데 그거 못 갚겠느냐는 거다. 다른 '동지'들도 다 같은 생각이란다. 그녀와 그녀의 '동지'들은 이 공연이 끝난 후나 공연 중인 지금도 각자 학습지 교사와 생수 장사 등으로 살아갈 구멍들을 마련해놓은 상태다.

치열하다 못해 처연하기까지 한 이들의 각오는 생각보다 야무졌다. 아무리 헝그리 정신으로 하는 작업이라지만 네 명이 쏟아낸 천만 원으로는 턱도 없었다. 고참인 이정은은 예뻐하는 후배이자 대학로 출신의 스타인 신하균에게 전화를 해서 다짜고짜 "하균아, 너, 누나 믿지? 천만 원만 꿔다오. 꼭 갚는다" 했고 무엇에 쓰일지 뻔히 아는 착한 스타 신하균은 그 큰돈을 선뜻 이들에게 빌려주었다. 난 그런 돈이 없기도 하지만 만약 있다면 대학로의 후배나 선배가 그런 부탁을 해왔을 때 신하균처럼 쿨하게 그럴 수 있었을까 생각하니 갑자기 '쪽팔림'이 밀려왔다.

배우라는 직업은 돈도 외모도 인기도 아닌 오로지 '연기를 어떡하면 잘할 수 있는가'만 고민하면 된다는 철학으로 사는 그녀, 세상에 태어났으면 하고 싶은 걸 하며 살아야 사는 것 같다는 그녀의 배우로 가는 길목 초입 역시 그녀다웠다. 고등학교 시절, 남 앞에서 뭔가 만들어 보여주는 걸 좋아했던 그녀는 친구들의 오락거리를 책임지는 역할을 도맡아 했다. 그러던 고3 어느 날, 같은 반 반장이 "우리도 이한열 열사의 죽음을 애도하는 뜻에서 검은 리본을 달자"고 했고 자신은 그 검은 리본 달기를 '선동'한 일이 있었다. 주동자인 반장은 졸업을 코앞에 두고 자퇴를 해야 했고 자신은 반성문을 쓰는 걸로 마무리됐다. 반장 친구에 비하면 가벼운 처사였지만 그녀는 자기 의견 하나도 맘대로 말하지 못하는 세상에 나가는 게 너무나 두렵다는 생각을 하게 됐고, 하고 싶은 걸 하며 살아야 숨통이 트일 것 같아 예체능계도 아니었지만 평소에 관심이 많던 연극을 전공하기로 결심했다는 거다. 연극을 전공으로 택한 동기가 동기니 만큼 대학 시절은 학생운동을 하며 보냈고 데뷔 초기 땐 민족극을 하는 극단에도 있었다. 포비 같은 눈동자에서 언제나 '삐딱함'을 느꼈던 건 그런 내공(?)이 있었기 때문인가 보다.

배가 산으로 갈까봐 상징적으로 연출이란 직함을 맡았을 뿐 거의 공동창작이라는 이 작품엔 그녀도 배우로 잠깐 출연을 한다. 솔직히 연출로서의 기량보다 배우로서의 기량이 훨씬 뛰어난 그녀가 굳이 이런 프로젝트를 저지른 진짜 동기가 궁금했다. 배우로 안 팔리니까 연출로 전향을 하려는 거냐는 짓궂은 질문에 그녀는 포비 같은 눈을 깜박거리며 대답한다. 뭐가 되려고 뭔가를 해본 적이 단 한번도 없단다. 그저 더 나이 먹기 전에 같은 고민을 하는 동료들과 '진짜 연기'에 대해 고민해보고 싶었을 뿐이란다. 진짜 연기라는 게 정의가 가능하다고 생각하느냐 물으니 물론 아니란다. 그러나 '자아'가 깎여져서 솔직함만 남게 됐을 때 진정한 소통이 가능해지지 않겠느냐는 거다. 그 소통의 대상이 옆 사람이건 관객이건 말이다.

우리나라에 없는 게 석유 말고 '괜찮은 남자'라고 누가 농담을 한 적이 있는데, 하나 더 있다. '공부하는 프로'다. 경력이 10년 이상 된 '프로'들이 그네들처럼 겸손하게 공부하는 자세로 일을 한다면 석유쯤은 안 나와도 국력이 빵빵해지리라 믿어 의심치 않는다. 하지만 현실은 그렇지 않다. 1년만 하면 너도나도 다 전문가요, 남의 일에 훈수만 두려 할 뿐 자기 일에 있어서는 더 이상 '배우려' 하지 않는 사람들투성이다.

영화, 텔레비전 종사자들에게 상을 주는 화려한 시상식장에서 거지 적선하듯이 찔끔찔끔 주던 연극상이 점점 없어져서 이제 연극 연기상을 주는 곳은 한 군데도 없다고 한다. 이런 젊은 배우들이 원하는 것은 부귀영화가 아니다. 돈 안 되는 손바닥만 한 트로피라도 하나 손에 쥐어주면서 '우리가 너희 지켜보고 있다. 잘한다. 열심히 해라' 하고 응원해주는 작은 관심이다. 아무도 관심 가져주지 않아서 이런 이들이 사라지게 된다면, 우리 문화의 미래도 없다는 걸 명심해야 할 거다. 누가? 우리 모두가! <small>(2003년 6월)</small>

## 요즘 그녀는 ■■■

정지우 감독과 학교 동기인 그녀는 정 감독의 신작 〈사랑니〉에서 신인배우들 연기 트레이닝을 시켜줬고(어쩐지 신인들도 너무 연기를 잘한다 했다), 요즘은 강남 사모님들이 만든 극단에서 〈양반전〉('상놈전'을 할 리가 없지 않은가)을 공연하는 데 거기서 노래와 춤을 봐주고 있다고 한다. 자꾸 이런 거만 하다보니 연기는 아주 가끔 하게 되는데, 이제 좀 적극적으로 연기할 기회를 알아보고 다닐 생각이란다. 제발 그러길! 다음엔 꼭 그녀의 연기를 보러가야겠다. 그녀의 연기를 보는 것이 내겐 '공부'이기 때문이다.

# '박해일스러움'을 아십니까

**박해일** 영화 〈살인의 추억〉은 내가 본 어떤 한국영화보다도 배우들의 연기가 빛나는 작품이었다(그게 결국 감독의 역량일지라도 말이다). 이미 최고의 연기력을 인정받은 송강호의 연기 이외에도 연극배우 출신인 수많은 조·단역 배우들의 사실적 연기는 이 영화의 무서운 힘이다. 그리고 이 영화를 본 사람들이라면 영화의 끝 부분에 15분가량밖에 나오지 않지만 매서운 눈빛과 무거운 중량감으로 스크린을 꽉 채우고 마치 연쇄살인범이 실제로 출연한 듯한 착각을 일으킬 만큼 소름끼치게 한 신인배우 박해일의 얼굴을 되새김질하지 않은 사람이 없을 거다. 실로 그 느낌은 영화 〈세븐〉에서 케빈 스페이시를 봤을 때의 충격과 맞먹었다.

박해일을 만나러 간다 하니 따라나서겠다는 여인들이 한두 명이 아니었다. 그를 만나자마자 여성 팬들의 성화(?)를 뒤로하고 오느라 힘들었다며 너스레를 떠니 난생 처음 듣는 소리라는 듯 쑥스러워한다. 아는 사람은 알겠지만 그는 대학로 연극인 출신이다. 아니, 지금도 그는 대학로가 훨씬 더 편한 배우다. 근황을 물으니 〈질투는 나의 힘〉 촬영 끝나고 연극을 한 편 했다고 한다. 그리고 한참 얘길 나누다가 근황이 그거밖에 없느냐는 내 추궁에 모기만 한 목소리로 CF도 하나 들어왔다고 고백한다. 안 바쁜 척했지만 그는 분명 뜨고 있는 중이다. 그 와중에 뜨는 데 방해가 될 정도로 지루한 과정이 필요한 연극을 했다는 건 기특한 일이 아닐 수 없다.

나와 함께 〈와이키키 브라더스〉를 찍을 때만 해도 극중 성우처럼 힘없는 배우였는데 인터뷰 섭외도 매니저를 통해서 해야 하고 그냥 수다나 떨자고 만나는 이 자리에도 매니저와 함께 나타나니 내가 다 감개가 무량해진다. 매니저 있는 생활의 가장 큰 변화가 뭐냐 물었다. 하기 싫은 일도 억지로 해야 하는 거라는 연극쟁이다운 대답을 한다. 그러나 이런 작은 불평은 정말 배부른 투정이렷다. 암, 그렇고 말고.

초심을 지켜내는 데에 가장 필요한 건 뭐라고 생각하느냐니까 "하던 대로… 무난하게… 무리 없이… 유지는 하되 머무르지 않고…" 하며 더듬더듬 어렵게 대답을 한다. 원래 말을 조리 있게 하는 스타일은 아니었지만 처음 만나는 사이도 아닌데 유난히 버벅댄다 싶었다. 아닌 게 아니라 대학입시 면접 보는 학생처럼 진땀을 빼며 대답하는 것 같아 이유를 물으니 인터뷰를 많이 하긴 했지만 연예잡지나 영화 담당기자가 아닌 시사주간지와의 인터뷰는 처음이라 아무리 내가 '지혜 누나'라도 긴장된다는 거다(짜식, 촌스럽긴~).

그러면서 고백하는 얘기. 날 만나러 오는 길에 스크린쿼터 관련 영화인 모임 기자회견에 좀 나와달라는 연락을 받았는데 선약이 있어서 못 간다고 했단다. 그러면서 선약이 없었어도 아마 안 갔을 거라고, 이유는 그런 자리에 나가기엔 아직 '공부'가 모자라기 때문이고 그런 자신이 조금 부끄럽다는 거다. 참 솔직하다. '공부'야 이제부터 하면 되지, 뭐.

말을 조리 있게 하진 못하지만 "무엇무엇의 정점에서"라거나 "사뭇 무엇무엇하다" 등의 독특한 어법을 보여주는 그의 태도는 시종일관 느릿느 릿하고 진지했다. 애늙은이 같다 했더니 그런 소리 많이 들었다면서 아마 어 렸을 때 연극판엘 들어와 술자리에서 언제나 막내로 선배들하고만 지내서 그런 것 같다고 한다. 지금도 또래들보단 30대들하고 있는 게 더 편하다나?

　　그의 10대와 20대 초반은 〈와이키키 브라더스〉에서처럼 무명밴드의 보컬 겸 기타쟁이였다. 하라는 공부는 안 하고 매일 기타들고 다녀서 부모 님 속을 꽤나 썩여드렸다(우리나라 부모들은 자식이 딴따라가 되는 걸 왜 그리 싫 어하는 걸까?). 그러다 수능 전날 수능과 상관없는 한 친구가 새로 산 오토바 이를 자랑하기에 잠깐만 몰아본다고 까불다가 엉덩이 뼈와 허벅지 뼈가 박 살나는 중상을 입는 사고를 친다. 당연히 재수를 했고 겨우 들어간 대학도 기타 친다고 네 번이나 휴학을 하다 잘렸다. 그 후, 사고 때 상처가 말썽을 일으키는 와중에 신검이 나와서 그는 '신의 아들'이 된다. "새옹지마네?" 했더니 그때 생각하면 부모님 뵐 낯이 없다고 한다. 말 안 듣지, 공부 못하 지, 사고나 치고 다니지…… 넉넉치 못한 형편에 군대라도 가줘야 할 텐데 하는 일 없이 방구석을 지켰다는 거다. 안 해본 아르바이트가 없었다. 신도 시 아파트 건설 현장에서 일당 5만 원짜리 '노가다'도 했다. 그러다가 아르 바이트의 하나로 아동극 무대에 잠시 섰는데 '오호, 이것 봐라' 코흘리개들 앞인데도 '관객' 앞에 서는 쾌감이 느껴지는 게 아닌가. 기타로 무대 설 생 각만 하던 얼치기 딴따라 박해일의 배우 인생은 그렇게 시작됐다.

　　'무대 위는 무섭지만 무대 뒤 술자리가 재밌어서' 5년 동안 연극을 했지만 부모님은 단 한번도 모시지 못했다. 속상해 하실 게 뻔했기 때문이 다. 그러다가 영화판으로 뽑혀간 첫 작품인 〈와이키키 브라더스〉 때 처음 으로 부모님이 자신이 연기하는 모습을 보셨다. 기타 친다고 속 썩여 드렸는데 하필이면 기타쟁이로 나오는 걸 보여드리다니. 하지만 영화를 보시고 난 아버님께선 "집에서 속 썩이던 게 도움이 됐구나" 하시며 흐뭇해하시더란다. 부모에게 언제나 인정만 받아온 자식들은 이런 게 어떤 기분인지 모를 거다.

　좋은 연기란 뭐라고 생각하느냐 했더니 아직 찾고 있는 중이란다. 하지만 그 방법의 이론 100개를 외우고 익힌다 한들 '상황'에 들어가면 느낌대로 움직이기 때문에 '느낌'을 많이 믿는 편이란다. 그리고 〈질투는 나의 힘〉에서의 모습이 〈와이키키 브라더스〉와 많이 비슷하다 했더니 어차피 무슨 역을 하든 '박해일스러움'의 본질은 변하지 않을 테니까 성격배우도 나쁘진 않은 것 같다고 한다(버벅대면서도 할 말은 다한다).

　같이 작업할 때는 들을 기회가 없었기에 〈와이키키 브라더스〉엔 어떤 경로로 출연하게 됐는지 물었다. 작품이 좋다고 입 소문이 났던 연극 〈청춘예찬〉에 출연하고 있을 때(그는 이 연극으로 신인 연기상을 받았다) 임순례 감독이 객석에 있었다는 거다. 참 고무적인 출연 경로가 아닐 수 없다. 이렇게 영화감독들이 연극 공연장 객석에 앉아 있다는 얘기를 들을 때마다 맘이 풍요로워지는 걸 느낀다. 잠시 후 더 즐거운 얘길 들었다. 〈살인의 추억〉의 봉준호 감독과 〈질투는 나의 힘〉의 박찬옥 감독 역시 이 연극의 관객이었다는 게 아닌가. 아! 이 어찌 멋진 감독들이 아니겠는가!

　지금 우리 영화판에선 한국영화의 배우 층이 너무 얇다는 탄식이 나온다. 그러나 그건 '장사'가 될 스타들에 한한 얘기다. 좋은 영화를 찍은 감독들의 공통점 중 하나는 부지런히 돌아다니며 배우를 찾는다는 데 있다. 지금도 대학로에는 수많은 '박해일'들이 치열하게 자신의 연기를 갈고 닦고 있다. 세상과의 소통을 위해, 그리고 더 높이 날기 위해서 말이다.

(2003년 6월)

## 요즘 그는 ■■■

〈괴물〉을 찍고 있는데 마침 통화할 때 촬영 현장이어서 배두나와도 통화하는 행운(?)을 누렸다(송강호도 있을 텐데, 그런 좋은 배우들을 한꺼번에 모아놓고 영화를 찍는 감독은 얼마나 행복할까?). 촬영 쉴 때 뭘 하느냐니깐 "강호 형과 술 먹는 거 외엔 달리 하는 일이 없다"며 또 싱겁게 웃는다. 지난 3년 동안 대학로에서 '더늠'이라는 이름으로 연극하는 친구들과 작품을 몇 개 올리기도 했다고 한다. 기획 일을 했다는데 대학로에 자꾸 와주는 것만으로도 고마운 일이라 역시 믿음직한 소식이 아닐 수 없다. "너 지금 몇 살이니?" 물으니, 세상에! 이제야(?) 스물아홉이란다. 그렇게 인정받고 유명해졌는데 '아직도' 스물아홉이라는 사실이 참 부러웠다. 하늘의 별만큼이나 수많은 기회와 가능성 앞에 선 그 녀석의 인생에 축복(?)을 내려줬다. 좋겠다. 해일아, 열심히 살아라. 참! 결혼한 것도 축하한다.

장진

# '그의 여자'가 궁금하다

　　그는 오래 전부터 대학로 길바닥에서 오며가며 알던 친구다(그는 이 코너에서 만났던 사람들 명단을 죽 듣더니 "누나도 인맥으로 먹고사는구면" 한다. 그래. 어쩔래?). 꼬박꼬박 '누나 대접'을 해주긴 하지만 내가 부모님께 용돈 받아가며 중간고사 성적 때문에 고민하던 대학생이었을 때, 나보다 두 학번이나 밑인 그는 이미 험하디 험한 방송 판에서 프로 작가가 돼 있었으므로 그는 속으로 날 어린애 취급하고 있을지도 모른다는 생각을 했다. 아닌 게 아니라 내가 '선생님'으로 부르는 이상우, 명계남을 그는 '형'이라 부르고, 내가 알기론 그와 동갑인 '수다'의 직원이 그를 '오빠'라고 부른다. 또래들을 얘기할 땐 한참 아랫사람 얘기하듯 한다. 한데도 그런 그가 하나도 건방지게 느껴지지 않는 건 왜일까? 일찍 프로 세계에 발을 들여놓았기에 본인 스스로가 나이를 많이 먹었다고 생각하고 있는 것 같았지만 그렇다고 상대를 무시하기는커녕 무한한 애정을 갖고 있다는 걸 느낄 수 있기 때문일까?

　　팔자에 없는 영화사 대표 역할까지 해내고 있는 요즘, 그는 좀 겉늙은 듯했다. 지쳐 보이기까지 했던 건 어울리지 않는 자리에 있어서 그런 것 같았다. 그에게 어울리는 자리는 사람들의 정신을 쏙 빼놓을 재밌는 얘깃거릴 만드는, '얘기꾼'이 딱이다. 굳이 일을 맡는다면 판을 벌이고 작전을 짜는 기획자 정도? 엄청난 뭉칫돈이 오가는 걸 진두지휘하는 건 어울리지 않는다. 그 역시 직함에서 오는 스트레스가 있다고 고백한다. 내년쯤엔 창작집단 '수다'의 수장 자리가 다른 사람이 돼있을 거라면서 그 불편한 자리에서 하루빨리 해방되길 바라고 있었다. 모든 배우들이 부러워마지 않는 '수다'라는 조직(?)도 무형의 아우라로만 존재해야지 권력의 수직관계가 조금

이라도 강조되면 그건 서로 망하는 길이라고 말한다.

난 그의 연극과 영화를 무척 좋아하지만 '마니아' 라고 할 수는 없었던 결정적인 이유가 있었다. 바로 그의 여성관이었다. 그의 작품에 나오는 대부분의 여자들은 하나같이 그저 '맹탕' 이었고 성적인 대상조차 되지 않는, 그저 무대나 화면에 남자만 나오면 이상하니까 그냥 집어넣은 존재처럼 보였기 때문이다. 그 이유를 물어봤다. "'입장의 동일함' 이 생기지 않기 때문"이라는 거다.

그의 대답을 들으니 방송작가 송지나가 생각났다. 언젠가 그녀에게 어떻게 글을 쓰느냐 물은 적이 있었고 그녀는 참 인상적인 대답을 해줬다. 일단 등장인물들의 캐릭터와 시대상황과 에피소드들이 정해지면 그 다음은 가상의 등장인물들이 서로 대화를 할 때까지 기다린다고 한다. 그러다가 어느 순간 그들이 대화를 시작하면 자긴 그냥 '받아 적는다' 는 거다. 그녀의 표현대로라면 장진의 상상 속의 여자들은 당최 '입' 을 열지 않는다는 얘기다. 장진 감독에게 많은 영향을 준 작가이며 연출가인 이상우도 같은 말을 한 적이 있다. "선생님 작품엔 왜 제대로 된 여자가 안 나와요?" 했더니 이상우 왈, "난 도무지 여자들의 진짜 마음을 모르겠어"라는 거였다. 장진 역시 그랬다. 여자 캐릭터의 대사는 써놓고도 스스로 확신이 안 가서 언제나 찜찜하다는 거다(아! 이 남자들에게 영화 〈왓 위민 원트(What Women Want)〉의 멜 깁슨처럼 여자들 마음을 다 읽을 수 있는 초능력이 생기면 얼마나 좋을까?).

그는 세상이 그의 재능을 일찍부터 알아본 덕에 오랫동안 동료와 선후배들에게 사랑과 동시에 질투의 시선을 받아왔다. 그의 재능을 질투한 동료들 중엔 나도 끼어 있었다. 천재 소리까지 들은 적이 있는 그는 키 크고 잘 생겼지, 세련 됐지, 똑똑하지, 글 잘 쓰지, 영화 잘 찍지, 말 잘하지, 인복 많지, 무엇보다 어린 나이에 세상으로부터 인정받았지……. 질투를 안 느

낄 수가 없었다. 콤플렉스가 뭐냐 물었다. 과대 포
장 돼 있는 자신의 모습이란다. 개인적인 콤플렉스
또한 그런 부풀려진 자신의 모습을 인정하는 척해야
하는 거라니, 사람이 너무 잘나도 피곤하겠구나
싶다.

　　내가 그의 여러 장점 중에서 특히 좋
아하는 건 그의 타고난 유머감각이다. 그의
'구라' 실력 역시 둘째 가라면 서러워할 수준
이다. 하긴 사람들에게 웃긴 얘길 했을 때 좌
중이 뒤집어지는 반응을 보면 영화 하나 히
트쳤을 때만큼 희열을 느낀다니 할 말 다했
지. '수다'의 홈페이지엘 놀러갔다가 본 얘
기 하나. 직원들과의 회식 자리에서 고기는
'특수 부위'가 맛있다는 그의 말에 한 직원
이 그럼 특수 부위의 반대말은 뭐냐 물으니
'예사 부위'라 해서 모두 낄낄댔다 한다. 잠
시 후 누군가가 "그럼 군대에서 '특수 부대'
의 반대말은 뭡니까?" 했더니 장진 왈, "그
건 '니네 부대'지"라고 대답했고, 고기를
먹던 직원들은 다 뒤로 넘어갔단다.

　　이런 기발한 유머감각과 이웃을 향
한 따뜻한 시선을 무기로 갖고 있는 우리
시대의 이야기꾼 장진 감독. 여태까지 그의
작품들은 연극이든 영화든 장사가 됐든가

평이 좋든가 아님 둘 다 좋든가 셋 중 하나였다. 한데 이번에 본인이 연출한 건 아니지만 대본을 쓰고 제작에도 어느 정도 발을 담갔으며 '자식' 같은 신하균을 내주었던 영화 〈화성으로 간 사나이〉가 처음으로 장사도 평도 삼진아웃 당했다. 자신의 분신처럼 생각하고 있는 신하균의 계속되는 흥행 실패도 가슴 아프지만, "그래도 스토린 죽이네" 소릴 듣던 그가 대본이 재미 없단 소릴 들어서 기운이 좀 빠져 있는 것 같았다.

지금껏 '닭살' 이라고 느끼는 멜로를 썼기 때문일까? 입을 꾹 닫고 있는 상상 속의 여자를 억지로 입을 열게 해서 썼기 때문일지도 모른다. 그의 최근작인 〈웰컴 투 동막골〉에서 슬슬 시도를 하고 있긴 하지만 '생각' 없이 존재감 없이 나른하게만 자릴 지키던 그의 여인 '화이' 와 이제 그만 작별함이 어떨까 생각했는데 마침 준비 중인 신작 〈아는 여자〉에서는 드디어 화이가 아닌 '이연' 이라는 새로운 여자가 등장한다고 한다. 작가 본인도 누군지 알 수 없던 화이가 아닌 장진 자신이 알고 있는(꼭 '사랑' 은 아닐 수도 있다) 어떤 여자에 대해 얘기한다고 하니 정말 기대가 된다. 어떤 여자일까?

30대 중반이 되고서 느낀 점은 뭐냐 물었다. "내 안에서 적이 없는 세상이 이뤄지고 있다"고 한다. 그리고 장기수 할아버지들이 들으시면 노여워하실지도 모를 얘기지만 신념이란 유효하지 않은 거라는 것도 깨달았다 한다(아직은 신념에 목숨 걸어도 될 나이인데 너무 빨리 늙는 건 아닌지 몰라). 그렇다면 '성숙 버전' 으로 변신한 장진의 새로운 신념은 뭐냐 물으니 '사랑' 이란다. 그가 지금 열애 중인지는 알 수 없지만 아무쪼록 '살아 있는 사람으로서의 여자' 를 확실히 파악해내서 내년엔 그의 영화에서 환상에서 벗어난 '진짜 여자' 를 만날 수 있으면 좋겠다. (2003년 7월)

**요즘 그는 ■■■**

대박을 터뜨린 〈웰컴 투 동막골〉이 그가 쓴 희곡을 원작으로 한데다가 〈박수칠 때 떠나라〉도 흥행을 했다. 그 덕에 빚을 좀 갚긴 했지만 어쩐지 자신이 좀 '얹혀간' 느낌이 들어 올해엔 연출을 참 잘했단 소릴 듣기 위해 감독 일에만 올인을 해보고 싶다고. 그나저나 〈아는 여자〉에서 보여준 그의 여성관은 확실히 작은 변화가 있었다. 여성이 그저 남성의 대상에만 머물지 않고 사랑을 '계획' 하고 먼저 '제의' 를 하고 있었다. 효도관광 보내드린 부모님이 비행기 사고로 돌아가셨다는 얘길 하는데 "비행기가 뜨는 그 순간 사고가 났고 그 와중에도 아버님은 전화로 제게 사랑한다고 말씀해주셨어요" 라는 주인공의 말에 "저런, 가엾어라" 하며 눈물을 흘리는 대신 "비행기 뜰 때 핸드폰 꺼야 되는데 안 끄셨나 봐요"라고 받아치는 '장진스러움' 이 이제 드디어 여자 캐릭터에서도 구체적으로 그리고 아주 자주 쓰여진다는 건 참 반가운 일이 아닐 수 없다.(여자가 생겼나?)

# 그녀에게 반하지 않을 자 누구인가

**배두나**  예상대로 약속시간에 조금도 늦지 않고 그녀가 카페에 나타났다. 화면으로만 보다가 실제로 본 그녀의 모습은 하얗고 눈이 커다란 암사슴 같았다. 너무 반해버리면 글 쓰는데 안 좋을 것 같아서 정신을 바짝 차렸다. 하지만 시간이 흐를수록 난 그녀에게 완전히 뿅 가버리고 말았다. 예쁘고 매력 있는 건 둘째 치고 어쩜 그리 맑고 밝고 당당한지…….

내가 대학로에서 한참 연극을 할 때였다. 동료들 얘기가 어떤 40대 후반의 선배님께선 서른다섯이 넘지 않은 배우한테는 아직 '배우'라고 할 자격이 안 됐으므로 술자리에서 술도 안 따라주신다는 거다. 동년배들끼리의 자리라 "웃긴다" 했지만 사실 속으론 무지하게 기가 죽었더랬다. 안 그래도 고생 안 하고 자란 게 콤플렉스인데 나이까지 어리니 내가 생각해도 어디 가서 배우입네 소리를 자신 있게 해서는 안 될 것 같았다. 그래서 나이 먹고 나서 신인배우들에게 연기를 가르칠 때도 그 선배의 이론이 말도 안 된다고 생각하면서도 나도 모르게 "아무래도 배우라면 어느 정도 나이가 들어서 인생을 알아야 진짜 연기를 할 수 있다. 그리고 간접 경험이라도 많이 하는 게 정말 중요하다"며 '꼰대질'을 했었다.

한데 이날 20대 배우 배두나를 만나고선 그 촌스런 선입견이 깨지고 말았다. 그녀 자신도 예전의 나처럼 '온실 속의 화초'로 자란 것이 콤플렉스였다고 한다. 한데 데뷔 1년차 때 윤여정 선배를 만나면서 그 콤플렉스에서 해방되었다는 거다. 윤여정 선배 왈, "경험의 많고 적음이 연기 실력의 척도가 된다는 말에 동의할 수 없다. 난 너무 많은 걸 경험해서 생각이 지저분할 때가 있다. 어떤 면에선 백지 상태인 네가 나보다 훌륭한 배우일 수 있다"고 얘기해줬다는 거다. 이 얘길 듣는 순간 난 쪽팔려서 얼굴이 벌개졌다. 윤여정의 멋진 충고 때문만은 아니었다. 내가 어렸을 때도 내 곁에 지금 배두나 옆의 윤여정처럼 멋진 선배가 없었던 게 아니었다. 진짜 멋진 말은 아무한테나 가서 먹히지 않는 법이다. 배두나처럼 그 죽이는 철학을 쑤욱 흡수할 수 있는 맑고 당당한 영혼이 그때 내겐 왜 없었을까? 멋진 말, 멋진 철학들은 생각보다 우리 가까이에 있다. 문제는 사람들은 딱 자기 수준에 맞는 충고들만 받아들인다는 데에 있다. 내 20대는 '짬밥'이 곧 실력이라는 꼴통식 충고를 주워 먹고 쭈뼛거렸지만, 배두나의 20대는 편견을 깨는 그 쿨한 철학을 주워 먹고 '어린' 배우인 자신을 쭈뼛거림이 아닌 자긍심으로 지켜낼 수 있었던 거다. 역시 그녀는 〈고양이를 부탁해〉의 태희처럼 자유로웠다.

연극을 하려고 꽤 애쓰고 있다는 소문을 들었다. 아닌 게 아니라 이번 드라마 촬영이 끝나고 연극 연출가 박근형 씨와 작업을 할 계획이었다고 한다. 한데 드라마 촬영이라는 게 천천히 느끼고 천천히 찍는 영화판에만 있었던 배우에겐 영혼을 다칠 수 있는 작업인지라 〈위풍당당 그녀〉를 막 끝낸 그녀는 진이 빠질 대로 빠져 있었다. 다른 건 몰라도 연극은 이렇게 몸과 마음이 소진되어 있는 상태에서 하고 싶지 않았기에 그 시기를 조금 뒤로 밀어뒀다 한다. 그러면서 연극은 정말 아무나 할 수 있는 게 아닌 거 같다고 힘주어 말한다.

연기를 잘 뽑아내기로 유명한 아무개 감독과는 한 번도 작업한 적이 없기에 그 사람과 작업해보고 싶은 생각이 없느냐고 물었다가 참 야무진 대답을 들었다. 자기가 듣기로 그 감독은 배우가 화를 내야 하는 장면이면 그 역할이 왜 화를 내야 하는지를 설명하기보다 그 배우가 정말 화를 내게 만든 후에 카메라를 돌린단다. 그러면서 하는 말이 아무리 작품이 좋더라도 프로 배우를 프로 대접하지 않는 감독과는 일하기 싫다는 거다. 내가 영화인들을 만날 때마다 시비를 거는 게 있다. 왜 배우들과 토론을 하지 않느냐는 거다. 작품 분석은 연출부들과 할 뿐, 배우들 특히 젊은 여배우들과는 간단한 상황 얘기만 하기 일쑤이기 때문이다. 그들의 변명은 이랬다. "대화가 되는 젊은 여배우들은 극소수에 불과하다. 오히려 테이블 리딩을 꺼리는 배우들투성이인데 무슨 대화를 하겠는가." 한국영화에 나오는 수많은 젊은 여배우들의 인형 같은 연기가 영화 전체의 질을 깎아내리고 있는 현실에서 배두나 같은 여배우는 정말 금쪽 같은 배우가 아닐 수 없다. 그녀는 자신이 확실히 이해하지 못한 장면은 아무리 시간이 없어도 절대로 찍지 못한다고 한다.

이런저런 수다를 떨다가 최근 한 영화에서 자신의 장면이 대폭 잘려 나갔다고 감독한테 항의를 한 배우 얘기가 나왔다. 그녀는 영화가 잘 나오는 게 중요하지 자기가 많이 나오는 게 중요하느냐며 그런 배우들을 이해할 수 없다고 펄쩍 뛰었다. 자신도 한 장면을 위해 치열하게 노력하며 연기하지만 결국 영화는 감독 예술인데 자기 얼굴 많이 안 나왔다고 섭섭해하는 건 우스운 일이라는 거다(배우가 이런 생각을 갖기는 정말 힘들다는 건 배우라면

다 알 거다).

그녀가 스물다섯 나이에 이미 이렇게 속이 꽉 찬 배우가 된 데에는 대학로 중견배우이자 그녀의 어머니인 김화영 씨의 몫이 꽤 큰 비중을 차지한다. 딸을 배우로 키우기 위해 '치마'로 '바람'을 일으키기는 했지만 그 수준은 딸내미 손을 끌고 성형외과부터 가는 다른 여배우 엄마들하고는 그 차원이 달랐다. 이런 야무지고 성숙하고 매력 있는 여배우를 20여 년 간의 장기 기획으로 키워낸 그녀의 어머니에게 한국영화계에서 감사패라도 드려야 하는 거 아닌가 하는 생각을 해봤다. 그녀를 보는 내내 괜히 고마운 느낌이 자꾸 들었기 때문이다.

'사람 사는 세상'에 대해서는 얼마나 관심이 있는지 궁금해서 호주제 폐지운동에 대해 어떻게 생각하느냐 물었다. 당연히 폐지되어야 하는 거라며 주먹을 불끈 쥐더니 〈위풍당당 그녀〉촬영 중에 황당한 일이 있었다며 인터뷰 시간 내내 유일하게 흥분된 목소리로 말을 이었다. 그 내용은 이랬다. 그녀의 극중 역할은 요구르트 배달로 생계를 이어가는 미혼모였다. 요구르트 가방을 메고 가던 중 넘어지면서 요구르트들이 땅에 떨어지는 장면을 찍었는데, 특정 회사에서 나오는 요구르트 이름이 고유명사인 줄 모른 그녀는 땅에 구르는 요구르트 병들을 보며 "악! 내 ××××~"하고 절규했다. 그 후 그 요구르트 회사에서 방송사를 상대로 항의 전화가 왔는데, 그 이유는 어이없게도 자기네 회사에선 미혼모를 절대 안 뽑는다면서 명예훼손이라는 거였다. 아! 정말 화나는 스토리가 아닐 수 없다. 그 요구르트 회사를 생각하면 정말 화가 났지만 두 주먹을 불끈 쥐고 그 회사를 욕하는 그녀는 정말 예뻐 보였다.

'고삐리' 때 임순례 감독의 〈세 친구〉를 보고 '죽인다' 했다기에 앞으로 상업영화로 뜨긴 글렀다고 놀렸더니 깔깔깔 웃는다. 어떤 배우가 되고 싶으냐니까 스태프들이 배두나랑 일했다는 것만으로 자부심을 느낄 수 있는 배우가 되고 싶단다. 분명히 그렇게 되리라 믿어 의심치 않는다. 그녀랑 단 두 시간 수다를 떨고도 이렇게 기분이 좋아지니 말이다. (2003년 7월)

## 요즘 그녀는 ■■■

송강호, 박해일과 함께 봉준호 감독의 신작 〈괴물〉을 찍고 있다. 괴물 같은 감독과 괴물 같은 배우들이 작업했다는 사실만으로도 가슴 떨리게 기다려지는 작품이다. 현장에서 촬영이 없을 땐 뭘 하느냐 물으니 뜨개질을 하거나 사진을 찍는단다. 촬영장 한 구석에서 조용히 뜨개질을 하고 또 그걸 누군가에게 선물하고 있을 그녀의 모습을 상상해보니 사랑스러워 미치겠다. 최근에 제일 후회되는 것 중 하나가 얼마 전 그녀가 출연한 연극을 놓친 거였다. 먹고사느라 바빠서 시간을 맞출 수가 없었는데 오랜만에 이 글을 다시 읽어보니 무리를 해서라도 볼 걸 그랬다 하는 후회가 밀려온다.

# 연기밖엔 난 몰라

윤여정

　　내가 그녀를 처음 본 건 12년 전 스물네 살 때였다. 그녀의 연기에 반해 있던 난 인사를 하게 됐다는 사실에 맘이 콩닥콩닥 뛰었고 날 달리 설명할 길이 없어서 "저 신애라 동기에요"라고 인사를 했다. 그녀의 대답은 날 꼼짝 못하게 만들었다. "그렇게 말하지 마. 그냥 오지혜면 오지혜지 '신애라 동기'가 뭐니?" 쪽팔리고 무안하면서도 막연하게나마 무명 신인배우의 자존심을 존중해주는 것 같아서 고마웠다. 그녀에게 말로 사람을 꼼짝 못하게 하는 마력에 가까운 매력이 있다는 사실은 아는 사람은 다 안다. 난 그녀와의 첫 만남에서 이미 그 '꼼짝 못함'을 당한 사람이 됐던 거다. 영광이었다.

　　그녀의 초창기 시절 얘긴 전설처럼 들은 게 많은 데 비해 영화를 보기는커녕 사진 자료조차 본 게 없다는 사실이 부끄러웠다. 인터넷을 뒤져봤다. 인터뷰 안 하기로 유명한 배우답게 정보의 홍수라는 인터넷도 그 정보의 근원지가 입을 다무는 데야 별 수 없었나보다. 겨우 그 유명한 김기영 감독의 〈화녀〉 스틸 몇 장을 볼 수 있었다. 실례인 말이지만 난 그녀가 첨부터

'안 예쁜 여배우'인 줄 알았다(그래서 날 이해해줄 선배라고 생각했었건만!). 동일인물인가 싶을 정도로 예쁘고 깜찍한 젊은 여배우의 모습이었다. 그녀를 보자마자 그 사진 얘길 했다. 옛날엔 너무 예쁘셨다는 말을 하면서 '옛날엔'을 강조하는 실례를 범했다는 사실에 아차 싶었다. 하지만 현명하고 재치 있는 그녀는 "그래, 애. 성형수술도 안 했는데 이렇게 됐어" 하는 유머로 까마득한 후배의 후진 싸가지를 너그럽게 받아줬다.

〈바람난 가족〉 얘길 했다. 처음엔 겁이 많이 났다고 한다. 방송은 '늙은이'들이 많지만 영화현장 가면 자기 혼자일 테니 아무도 자기랑 말하려 하지 않으면 어쩌나 하는 불안감이 제일 컸다고 한다. 하지만 시나리오만 보고는 "또라이인 줄 알았는데 의외로 멀쩡(?)한" 임상수 감독을 비롯해서 모두들 똑똑하고 친절해서 생각보다 즐거운 경험이었다고 추억한다. 임상수 감독에 대해선 30년 전의 김기영 감독과 '사람 보는 눈'이 같은 감독인 것 같다고 느꼈고, 벗는 거에 대한 생각은 벗어봤자 피차 손해라는 생각에 별 거리낌이 없었단다. 오히려 제일 힘들었던 건 시나리오를 읽는 거였고. 안 할 때 안 하더라도 왜 하기 싫은지를 확실하게 얘기해줘야 할 것 같아서 꼼꼼히 읽긴 했는데 내용상 이해되지 않는 부분도 많았고 '고딩이'가 고등학생을 뜻하는지는 영화를 찍으면서 알게 될 정도로 생소한 말들이 많았다는 거다.

'노인네' 소리를 자꾸 해서 늙은 게 불쾌할 때가 언제인지 물었다. 젊은 애들과 작업을 할 때 외모가 추해지는 건 오히려 별 상관이 없는데 체력이 달려서 밤샘 촬영 때 쌩쌩한 젊은 배우들에 비해 금방 눈에 핏발이 서고 혀가 굳을 때라고 한다. 나이 먹는 걸 즐긴다고 큰소리치고 다닌 난 그녀의 얘길 들으며 겁이 덜컥 났다. 나 역시 스무 살 여배우들의 젊고 예쁜 얼굴이 부러웠던 적은 단 한번도 없다. 하지만 내공 빛나는 명연기를 보여주고 싶어도 체력이 달려서 몸이 말을 안 듣게 될 걸 생각하니 늙는게 너무 서러울 것 같았다. 그래, 서러울 거다. 사람은 서른이 되고 나서부터는 생각은 안 늙고 몸만 늙는다고 하지 않던가. 상상만 해도 너무 슬픈 일이다. 〈꼭지〉라는 드라마에서 그녀가 뱉은 대사가 생각났다. 그녀는 첫사랑을 잊지 못하는 남편을 원망하면서 "이놈의 질투는 늙지도 않아"라고 혼잣말을 했다. 그녀의 너무나 진짜 같은 연기를 보면서 그녀의(혹은 그녀의 배역의) '늙지 않는 질투'에 눈물이 날 정도로 연민이 느껴졌다.

〈바람난 가족〉에서처럼 로맨스를 꿈꾸지 않느냐 물었다. 교통사고가 기다린다고 나더냐는 우문현답을 하면서 생기면 생기는 거고 아님 말구란다. 이번 영화를 하면서 여기저기서 사람들이 자기 얘길 써대는 바람에 자기 자신을 이렇게 객관적으로 본 게 처음이라고 했다. 기사를 보고서야 이혼했을 때 나이가 서른 중반밖에 안 됐었다는 사실이 새삼스럽게 느껴진다면서 "난 내가 이혼했을 때 내가 쉰아홉 살인 줄 알았어"라고 말해서 날 또 한번 가슴 아프게 했다. 로맨스도 배부르고 등 따셔야 생기는 거지 그 당시엔 그저 애들을 어떡하면 굶기지 않을지만 생각했다고 한다(그때 열심히 '거둬 멕인' 아들 둘은 지금 미국에서 커다란 패션회사 직원과 N.Y.U 학생으로 멋지게 사람 구실을 하고 있다).

그녀의 가장 화려했던 시절은 장희빈 때가 아닌가 싶다(내 시엄마는 아직도 텔레비전에서 그녀를 볼 때마다 70년대 초의 장희빈 얼굴이 겹쳐진다고 하신다). 누가 장희빈을 했으면 좋겠느냐 시청자에게 물어서 캐스팅된 것임에도 그녀의 실감나는 연기에 넘어간 순진한 어르신들이 그녀를 때려주겠다고 단체로 방송국엘 몰려오는 바람에 박근형 씨의 경호(?)를 받아가며 녹화를 했다고 한다. 그리고 그때 모 음료수의 초대 모델로 전국의 담벼락마다 음료수병을 든 그녀의 사진이 붙어 있었는데, 장희빈 이후 포스터마다 그녀의 눈에 구멍을 뚫는 '만행'들이 저질러져서 고민을 하던 동아제약 측으로부터 퇴출당한 일화도 있다. 도대체 얼마나 잘했기에······.

시사주간지는 보지 않지만 뉴스는 누가 검사라도 하는 것처럼 꼬박꼬박 본단다. '요즘 사람들'에 대한 그녀의 느낌이 궁금했다. 솔직함과 정직함은 분명 다른 것인데 요즘 사람들은 안 듣고 싶은 말까지 너무 쉽게 한다는 거다. 솔직함의 미덕을 넘어서 염치와 체면이 없어지는 것 같다면서, 옛날 사람들은 비록 솔직하게 말하면 안 된다고 배워서 애써 에둘러 말하느라 촌스러웠을지라도 요즘 사람들보단 정직했던 것 같다고 한다.

나누고 사는 사회에 대해서 구체적으로 생각해본 적은 없지만 화장 유언은 백퍼센트 찬성이란다. 하지만 사람들 앞에 나서는 건 정말 안 하고 싶단다. 나서는 일은 사람들 시선을 받을수록 가증스러워지기 마련이며 그런 사람 치고 제대로 된 사람 못 봤다면서, 좋은 일일수록 숨어서 조용히 해야 하고 내 새끼 잘 키우고 내 부모 잘 모시고 연기 열심히 하는 것만도 자신은 숨이 턱에 찬다고 한다. 그러면서 세상 사람들이 다 각자 자기 맡은 일만 잘하면 좋은 세상이 될 거라고 믿는단다. 백번 맞는 말이다.

줄담배는 그녀가 유일하게 갖고 있는 '연기 말고 할 줄 아는 다른 것'이다. 그녀는 다른 '늙은' 배우들처럼 노후를 위해 장사를 할 줄도 모르고 다른 어떤 잡기도 없다. 자기가 여태까지 해본 거라곤 연기하는 거랑 시집갔다온(?) 거밖에 없고 앞으로도 이렇게 살다 조용히 가는 게 소원이란다. 난 그런 그녀에게 '교통사고'가 일어나길 간절히 바란다. 교통사고 같은 로맨스 말이다. 그래서 그녀의 노후가 쓸쓸하지 않았으면 좋겠다. 그녀의 진정한 팬으로서의 바람이다. (2003년 8월)

**요즘 그녀는** ■■■

송해성 감독의 신작에 수녀로 출연하게 됐다고. 나이 들면 추운 게 제일 불편하다던데 추울 때 촬영하셔서 어쩌느냐고 새삼스런 걱정을 해드리니 나이 들면 불편한 게 어디 추위뿐이냐고 한다. 겁주지 말라고 엄살을 떠니까 살다가 닥치면 그때 그냥 느끼면 되는 거지 미리 '가불' 해서 걱정할 필요는 없다고 핀잔이다. 그녀에겐 1년에 전화 통화 한 번을 하더라도 막 응석부리고 야단맞고 그러고 싶다. 그 우수리 없이 딱 떨어지는 핀잔 속엔 자길 닮고 싶어하는 후배를 향한 애정이 듬뿍 묻어 있음을 마구 느낄 수 있기 때문이다.

# 관객을 행복하게 해주는 그녀

**방은진** 그녀가 4년 전에 김진한 감독의 〈장롱〉에 조감독 일을 한
다고 했을 때만 해도 그저 영화를 사랑하는 똑똑하고 연기 잘하는 여배우가
'경험 삼아' 스태프 일을 한 번 해보는 것인 줄만 알았다. 그리고 아는 감독
영화의 스틸 기사까지 해준다고 할 때도 '영어 잘해서 연기이론 책도 번역
하더니 스틸까지? 그 양반 참 재주도 많네' 하면서 할 줄 아는 건 연기밖에
없는 나로선 그저 부럽고 신기하기만 했다. 한데 그녀가 감독을 하겠다고
했을 땐 많이 놀랐다. 게다가 시나리오까지 직접 쓴다는 얘기를 듣고서 '배
우' 방은진을 좋아하는 사람으로서 걱정이 앞섰다.

난 이제 막 입봉 감독 출사표를 던진 남자와 함께 살고 있다. 배우 부
모를 두고 태어나서 배우들 틈에 자라 배우를 업으로 삼다가 스태프와 결혼
을 한 나는, 무에서 유를 창조하는 1차 생산인 시나리오 작업을 옆에서 보아
오면서 그 끝없는 고행의 연속에 구경만 하는데도 진이 빠져 있던 차였다.
세상에 존재하지도 않는 갑남을녀들을 등장시켜 그럴듯한 '뼹'을 만들고

그걸로 사람들에게 재미와 감동을 주는 일은 보통 사람들이 상상도 못할 인고의 시간을 필요로 하는 것이다. 하지만 내 신랑이야 원래 하고자 한 길이 그거였으니 그렇다 치고 박철수 감독이 우리나라 여배우는 방은진밖에 없는 줄 안다는 바로 그 여배우가 왜 그 험난한 길을 가려 하는지 궁금해서 참을 수가 없었다.

인터뷰를 핑계로 오랜만에 그녀와 만났다. 예전의 그 묘한 퇴폐미와 이지적이면서도 섹시하던 모습은 온데간데없고 마치 100년 동안 글만 써온 사람처럼 초췌하고 깡마른 채 큰 눈만 반짝거리고 있었다. 사진 촬영을 위해 자연스럽게 걸어달라는 사진기자의 주문에 '배우로 걷는' 걸 잊어버렸다면서 어색해하는 그녀의 모습은 카리스마 넘치던 배우 방은진 대신 수줍고 겸손한 신인감독 방은진 그것이었다. 신랑이 영화감독 지망생이 아니었다면 그냥 그런가보다 했겠지만 여태까지의 과정을 미루어 짐작하건대 여기까지 온 것만도 박수받을 일이지 싶어 선배지만 그녀가 너무 기특하게 생각됐다. 그녀 자신도 어찌됐건 간에 절대 시간을 싸워 이긴 자신이 대견스럽다고 했다.

90년대 말. 안 그래도 역할이 없어 힘든 30대 여배우인데 작품 몇 개가 연달아 엎어지니까 뽑히기만 기다리는 배우 인생에 환멸이 느껴지더란다. 그래서 안 그래도 평상시에 '카메라 뒤'가 궁금했기에 저질러보고 싶었단다. 영화를 너무 좋아하긴 하지만 어디까지나 감독의 예술이라 아무리 주인공을 해도 '남의 잔치'라는 생각이 떠나질 않았고 온전한 자기 것을 해보고 싶었다는 거다. 그래도 그렇지……. 너무 걱정스러운 눈빛으로 쳐다보는 내게 그저 영화에 대한 애정이 다른 길로 자랐다고 봐달라고 태연스레 말한다. 하지만 그녀의 한마디 한마디엔 내공이 가득 차 있어서 나도 모르게 아직 시작도 안 한 영화에 신뢰감이 생겨버렸다.

그녀가 '온전히 자기 것'으로 만드는 작품 〈첼로〉(얼마 전까지는 〈엄마, 미안해〉였다)는 엄마의 새 남편, 즉 새아버지와의 사랑을 얘기한다. 한국판 〈데미지〉이지만 그 끝이 확연히 다르다. '응징'으로 끝난 〈데미지〉에 반해 〈첼로〉는 엄마가 자기의 새 남자를 딸에게 "그래. 너 가져라" 하고 쿨하게 끝난다. 한국 정서에 맞을까 하는 염려들도 있지만 셋이 다 흩어지는 비극으로 끝나면 너무 뻔하지 않겠느냐가 그녀의 생각이다. 뻔한 스토리 보여주려고 3년 고생한 거 아니라면서 '얘깃거리'가 되길 희망한단다. 〈선데이 서울〉에 실렸을 만한 장면들은 피해갈 생각이다. 딸의 나이가 10대이기 때문이기도 하지만 '육체의 불륜'을 말하는 것이 아니기 때문이다. 자기 맘대로 이혼하고 재혼하는 건 어떻게 해서라도 합리화시키면서, 사랑이 찾아왔는데 그 사랑이 피 한 방울 안 섞였음에도 불구하고 '엄마의 남자'이기 때문에 안 된다는 건 불공평하지 않느냐는 게 이 영화의 주제라면 주제다. 하극상의 최상이다. '얘깃거리'가 되고도 남을 소리다.

영화를 만들 때 소재는 일종의 미끼라고 볼 수 있다. 일반적으로 자극적일 수 있는 소재로 일단 관객을 끌어 모은 뒤 자신이 하고자 하는 얘길 하는 거다. 같은 소재를 가지고도 어떤 세계관을 가지고 만드느냐에 따라 메시지는 달라진다. 그녀는 이혼에 대한 경각심을 말하고 싶었다고 한다. 이혼 자녀에 대한 인권, 게다가 그 자녀가 어린 나이일 때 영원히 치유되지 않는 상처에 대해 말하고 싶었다 한다. 그러면서 자기 얘길 했다. 그녀 자신역시 이혼가정의 피해아동이었다. 이 영화는 말하자면 그녀 자신의 정체성 중 어두운 구석, 그것에 대한 '커밍아웃'인 셈이다.

섹스 얘기부터 시작해 여자 얘기, 이혼 얘길 거쳐 여기까지 오는 동안 이창동 감독(난 그를 앞으로도 계속 감독이라고 부를 예정이다)의 조언이 많은 힘이 됐다고 한다. 주류의 장벽을 넘으려면 너무 어렵게 가지 말라고 했단다(자기는 작품마다 어려운 얘기만 해대놓고 남한텐 하지 말라니 자기만 멋있게 보이려는 고약한 심보가 아닐 수 없다). 관객과의 타협점을 찾아 멜로를 택하되 결코 말랑말랑하지 않은, 금기에 도전하는 멜로를 하는 것이 그녀의 현재 목표다. 시나리오를 본 씨네2000의 이춘연 사장은 최근 10년 동안 보아온 시나리오 중 최고로 살아 있는 대사라고 칭찬했다고 한다. 배우가 쓴 대본이니 그건 어쩌면 당연한 건지도 모른다.

말이 3년이지 정말 긴 시간이다. '굿판'이 그립지 않았는지 궁금했다. 왜 아니겠는가. 쓰는 중간중간 몇 번의 고비가 있었고 그럴 때마다 출연 섭외가 유혹처럼 다가왔지만 어렸을 때부터 막연한 꿈이었던 영화감독의 길이 아무 때나 주어지는 게 아닌지라 등 떠밀려서(이 영화의 제작자인 명계남이 그녀의 등을 떠민 장본인이다) 할 수 있는 이 기회를 놓치고 싶지 않았기에 흔들리지 않을 수 있었다고 한다.

생계유지는 주말에 하는 교통방송이 전부인 채 쓰는 일에만 매달려 왔다고 하지만 그녀는 틈틈이 이라크 파병 반대 일인시위, 새만금 지키기 삼보일배 같은 평화운동에 참여해왔다. '당연히' 해야 하는 일이라면서 딴따라는 관객의 사랑을 먹고사는 것만으로 살아서는 안 된다, 인간은 어차피 서로 도우며 살게 돼 있으니 그런 일도 적극적으로 해야 한다고 말한다. 아, 든든한 나의 딴따라 동지 방은진!

영화감독 되는 길은 산 넘어 산이란다. 아닌 게 아니라 시나리오가 나오고 캐스팅 작업 중이라지만 현장에서의 그녀의 모습이 자못 궁금하다. 카메라 뒤에서 "레디, 액션!"을 외칠 그녀를 생각하니 내가 다 떨릴 지경이다. 현장 지휘는 어떻게 할 거냐니까 생면부지 불모의 땅을 헤쳐 왔으니 앞으로도 막가파 정신으로 하면 되지 않겠느냐며 씩 웃는다. 극중 엄마 역할이 딱 그녀 나이인데 출연은 안 하냐고? 죽도 밥도 안 될까봐 일치감치 포기했다. 그러나 언젠가는 쓰고 주연하고 연출하는 것도 꼭 해볼 거란다. 할 수 있을 거다. 그녀는 준비된 감독이니까.

연기로 관객을 행복하게 해준 그녀. 이제 영화감독으로 그들을 행복하게 해주리라 믿는다. 준비된 감독, 방은진! 파이팅! (2003년 8월)

### 요즘 그녀는 ■■■

이 인터뷰가 있은 지 얼마 후, 〈첼로〉가 엎어졌다는 얘길 듣고 너무 안타까웠더랬다. 그러고 나서 다시 시작한 작품이 이번에 평론가들이 그녀에게 '신인감독상'을 안겨준 〈오로라공주〉였다. 어린 딸이 성폭행당하고 목이 졸려 숨진 후 난지도 쓰레기더미에 버려지자 그 일과 직간접적으로 연관이 있었던 사람들(하나같이 쓰레기 같은 인간들이었다)을 찾아다니며 잔혹하게 살해하는 모정을 그린 영화다. 세상에서 가장 잔인한 방법으로 딸을 빼앗긴 주인공의 심정에 일찌감치 동화됐던 난 흐르는 눈물을 참을 수가 없었다. 자의식이 넘쳐나는 소수만을 위한 예술영화를 찍지도 않았지만 그렇다고 대중에게 말랑말랑한 사탕발림만으로 다가가지도 않은 그녀의 뚝심 있는 연출이 화면 곳곳에 보였다. '준비된' 감독이었으니 당연한 결과였다. 좋은 배우를 잃어서 안타까워해야할지 좋은 감독이 태어나서 기뻐해야할지 나는 아직 '입장 정리'를 못하고 있다.(엎어졌던 〈첼로〉를 다시 할 계획이 있다던데 잘 됐으면 좋겠다. 언니! 아니, 방감독님! 거기서 저 뭐 할 거 없나요?)

# 오래 전부터 이미 그 자리에

얼마 전까지만 해도 우리나라 영화를 딱 두 가지로 나눈다면 '명계남 나오는 영화'와 '명계남 안 나오는 영화'라고 우스개 소리들을 했었다. 하지만 명계남이 노무현 대통령 만드는 일에 몸을 던진 후 이제는 본업인 영화 제작에 몰두하면서 우리나라 영화의 종류를 나누는 기준은 그 판세가 달라졌다. 바로 '성지루가 나오는 영화'와 '성지루가 안 나오는 영화'다. 평범한 얼굴인데 배우가 됐다는 말은 이제 제발 하지 말자. '생긴' 걸로 배우가 되는 시대는 끝나도 한참 전에 끝났으니까(물론 남자배우에 한해서!).

나의 오랜 대학로 친구이기도 한 그는 연출가 오태석이 이끄는 극단 '목화'의 원년 멤버 중 하나다. 철나고 연극 관객이 된 지 20년이 넘었지만 공연을 보면서 '재미'를 떠나 행복을 느끼게 하는 연극은 손에 꼽는데 목화 연극은 매번 그랬다. 그리고 그 무대 위엔 항상 성지루가 있었다. 단역 시절부터 굵직한 주연을 맡아 연기상을 탈 때까지 무대 위에서의 그의 모

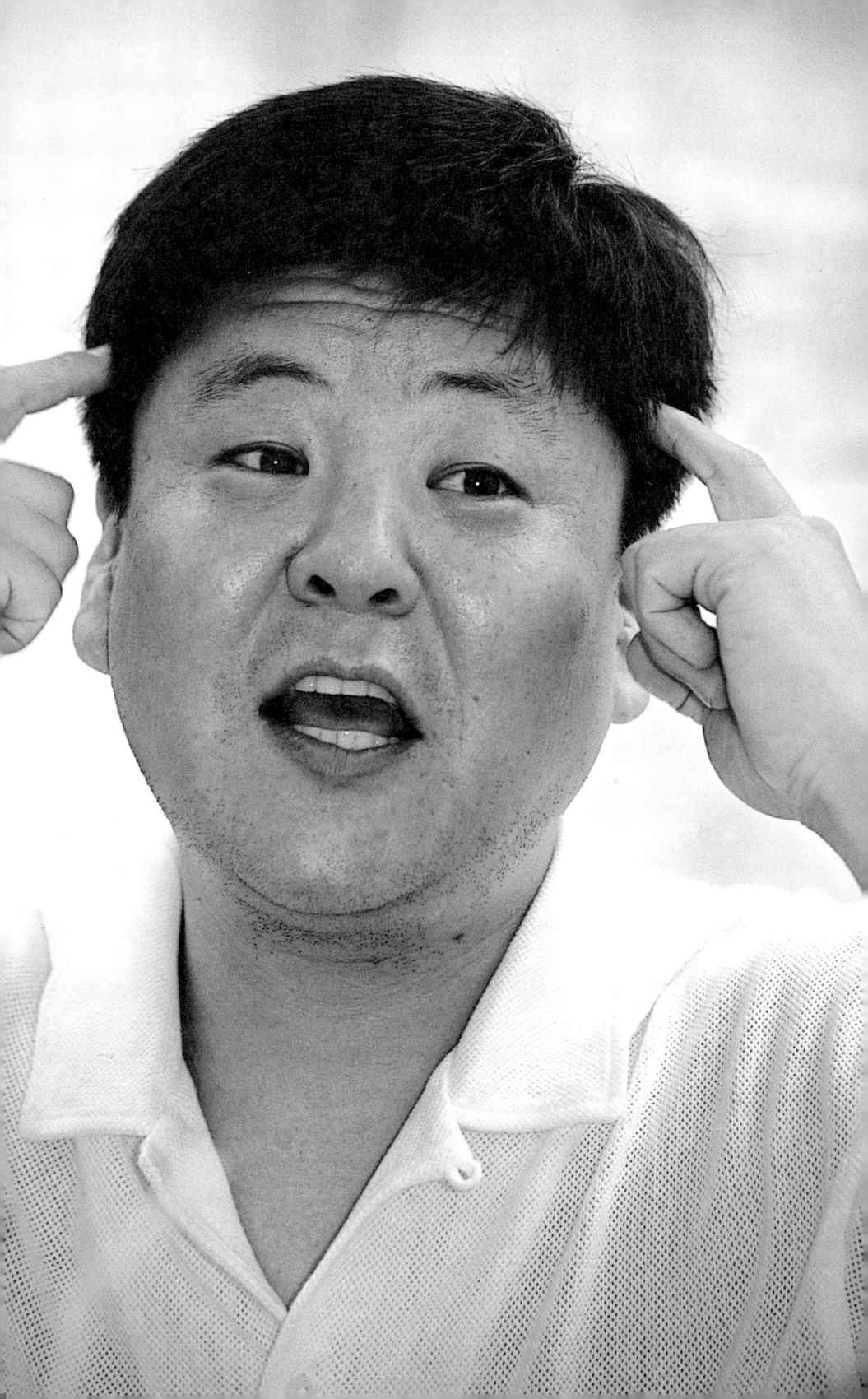

습은 언제나 작품 속에 꾸덕꾸덕 녹아들어가 원래 그냥 거기 있었던 극중 인물 같았다. 투박한 질그릇 같으면서도 스펀지 같은 그의 캐릭터 흡수력은 스크린에서도 유감없이 발휘됐다. 최근 웬만한 한국영화마다 얼굴을 내밀면서 영화의 질을 높여주고 있는 그의 활약을 보면서 난 마치 내가 키우기라도 한 것처럼 가슴이 뻐근해오는 걸 느꼈다.

허름한 막걸리 집이 제격일 것 같은 그를 말끔하고 우아한 카페에서 만났다. 내가 사진을 좀 찍어도 되겠느냐고 할 때는 눈 꼬리가 올라가던 카페 매니저가 잠시 후 성지루가 나타나니까 '당연히' 찍어도 된다고 하는 건 물론이요, 사인까지 받아가는 게 아닌가. 아, 역시 딴따라는 뜨고 봐야 된다는 선배의 말이 '퍽' 하고 떠오르는 순간이었다. 한데 이 스타 배우 하는 짓이 재밌다. 그 카페가 자기 단골이라면서 지갑 안에서 꼬깃꼬깃 접어둔 카페 쿠폰 여러 장을 꺼내 쭉 펼쳐놓더니 뭘 먹겠느냐고 묻는다. '뜬' 배우와 카페 쿠폰이라니……. 쿠폰을 진짜로 써먹는 것도 좀 쪽팔린데 심지어는 한 테이블 당 하나만 된다고 정중하게 말하는 종업원을 거의 협박하다시피 해서 마늘 빵과 케이크 한 조각을 동시에 얻어먹게 됐다. 영락없는 아줌마 같았다.

엔간히 벌었을 텐데 좀 쓰지 그러냐니까 뜨기 전과 뜬 후가 달라진 거라곤 차 한 대 생긴 거밖에 없고 전부 빚투성이라 빚 갚느라 허덕이고 있다고 한다. 하긴 영화에 얼굴 좀 내밀었다고 뭐가 엄청나게 달라지는 게 아니라는 걸 누구보다도 잘 아는 내가 왜 쿠폰 좀 써먹은 걸 쪽팔려했을까. 그러고 보니 섭외 전화를 하기 위해 영화사로 전화번호를 물어보려다가 혹시나 해서 5~6년 전에 내게 가르쳐 준 번호를 눌러봤는데 그동안 아무 일도 없었다는 듯이 전화를 받던 며칠 전이 생각나서 피식 웃음이 났다.

연극배우들이 다 배고픈 건 마찬가지였지만 특히 목화 배우들은 나

같은 관객을 행복하게 해주느라 다른 극단들보다 엄청나게 많은 양의 연습 시간을 가졌고 그렇다고 출연료가 많은 건 아니었기에 무대 위와는 달리 무대 아래에선 언제나 가난했다. 내 친구 지루 역시 항상 가난했다. 그런 그가 어느 날 결혼을 하더니 얼마 후엔 아기도 낳았고 아내는 한때 배우였지만 전업주부라는 거다. 뭐 먹고사는지가 궁금했지만 나 역시 먹고사느라 바빴던 터라 이 가난한 배우와 덥석 결혼해버린 용감한 여자가 누군지, 그리고 왜 그리 빨리 결혼을 했는지를 이제야 물어볼 수 있었다.

1996년. 아내와 막 만나기 시작한 어느 날, 원당 자취방 근처에서 그녀와 술을 먹고 있는데 아버지의 급한 전화를 받았다. 형이 교통사고를 냈는데 숨을 거둘 것 같다는 거였다. 시간은 한밤중. 서울에 가야겠는데 그의 수중엔 달랑 소주 값이 전부였다. 형이 죽는다는데 서울 갈 차비가 없었던 거다. 그때 그녀가 "나 돈 있다. 같이 가자" 해서 그녀의 도움으로 형에게 달려갔고 3개월 병 수발 끝에 형님을 살려냈다. 부모님은 지방에서 일을 하시고 여동생도 직장엘 다녔기 때문에 총각인 형에겐 자기밖에 없었고 그때 큰 도움을 준 그녀와 급속도로 가까워져 6개월 만에 결혼한 건 어쩌면 당연한 수순이었을 거다.

병 수발도 병 수발이지만 보험금도 한 푼 받지 못하게 된 억울한 상황에서 그는 혼자서 한밤중에 사고 현장을 자로 재는 등 이리 뛰고 저리 뛰고 해서 100 대 0으로 깨진 상황을 60 대 40으로 돌려놓는 기적(?)을 만들게 된다. 그 덕에 그는 자동차 박사가 됐고 그 후 아내와 아이를 먹여 살리기 위해 보험 맨이 된다. 고객 관리는 환상적이었다. 사고가 나면 연결만 해주면 그만인데 사고처리 완결 후에도 마치 가족안부 묻듯 '싸가지 캡'으로 '관리'를 했고 당연히 잘 나가는 보험 맨이 되었다(그의 고객 중엔 소문을 듣고 찾아온 큰 절의 주지스님도 있었다). 그러다 그 정점에서 그는 갑자기 다시 대학로로 돌아온다. '진짜 보험 맨'이 되고 돈맛을 보면 배우를 못하게 될까 봐 겁이 났다는 거다. 아! 딴따라여! 이 철딱서니 없는 종자들이여!

영화는 '알바'라고 생각했다. 연극판에서 연기 잘한다고 영국으로 연수까지 보내줘서 영국에 있을 때였다. 임상수 감독의 〈눈물〉에 출연한 이후 여기저기서 러브콜이 오는 걸 정중히 거절해왔는데 서울에서 만삭의 몸으로 큰 아이를 데리고 외출하던 아내가 계단을 굴러서 병원비가 필요한 상황이 왔다. 그것도 걸어서 30분이나 가야 있는 소아과를 가던 길이었다. 목화 공연 스케줄이 잡혀 있는 상태였지만 그는 런던에서 오태석 선생에게 자신을 놔달라고 간절히 부탁했고 오 선생은 또 한 명의 잘 익은 배우 하나를 영화판에 빼앗기게 된다.

그 다음부터 웬만한 한국영화는 그에게 출근 도장을 찍게 했고 그의 코믹하면서도 섬뜩할 만큼 사실적인 연기는 사람들 입에 오르내리기 시작한다. 매스컴에서도 슬슬 그를 찾기 시작했는데 이 기사 내용들이 내 신경을 거슬리게 했다. 영화쟁이들이나 언론쟁이들은 하나같이 그를 '발견'했다고 떠들어댔다. 태곳적부터 존재했던 인디언들의 땅 아메리카를 '발견'한 콜럼버스의 역사가 어디까지나 서구 제국주의의 입장일 뿐이듯이 성지루는 그들이 '발견'한 배우가 아니라 원래부터, 오래 전부터 이미 하루도 쉬지 않고 무대 위에서 관객을 감동시키며 살고 있었다. 참으로 오만한 시선이 아닐 수 없다. 송강호가 그랬고 설경구가 그랬다. 그들은 '이미' 좋은 배우였고 일반 대중들은 '이제야' 눈치 챘을 뿐인 거다.

대한민국에 하나밖에 없을 것 같은 그의 이름은 두 번째 출산인데도 너무 오래 걸려서 기다리는 데 '지루'했다고 그의 아버지가 지으신 이름이란다. 그래도 한자 뜻이 있을 것 아니냐니깐 '민증'을 보여주는데 정말 한글 이름이었다. 자기가 어렸을 때 하도 아버지께 자신의 이름이 갖는 '진짜' 뜻을 물어보니까 얼렁뚱땅 대답해주신 게 있긴 한데 확신은 없다며 낄 낄거린다. 자장면 집 이름 같다니까 실제로 나중에 여윳돈이 생기면 자신의 이름을 건 중국집을 내는 게 꿈이란다. 그가 빨리 더 잘 나가서 '성지루' 라 는 자장면 집을 냈으면 좋겠다. 그럼 꼭 가서 내가 좋아하는 간자장을 시켜 먹어야지. 분명 맛있을 거다. 뭘 해도 야무지게 하는 놈이니까. (2003년 9월)

### 요즘 그는 ■■■

뇌출혈로 쓰러지신 아버지를 뵈러 대전 집으로 가는 길에 전화를 받았다. 몇 달째 의식이 없으시단다. 성지루 간판을 건 자장면 집을 낼 때까진 살아계셔줘야 할 텐데 안타깝다. 오태석 선생 회갑 기념공연이 있어서 안 그래도 때마다 뵙던 오 선생을 요새 와선 자주 찾아뵈었다고 한다. 이 인터뷰를 한 후로 더 떠버린 그는 여전히 그 전화번호에 여전한 그 목소리로 전화를 받았다. 얼마 전 명계남과 연기 대결(아, 내가 이런 표현을 쓰다니)을 벌인 영화 〈손님은 왕이다〉에서는 모처럼 과장된 코믹연기가 아닌 차분하고 지적인 연기를 보여줬는데 그 솜씨가 일품이었다. 그나저나 10년 전부터 이 친구랑 만나면 하는 말이 있었다. 언제 한 번 연극이든 영화든 작품 같이 하자고. 그리고 나보고 좀 제대로 된 역할을 맡아서 하는 걸 보고 싶단다. 지루야, 그건 나한테 얘기하지 말고 영화사나 방송국에 얘길 해야지.

# 엄마는 아직 끝을 보지 못했구나

**김성녀** 1993년. 장안의 화제가 됐던 악극 〈번지 없는 주막〉에 난 그녀와 함께 무대에 섰다. 윤문식, 박인환, 최주봉 같은 화려한 선배들도 그랬지만, 특히 그녀와 함께 무대에 설 수 있다는 건 아직 신인 티를 못 벗었던 내겐 큰 영광이었다. 난 그녀와 '함께' 무대에 서긴 했지만 연습기간과 공연기간 내내 그녀를 '구경'하느라 넋을 잃곤 했다. 이번 인터뷰에서도 끝내 고백하진 못했지만 매 공연마다 그녀의 노랫소리를 듣고 연기하는 모습을 훔쳐볼 만큼 그녀는 내게 동경의 대상이었다. 무대 밖에서도 그녀는 언제나 밝고 유쾌하고 따뜻한 선배였다.

그녀가 이번엔 무용계의 전설, 최승희를 살아낸다고 한다. 극단 미추가 제작하고 그녀의 남편이자 연출가인 손진책이 연출하는 뮤지컬 〈최승희〉. 그녀의 몸을 빌려 최승희가 우리 곁에 잠시나마 다녀간다고 생각하니 감격스러움에 소름이 돋는다. 언젠가는 최승희가 우리 무대 위에 재현될 거라 생각했고 그 작업이 김성녀의 몸에서 이뤄진다는 소식은 너무나 당연한 거라 생각했다. 우리나라 여배우 중에서 최승희를 제대로 그려낼 이는 김성녀, 그녀뿐임을 그녀 자신을 비롯해서 모든 여배우들이 인정하지 않을 수 없기 때문이다. 외모가 비슷하다는 게 공연의 성공에 큰 영향을 미치진 않지만 생전의 최승희 모습과 너무나도 흡사한 공연 포스터를 보고는 최승희의 영혼이 스스로 김성녀를 택한 게 아닌가 하는 생각까지 들었다.

무용수를 연기하기 위해 살을 8킬로그램이나 뺐다는 그녀의 모습은 50대의 나이가 무색하게 너무나 젊고 아름다웠다. 자리에 앉자마자 작품 얘기부터 했다. 실존인물을, 그것도 세계 무용사에 큰 별인 사람을 극화한다는 건 잘해야 본전인지라 제작진의 산고는 유난했다. 결국 최승희를 '브리핑' 하는 걸 피하고 '인간' 최승희의 모습을 부각시키기로 했다. 공연의 컨셉트를 정하자 준비는 순조롭게 풀렸는데 정작 최승희를 보여줘야 하는 김성녀는 호된 가슴앓이를 하게 됐다고 한다. 천재 무용수 최승희가 아닌 '인간' 최승희를 얘기하자면 가족 얘기가 빠질 수 없었고, 그러다 보니 최승희의 딸 안성희의 슬픔을 건드리지 않을 수 없었다. 안성희의 슬픔이란 최승희에게 어머니로서의 사랑을 갈구했지만 끝내 세계 무용 팬들에게 '어미'를 빼앗긴 것인데 그런 최승희 모녀의 애증이 바로 자신과 딴따라의 길로 들어선 딸 지원의 모습과 너무도 흡사했던 것이다.

김성녀 자신 역시 아들 지영과 딸 지원을 뱃속에 가지고 있다가 낳기만 했을 뿐, 반은 양쪽 할머니들이 키우고 나머지 반은 스스로들 알아서 컸다고 한다. 그녀의 어머니 역시 잘 나가는 국극 배우셨기 때문에 그녀는 기억이 날 때부터 극장 먼지를 마시며 자랐고 어머니의 존재는 부엌에서보다 무대 위에서 더 크게 각인됐기에 자신 역시 가정보다 일을 우선으로 하는 것이 문제가 된다고 생각한 적은 없었다. 아이들이 놀아달라고 울며 보채도 건성으로 달랜 후 아이들의 반응을 살필 새도 없이 무대로 뛰어갔다. 그리고 외로움은 아이들의 친구가 돼버렸다.

딸 지원의 경우는 섭섭함이 더했다. 부모의 뒤를 이어 연극인이 됐지만 부모 덕을 본다는 말을 듣게 하지 않으려는 김성녀 부부의 걱정은 공연마다 이어지는 날카로운 비평으로 표현됐고 어느 날 지원은 대성통곡을 하며 섭섭함을 토로하더란다. 제발 한 번만이라도 따뜻하게 얘기해달라고. 아들 지원은 군 입대 전에 우울증까지 앓았다. 정신과 의사의 충고는 의외로 너무 간단해서 충격적이었다. 그저 아들의 말에 귀를 기울여달라는 거였다. 지금은 두 아이 다 훌륭한 어른이 돼서 자기 인생을 똑 부러지게 살아가고 있지만 무용에 미쳐서 가족을 등한시했던 최승희의 영혼 속에 푹 빠져 있는 그녀는 지금에 와서야 그동안 자신이 얼마나 아이들을 외롭게 했는지를 깨달았다.

가진 재능이 너무 많아서 평생 일이 곁을 떠나지 않았다는 것, 무대 위의 자신을 너무나 사랑하고 프로로서의 욕심이 끝이 없었다는 것, 남편이 최고의 후원자였다는 것, 딸이 자신의 길을 이어받았다는 것, 그 모두가 최승희와 닮은 점이지만 특히 딸과의 애증관계가 너무나 자신의 얘기였다. 극 중 마지막 대사인 "얘야, 엄마는 아직 끝을 보지 못했구나. 내 마음은 아직 춤을 추고 있단다"라는 대사는 연습을 할 때마다 눈물이 난다면서 인터뷰 내내 눈시울을 적셨다. 남편에게도 좋은 동료일 뿐 아내 노릇을 한 적이 없다면서 가족 모두에게 너무나 미안하다는 말을 하며 울고 또 울었다.

혹시 그런 자신의 인생을 후회하고 있는 건 아닐까? 앞으로 이 공연을 계기로 뭔가 변화가 생기는 것인가를 물었다가 같은 딴따라가 아니면 죽었다 깨어나도 이해 못할 대답을 들었다. 자신에게 상처받았을 아이들을 생각하면 가슴이 찢어지도록 미안하지만 그저 지금 많이 미안할 뿐 이 공연이 끝나면 도로 원래 자리로 돌아갈 것 같다는 거다. 오랜만에 만난 후배 앞에서 두 시간 내내 훌쩍이며 아들과 딸의 고통을 전해주고 나서 한 말 치고는 참으로 황당한 대답이었다. 심지어는 언제 슬퍼했냐는 듯 생기 가득한 얼굴로 신이 나서 새 작품 얘기를 하는 그녀의 모습은 선배한테 할 소린 아니지만 뻔뻔스럽기까지 했다.

단 하루도 쉬지 않고 1년 내내 연습과 공연 안에서 사는데 체력 관리는 어떻게 하느냐고 물었더니 체력에 신경 쓸 겨를조차 없단다. 언제나 피로가 쌓여 있었기 때문에 조금이라도 시간이 나면 잠을 자야 했고 그래서 딸과 놀아줄 시간이 없었다는 거다. 똑같이 연극 만드는 일을 하는데 아이들에 대한 부채감은 남편보다 여자인 자신이 더 크게 느껴야 하는 현실이 억울하다는 말도 잊지 않았다. '인간' 최승희에 대한 연기를 해야 하는 '인간' 김성녀에 대해서 묻고 싶었지만 공연 홍보를 위해 인터뷰를 하는 것도 아닌데 그녀는 정신없이 공연 얘기만 했다. 마치 연극이라는 신흥종교에 빠진 신도 같았다. 나도 딴따라지만 그녀의 그런 에너지 앞에선 내가 가진 끼와 열정은 애들 장난 같다는 생각을 했다.

작곡을 공부하는 그녀의 아들 표현에 의하면 그녀는 '아빠 같은 엄마'였고 그녀의 남편 손진책은 '이웃집 아저씨 같은 아빠'였다고 한다. 내가 오랜 세월 객석에서 그녀의 명연기와 남편의 멋진 연출을 보며 행복해했던 데에는 이들 가족의 희생이 녹아 있었다는 생각을 하니 가슴 한편이 저려온다. 그러면서 자신의 인생 중 어느 한 가지를 포기하지 않고서는 절대로 예술을 할 수 없다는 한 선배의 말을 떠올렸다. 그리고 곧 그녀의 그 '뻔뻔스러움'을 가슴 뻐근하게 이해할 수 있었다.

그 뻔뻔스러움의 정체는 딴따라만이 이해할 수 있으리라. 그리고 난 지원 남매가 이제는 그녀를 이해하리라 믿는다. 그 아이들(이젠 '아이'가 아니지만) 둘 다 딴따라의 길을 택했기 때문이다. (2003년 9월)

## 요즘 그녀는 ■■■

그녀가 얼마 전 공연한 일인극 〈벽 속의 요정〉은 2005년 올해의 예술상을 받았다. 이데올로기의 대립에 의해 40여 년간 벽 속에 갇혀 살아야 했던 한 남자와 그 가족의 이야기인데, 다섯 살 꼬마아이와 그의 부모 그리고 그녀가 노인이 됐을 때까지, 심지어는 동네 사람들 모습을 혼자서 다 해내는 그녀의 무대는 언제나 그랬지만 참 풍요로웠다. 근황을 보기 위해 들어갔던 그녀의 홈페이지에 나열되어 있는 출연작 리스트를 보니 숨이 턱 막힌다. 이렇게 오랫동안 이렇게 많은 작품을 했으면 하기 싫어질 것 같다는 생각이 들었기 때문이다. 그런데도 그녀는 늙는 게 제일 두렵다면서 그 이유는 '하고 싶은 게 너무 많아서'라고 하니 삶을 향한 그녀의 열정에 기가 죽을 수밖에. 요즘 그녀는 그 강렬한 열정으로 25년째 해오고 있는 마당극에 올인하고 있다.

# 세상이 '변소' 같을지라도

**박광정**

사람들은 그를 개그맨 뺨치는 코믹 연기자로 알고 있지만 그의 세련된 유머감각은 연극 연출에서 더 빛이 난다. 그가 대학로에서 '화려하게' 데뷔전을 치른 〈마술가게〉는 웃다가 의자에서 떨어질 뻔할 정도로 재기 넘치고 역동적인 무대였다. 그 당시엔 나 역시 연극작업을 왕성하게 할 때였다. 어느 날 공연을 마치고 동료들과 맥주 한잔 하다가 옆 테이블에 앉은 그를 보고 난 주저 없이 그에게 다가가 내 소개를 하고서는 당신 연극에 출연하고 싶다고 프러포즈(?)를 했다. 그의 세련된 작업에 반했었기 때문이다. 그 이후로 그와는 〈지하철 1호선〉에서 조연출과 배우로 만났고, 96년 화제의 연극 〈비언소〉에서 '제대로' 만났다. 난 그 작품으로 신인연기상을 타고 그는 대학로 최고 흥행 연출가의 명예를 얻게 된다.

연극 〈비언소〉는 〈늘근 도둑 이야기〉와 함께 극단 '차이무'의 간판 레퍼토리다. 유언비어가 난무하는 장소라는 뜻과 함께 빨리 발음하면 '변

소'가 되기도 하는 이 작품, 〈비언소〉는 우리의 굿 놀음처럼 일관된 스토리 없이 여러 개의 에피소드로 구성되어 있는 풍자극이고, 그 내용도 시대와 상황에 따라 얼마든지 바뀔 수 있는 얼개를 갖고 있다. 그래서 우리 초연 멤버들은 장기공연과 수많은 지방공연을 하면서 이 작품은 100년 후에도 히트칠 거라고 농담을 하곤 했었다. 두 번째 앙코르 공연은 초연 연출인 박광정에 의해 다시 공연된다. 안 그래도 관객이 몰리는 공연인 데다가 이번엔 스타 류승범도 합류해서 벌써부터 예약이 넘쳐나고 있다고 한다. 반가운 마음에 그를 대학로에서 만났다.

내가 인터뷰하는 스타일이 그렇긴 하지만 그와의 인터뷰 역시 그저 7년 전, 〈비언소〉 공연하면서 밀려드는 관객들 때문에 행복하고 마음 맞는 사람들끼리 작업해서 무대 뒤에서도 행복했던 그때를 안주 삼아 맥주 한잔하고 돌아왔다. 코믹한 이미지와는 달리 말이 없고 차분한 성격인 그는 연출할 때도 큰 소리를 내는 법이 절대로 없다. 큰 소리는커녕 흥분조차 하지 않고 항상 가는 눈을 더 가늘게 뜨면서 사람 좋은 미소로 일관하며 농담하듯 그렇게 연출을 했다. 차이무는 항상 '변소' 같은 세상을 향해 시니컬한 농담을 던지는 식의 연극을 많이 했기 때문에 작가인 이상우, 박광정이나 배우, 스태프들 모두 항상 키득키득 농담을 하며 지냈더랬다. 그는 이 작품이 개인적으로 중요한 작품이라고 한다. 그래서 요즘 제일 큰 고민이 있다면 연출의 매너리즘에 빠지지 않는 것이고 그때 먹었던 마음과 감각을 잊지 않았으면 하는 것이라고 한다.

그때의 '감각'은 함께 작업했으니 익히 알지만 그때 먹은 '마음'이 뭐였었는지 몰라 물어봤다. 형식만 '열린' 연극이 아닌 내용도 '열린' 연극을 통해 세상을 대하는 예술가의 진지한 고민을 관객과 함께 나누는 것이란다. 그리고 그때 연출을 하면서 개인적으로 제일 좋아했던 장면은 '서울에서 평양까지'(내가 개량한복을 입고 나와 '서울에서 평양까지'를 부르고 남자배우들이 옆에서 관광 춤을 추는 장면이다)였는데, 그 이유가 '광주보다 더 가까운'이라는 가사 때문이었다는 거다. 연극을 만드는 작업으로 세상과 소통하고자 하는 그에겐 '광주보다 더 가까운 평양'도 숙제였지만 '광주' 역시 숙제였기 때문이다. 그의 고향은 빛고을 광주다. 그리고 80년 5월, 그는 거기 있었다.

그는 고3이었다. 중간고사가 시작되던 날에 일은 터졌고 학교는 보름간 휴교령이 내려졌다. '의식 있는' 학생들은 고등학생 신분으로도 시위에 나가거나 대학생들이 만든 유인물을 뿌리고 다니고 그들 중 몇몇은 심지어 시민군이 되기도 했지만, 자신은 '의식 없는' 학생이었기 때문에 그저 날아드는 총알이 무서워 잘 때도 창문에 두꺼운 이불을 대고 잤다고 한다. 의식이 있었든 없었든 당시에 '그곳'에 있었던 사람을 만나면 제일 먼저 물어보고 싶었던 게 있었다. 시민군이 점령했던 짧은 기간동안 그들이 경험했다는 유토피아에 대해서였다. 의심이 가서가 아니다(그 많은 필름을 보고 어떻게 의심을 할 수가 있는가). 그저 그 유토피아를 직접 경험한 사람에게 직접 듣고 싶었을 뿐이었다. 신기한 경험이었다고 한다. 치안이 부재한 상태인 데다가 모두들 총기를 들고 있었음에도 불구하고 폭력사건은커녕 가벼운 강도사건 하나 일어나지 않았다고 한다. 폭력은 오로지 진압군에 의해서만 이뤄졌다는 얘기다. 듣기만 해도 감동적인 일이 아닐 수 없다.

광주 출신 예술가로서의 부채감을 크게 느끼며 살고 있진 않다고 스스로 생각하고 있었는데 〈비언소〉 공연을 하면서 그게 아니었음을 느꼈다고 한다. 그리고 그동안 광주 얘기로 연극을 만들 몇 번의 기회가 있었지만 광주 출신이 아니었다면 몇 번이고 했을 것을 오히려 그때 그 자리에 있었기 때문에 더 할 수가 없었단다. 아무리 어린 학생이었다지만 총알을 피해 숨어 있던 자신이 무슨 말을 하겠느냐는 거다. 고향 친구들을 만나면 그때 얘길 하지 않는 게 불문율이라고 한다. 대학 1학년 때는 '살아남은 자의 슬픔'으로 1년을 술로 살았고 대학생활에 적응을 못해 찾아갔던 연극 동아리 덕분에 그는 늦은 나이에 다시 연극영화과를 들어갔다고 한다. 아무리 '의식 없이' 총알을 피해 숨어 있던 그였지만 그 역시 80년대에 청춘을 보낸 다른 예술가들처럼, 아니 그들보다 더 광주를 '숙제'로 느낄 수밖에 없었을 것이다.

몇 년 전 광주 특집 다큐멘터리 프로에서 그때의 충격으로 정신병원에서 자해를 일삼는 한 남자를 봤는데 얼굴을 자세히 보니 자신의 중학교 동창이더라는 말을 하면서 그의 눈동자가 가볍게 흔들렸다. 그리고 언젠가 다시 기회가 온다면 함께 운동하던 친구가 잡혀가는 걸 보면서 비겁하게 도망갔던 자신의 얘기를 쓴 임철우의 소설 〈봄날〉을 소재로 연극을 만들고 싶다고 조용히 그러나 따뜻하게 얘기했다. 항상 깔끔하고 쿨하게 얘기하던 그가 그렇게 따뜻하게 말하는 걸 이때 처음 봤다.

그를 만나러 연습실로 가던 대학로는 분노한 노동자들의 집회가 한창이었다. 그리고 한쪽에는 이라크 파병 반대 시위대의 물결이 가득했다. 택시가 들어가지 못할 정도로 대규모의 집회였기 때문에 방송통신대 입구에서부터 동숭아트센터 연습실까지 걸어갈 수밖에 없었다. 단병호 위원장의 핏대선 얼굴도 보고 파병반대 서명란에 서명도 하면서 바쁜 발걸음을 옮겨간 〈비언소〉 연습실에선 자살하는 노동자에도 파병에도 관심 없다는 듯이 연습에만 열중인 그들의 모습을 보았다. 하지만 한편으론 두 남자가 서로 똥간을 차지하려고 피 터지게 싸우는 장면을 연습하는 걸 보면서 상식이 통하는 세상을 만들기 위해서 우리 딴따라들이 해야 할 일이 뭔가를 다시 한번 확인하기도 했다.

농민이 자살하고 노동자가 자살해도 세상이 변하지 않는 걸 생각하면 힘이 빠지지만, 〈비언소〉 같은 연극이 계속 먹힐 정도로 세상은 여전히 '변소' 같지만, 그래도 똑똑한 머리와 따뜻한 가슴을 가진 딴따라들이 많아진다면 신나는 세상이 조금 빨리 오지 않을까 하는 즐거운 상상을 해본다. 박광정 같은 사람 말이다. (2003년 11월)

### 요즘 그는 ■■■

누군가의 일거수일투족을 시중드는 사람이란 뜻의 일본 말, '가방 모찌'에 대한 이야기인 〈가마다 행진곡〉이란 작품으로 영화감독 데뷔를 준비 중이다. 감독 준비한다는 소식을 오래 전부터 들었지만 그동안 작품이 바뀌는 우여곡절 끝에 이번엔 확실히 시나리오가 통과되고 배우 캐스팅 중이라니 다행이다. 스까 고헤이라는 유명한 일본 희곡작가의 연극이 원작이고 배우 유연수가 시나리오를 썼다는 점이 특이하다. 자신이 대표로 있는 극단 '파크'에서는 배우 강신일의 모노드라마를 자신의 연출로 준비 중이라고 하는데 이 역시 일본 작품을 원작으로 한 〈가라오케 맨〉이라는 작품이다. 광주에 관한 연극은 언제 할 거냐고 마치 빚쟁이처럼 물었다. 아직 '여건'이 안 되서이고 그 여건은 다름 아닌 자신의 게으름이라고 한다. 그러나 하긴 분명히 할 거라고 힘주어 말한다. 나도 기다리겠다고 했다. 그는 빚지고는 못 사는 스타일이다.

# 사회 부적응자가 날리는 일침

**김지운** 영화보기는 어디까지나 전적으로 개인 취향이라는 걸 전제하고 얘기한다면 난 그가 만든 〈반칙왕〉이 한국 최고의 코미디 영화라고 생각한다. 슬프지 않은 건 웃기지 않다는 철학을 갖고 있는 내게 〈반칙왕〉은 처음부터 끝까지 너무나도 슬픈 영화였기 때문이다. 전쟁보다 무서운 것이 일상이라고 하지 않던가. 그의 데뷔 영화 〈조용한 가족〉도 그랬지만 〈반칙왕〉은 일상과 현실이 얼마나 무서운 괴물인지를 담담하고도 엉뚱하게 그려냈고, 보는 내내 웃음은 언제나 슬픔을 데리고 함께 온다는 걸 다시 한번 깨닫게 해준 영화였다. 그리고 그 영화를 보고 나서는 단 한번도 출퇴근을 한 적이 없으면서도 샐러리맨들의 애환을 현미경 들여다보듯 만들어내고 그것도 모자라 영화를 보는 사람을 행복하게 하는 상상력을 가진 감독의 머릿속이 늘 궁금했더랬다.

현실에서의 그는 앞에 있는 사람이 무안할 정도로 과묵하고 신중하기 그지없었다. 상대와 눈이 마주치거나 생각이 의기투합되는 것을 못 견디

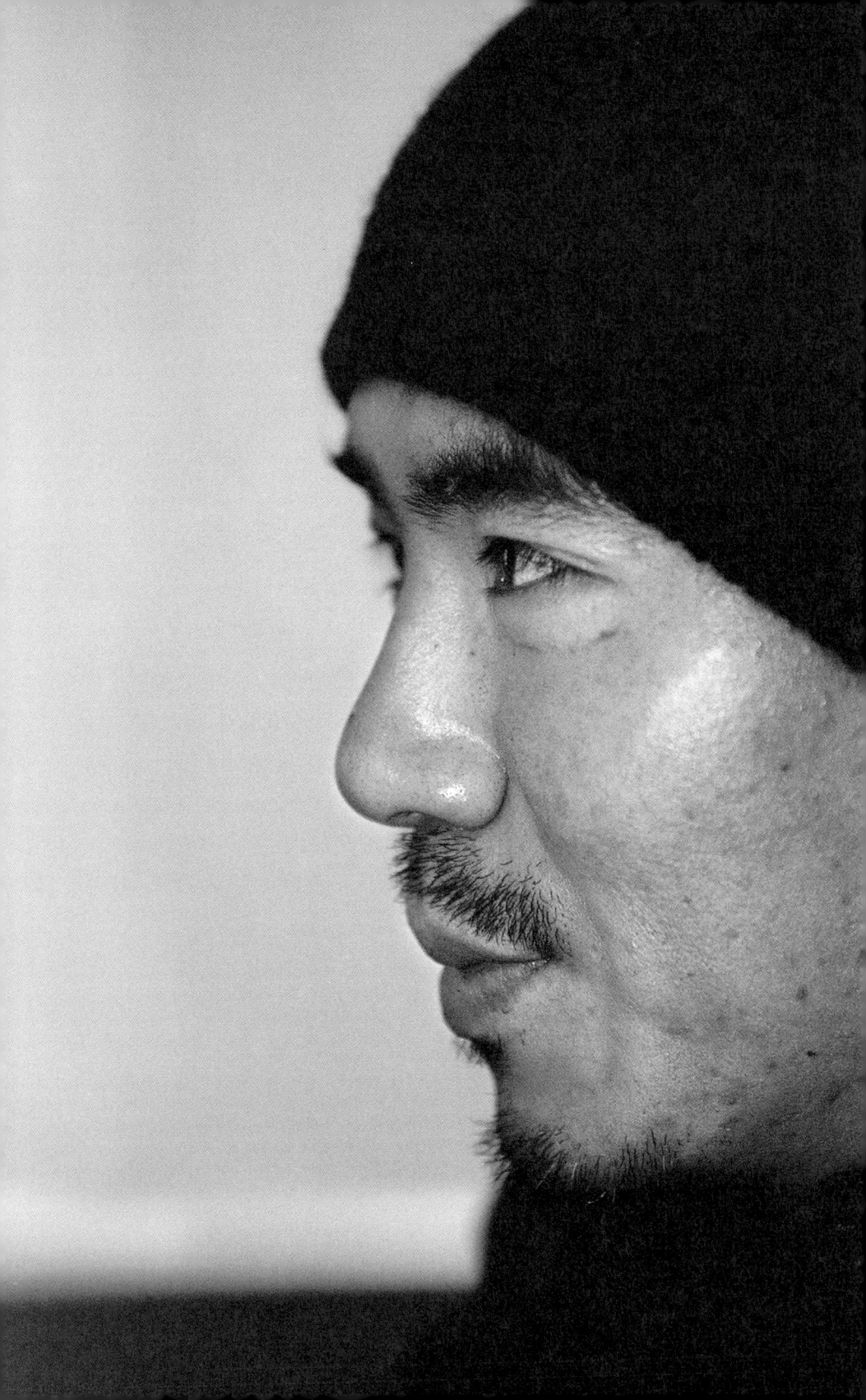

게 쑥스러워하는 성격 때문에 실내에서도 항상 모자와 짙은 선글라스를 즐겨 쓴다는 그가 인터뷰할 때도 그러면 어쩌나 걱정을 했다. 한데 의외로 그동안 몇 번 인사만 하며 스쳤을 때와는 사뭇 다르게 '멀쩡한' 상태로 약속 장소에 나온 그를 보면서 한결 마음이 놓였다(선글라스도 쓰지 않은 채!).

그런 상상력과 감성의 원천은 어디인지 궁금했다. 조금은 특별한 유년 시절과 대학 졸업 후 10년 간 쌓아온 백수의 내공이 감독으로서의 정체성을 만들어준 것 같단다. 그는 세 살 때부터 그림과 만화를 그렸는데 식음을 전폐할 정도로 그 몰입의 정도가 심했다는 거다. 로맨티스트 아버지 덕에 가세는 기울어 이사를 자주 가게 됐고 덕분에 친구가 없었던 꼬마 김지운은 그때부터 극장을 찾기 시작한다. 오로지 영화를 보기 위해 학교를 땡땡이 치기 시작한 그의 나이는 불과 아홉 살이었고 그때 그는 이미 '인생은 다 거기서 거기'라는 어마어마한 진실을 영화로부터 배운다.

'고삐리' 시절은 어땠을까. 〈로젤〉로 유명한 연극배우 김지숙은 그의 아홉 살 위 누나다. 고딩 시절, 누나의 영향이었는지 대학로 룸펜 형님들과 어울려 다녔는데 그때 그에게 인생과 예술에 대한 '구라'를 풀어준 형들이 삐딱한 세상보기와 기발한 상상력으로 무장한 극단 '76단' 단원들이었다니 그 당시 그의 행동거지과 영혼은 '안 봐도 비디오'다.

대학 졸업 후 누나를 따라다니며 잠시 연극 일을 한 적이 있는데 그때 대사 한두 마디이긴 하지만 '펑크' 난 배우 대신 무대에 몇 번 서봤던 기억이 영화 현장에서 배우를 배려하는 감독이 되는 데 큰 역할을 했다. 그는 현장에서 절대 큰 소리를 내지 않고 아무리 상황이 꼬여도 짜증 한 번 내지 않는 감독이라고 한다. 항상 사람들의 시선을 받으며 감정을 표출해야 하는 배우들은 현장에서 극도로 예민해 있기 마련이며 연극배우는 그나마 관객이라는 기댈 언덕이 있지만 영화배우는 기댈 언덕도 없이 외롭게 연기를 해야 하기에, 배우를 편하게 해주는 것도 감독의 역할 중 하나라고 믿는 것이 화를 내지 않는 감독이 된 이유다. 그리고 영화작업의 모든 '답'은 다 현장에 있기 때문에 자신은 항상 배우들과 스태프들의 컨디션을 살피게 되며 심지어는 여배우들과 여자 스태프들의 생리 유무까지 신경 쓰인다고 하니 그 배려의 섬세함이 놀라울 뿐이다.

예상했던 것보다 말을 술술 잘해서 예전엔 당신이 사회 부적응자인 줄 알았노라고 농담 반 진담 반으로 고백했더니 그 말이 어느 정도는 사실이란다. 남들의 시선을 받는 걸 너무 못 견뎌서 스크린쿼터 삭발식을 할 때도 집에서 혼자 머릴 깎은 뒤 참가했고 현장에서 배우들과 신나게 작품 얘길 하다가도 방송국 카메라가 오면 자기도 모르게 입이 쩍 달라붙는다고 한다(아니, 이런 사람이 아무리 잠깐이었다지만 무대엔 어찌 섰다는 걸까). 술을 아예 못 먹는 것도 아닌데 술자리에 가지 않는 것도 취기에 휩싸여 다같이 노래 부르고 취중에나 할 수 있는 닭살 멘트를 날리는 걸 못 견뎌하기 때문이라니 월드컵 4강 때 우리나라에서 "대~한민국 짝짝~짝짝짝"을 하지 않은 유일한 사람이 아니었을까 하는 상상도 해봤다.

시상식장에 갈 때도 언제나 빨간 카펫 대신 뒷문으로 몰래 들어갔으며, 마초 문화가 너무 싫어서 군대에서조차 고참이 주는 술을 한 번도 받질 않아서 아예 '열외' 취급을 받았다는 그에게 함께 사는 세상에 대해 고민을 하는지, 만약 시위 같은 것에 동참할 기회가 있으면 하겠는지를 물었다. 그는 한 가지 에피소드를 대답 대신 해줬다. 큰형님이 천주교 교목으로 계시면서 민주화운동을 하는 분이신데 영화인들이 스크린쿼터 투쟁을 할 때 오셔서 '지원사격'을 해주신 적이 있었다고 한다. 한데 정작 영화인인 자신은 뜻을 같이 해 현장까진 갔지만 '앞'에 나가는 게 너무 쪽팔려서 바로 옆 카페에서 커피를 마시고 있는 걸 보고 동료 영화인들이 놀렸다는 거다.

요즘 제일 민감한 사항인 파병 문제에 대한 의견을 물었다. 당연히 전투병 파병은 절대 안 되며 정치를 하든 예술을 하든 절대로 변하지 않는 '기준' 같은 게 있어야 하는 거 아니냐고 반문한다. 살면서 제일 화나는 일이 무엇이냐고 물었을 때 자신은 '작은 것'에 화가 많이 난다고 했다. 관공서나 병원, 식당 같은 곳에서 당연히 자신들이 해야 할 일을 하면서 어처구니없을 정도로 불친절한 사람들을 볼 때마다 그냥 지나칠 수가 없다는 거다. 상대에게 함부로 하는 것을 제일 싫어한다고도 했는데 그거 좋아할 사람은 아마 지구상에 없을 거다. 식당 아줌마의 불친절은 '작은 일'이고 파병결정 같은 것은 '큰 일'이라고 생각하기 쉽다. 하지만 파병을 반대하는 목소리들은 침략 전쟁에 동참하지 않겠다는 국가의 기본 헌법을 지키자는 아주 작으면서도 당연한 요구이다. 그리고 남의 생명을 담보로 얻어내는 국가의 이익은 부끄러운 것이라고 생각하는 것은 남에게 함부로 하는 것을 싫어하는 인간 본능의 역지사지일 뿐인 것이다.

우리나라가 좋은 나라가 되지 못하고 있는 이유가 뭐라고 생각하느냐니까 지식인만 있고 지성인이 없어서 그런 거라고 잘라 말했다. 지식인은 회의와 반성 없이 학습한 언어체계만 되풀이하는 사람이고 지성인은 회의를 통한 언어를 사용하며 항상 반성을 하는 사람들인 게 그 차이라는 얘기다.

어둑어둑해질 때까지 그와 이런저런 얘길 나누다가 딸아이를 데려와야 해서 인터뷰를 마치고 돌아오면서 그의 마지막 말을 되새김질해봤다. 김지운 감독의 말대로라면 우리 사회에 헤게모니를 잡고 있는 사람들은 지성인은 찾아볼 수 없고 모조리 그놈의 한심한 지식인들투성이다. 도무지 반성이라는 걸 할 줄 모르니 말이다. 김지운 감독은 얼마나 많은 반성을 하며 살까? 궁금해 할 필요는 없는 거 같다. 나부터 반성해볼 일이다. (2003년 11월)

작년 말, 연말인사도 할 겸 그에게 전화를 했다. '근황'이랄 게 아무것도 없다기에 어딜 가는 길이냐 물었다. 송강호와 커피 한 잔 한 후 〈달콤한 인생〉 팀과 송년회를 하러 가는 길이라고 한다. 다음 작품은 아직 아무 것도 정해진 게 없다니 정말 '근황'이랄 게 없긴 했다. 참 할 말 없어 하는 그에게 난 개인적으로 2005년 최고의 영화를 〈달콤한 인생〉이라고 생각한다고 고백했다(진심이다). 그리고 이런 대화는 못 견디게 쑥스러워할 거란 생각에 대답을 기다리지 않고 얼른 최근 읽은 책 제목을 물었다. 고르바초프나 체 게바라 같은 실패한 영웅들의 이야기를 다룬 독일 작가 볼프 슈나이더의 『위대한 패배자』이고 왜 그 책에 손이 갔느냐는 물음엔 '드라마틱하니까'라고 대답했다. 특별한 것 없는 근황을 말하고 있지만 그의 영혼은 여전히 '드라마틱하게' 움직이고 있었다.

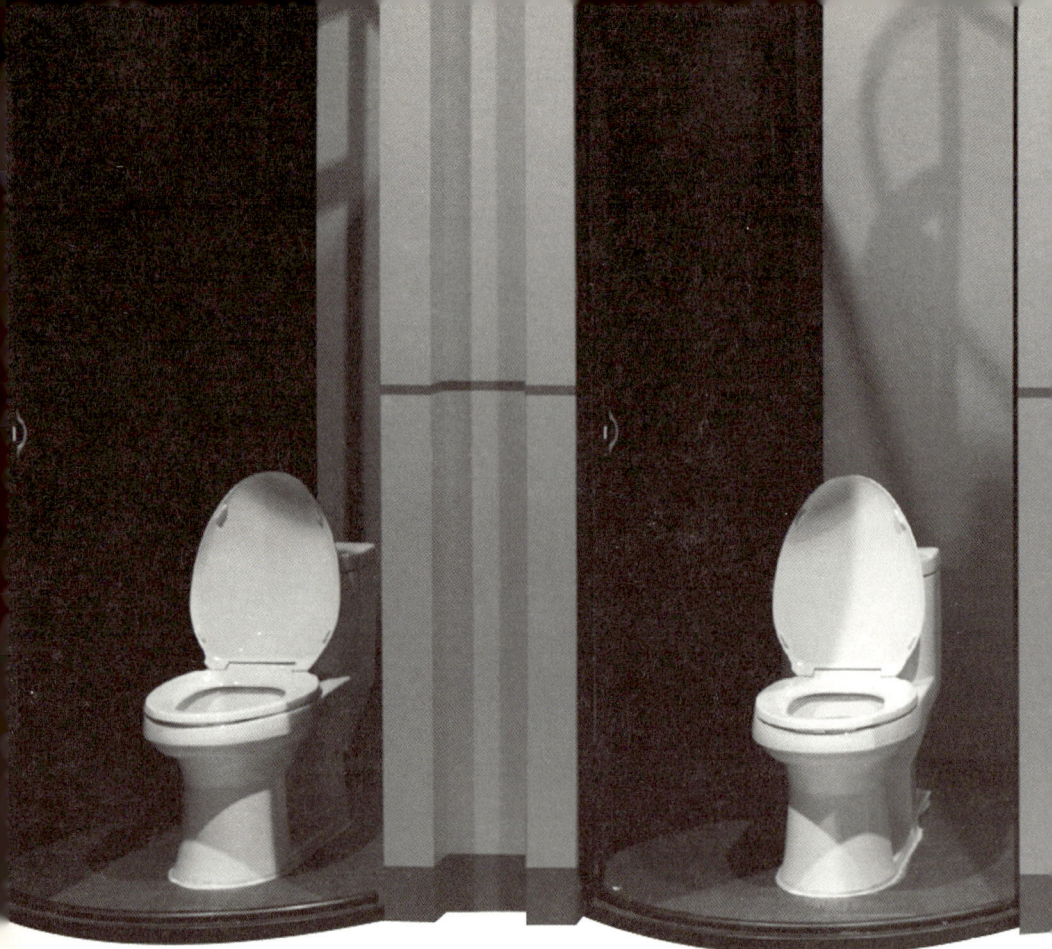

# 천재 청년, 아직은 성장 중

**류승범** 4년 전 명륜동에 있던 명필름 사무실에서 〈와이키키 브라더스〉의 배우들과 감독이 둘러앉아 대본 읽기를 하고 있었다. 임순례 감독이 배우들을 소개하는데 류승범을 "이번 영화에 출연하는 배우들 중 그나마 유일하게 스타급인 배우"라고 소개했다. 그는 이미 그때 연기를 십 수 년

한 우리들보다 데뷔작인 〈죽거나 혹은 나쁘거나〉 하나로 영화계를 '평정'(?)
한 무서운 신인이었다. 감독의 그 말을 듣고 우리 선배들은 키득키득 웃었고
갓 스무 살이었던 그 '아이' 얼굴은 스크린 안에서의 뻔뻔스러움은 다 어디
로 가버렸는지 쑥스러움을 이기지 못해 귀밑까지 벌겋게 달아올랐다.

　　사람들은 〈죽거나 혹은 나쁘거나〉에서 보여준 그의 양아치 연기가
충격에 가까울 정도로 인상적이었기 때문에 그와 그의 역할을 동일시하는

경향이 있다. 그래서 그를 사석에서 만나면 잘생긴 얼굴은 아니어도 귀티가 가득한 용모와 전혀 흐트러짐 없이 예의 바른 행동거지를 보고 당황해하기 일쑤다. 같이 작업을 한 나조차도 그가 선배들을 깍듯이 대하고 수줍음을 많이 타는 것을 보고 신기하다(?)고 생각할 정도였으니까. 하지만 자연인 류 승범은 음악에 미쳐 고등학교를 다니다 말고 음악 디제이를 했던 그 시절에 도 여전히 수줍음 많고 품성이 착한 아이였다. 수줍음 많고 품성이 고운 아 이는 음악에 미쳐 학교에 안 나올 리가 없고 학생 신분에 음악다방 디제이 를 할 리는 더더욱 없다는 생각이야말로 편견이요 선입견일 뿐이다.

김지운 감독이 연기 천재라고 부른 그는 4년 전 함께 작업하면서 나 로 하여금 깎이지 않은 원석을 보는 즐거움을 느끼게 해줬다. 그리고 이후 4 년 동안 수많은 도정의 과정을 거쳐 이제 연극무대까지 서고 있다(원래 천 재들의 특징이 '월반'이라더니 정말 그도 그랬다). 그가 출연하는 연극은 내가 8 년 전에 출연했던 극단 차이무의 〈비언소〉여서 그가 더욱 각별하게 느껴졌 다. 오랜만에 대학로에서 그를 만났다.

〈와이키키 브라더스〉 촬영장에서의 그를 떠올릴 때마다 잊혀지지 않 는 장면이 있다. 분장을 하면서 시간이 흐르는 것에 대해 이런저런 얘기들 을 하고 있는데 갑자기 막내인 그가 끼어들더니 뜬금없는 소리를 했다. 자 신은 지금이 너무너무 행복하고 젊다는 게 너무너무 좋다, 죽는다는 건 고 사하고 늙는 것도 너무나 두렵다, 그래서 이 세상 어딘가에 불로초라는 게 정말 존재한다면 은행을 털어서라도 꼭 사다 먹고 싶다는 거다. 스무 살이 얼마나 좋으면 저런 얘길 할까 싶어 우린 다 깔깔 웃었고 누구는 나중에 자 신이 불로초를 발견하게 되면 안 먹고 갖다 주겠다고 농을 했다. 한데 한참 웃다 그 아이의 얼굴을 본 우린 모두 머쓱해지고 말았다. 농담이 아니었던 거다. 난 그때 마음에 작은 파장이 일었더랬다. 그의 눈부신 스무 살을 내가 지켜줄 수만 있다면 그렇게 하고 싶다는 생각이 들 정도로 진지했던 그때 그 아이의 표정 때문이었다. 그리고 세월 앞엔 장사가 없다는 평범한 진리를 어느덧 문득 깨달을 그의 가까운 미래를 생각하니 맘이 짠해졌더랬다.

4년 동안 안으로나 밖으로나 많은 성장을 한 그에게 다시 물었다. 지금도 불로초가 먹고 싶으냐고. 내가 기억하고 있는 자신의 스무 살이 쑥스러운지 또 다시 얼굴이 발개지다가 금세 진지해져서 얘기한다. 여전히 죽는 건 두렵고 영원히 살 수 있는 길이 있다면 찾고 싶지만 요새 와서는 스물넷이라는 나이가 멋진 배우가 되기엔 턱없이 어린 나이라는 걸 느낀다면서 좋은 배우가 될 수 있다면 빨리 나이를 먹는 것도 나쁠 거 없겠다는 생각을 한단다. 그런 생각을 하게 된 동기가 궁금했다. "영화 〈올드보이〉를 봤는데요, 유지태 선배님의 연기가 최민식 선배님의 연기보다 못했다고 말할 수 없지만, 나이를 먹은 배우만이 할 수 있는 '그 무엇'을 따라잡는 데엔 한계가 있어 보이더라고요."

'은행을 털어서라도' 지키고 싶어하던 젊음을 부담스럽게 느낀 동기는 오로지 연기에 대한 욕심 때문이었던 거다. 이 연기에 대한 욕심이 생긴 원년은 〈와이키키 브라더스〉였단다. 그 전엔 그저 음악을 하고자 하던 꿈을 재능이 없음을 스스로 인정하고 포기한 직후라 아무 생각 없이 그저 '심심해서' 한 거였다면, 〈와이키키 브라더스〉 현장에서 무대에서 십 수 년 내공을 쌓은 사람 좋은 형님들과 어울리면서 비로소 배우가 되기를 꿈꿨던 거다. 그러나 정확히 말하자면 그는 그때 배우가 되기를 '결심'한 것이 아니라 이미 배우였던 자신을 그동안 눈치채지 못했다가 그때 '발견'한 것일 뿐이다. 예수가 열심히 노력해서 구세주가 된 것이 아니라 이미 구세주의 운명을 갖고 태어난 자신의 정체성을 모르고 살아오다가 어느 날 그 사실을 스스로 '발견'한 것처럼 말이다.

풍자극인 〈비언소〉를 공연하면서 세상 돌아가는 것에 대해 공부를 많이 했다고 한다. 허나 공부를 많이 했을 뿐 선배들이 해주는 세상 얘기가 무조건 맞는다고 생각하진 않는단다. 〈비언소〉의 기본 뼈대는 통일이다. 하지만 류승범은 "이산가족들이 정말 가엾긴 하지만 통일이 그렇게 낭만적인 것이 아니라고 생각해요. 통일이 곧 평화라는 보장이 어디 있어요. 통일 되도 여전히 사람들은 싸울걸요. 전 오히려 통일이 더 혼란을 가져올 것 같아요"라고 말한다. 그의 생각이 어찌됐건 간에 연극작업이 그에게 세상을 바라보는 통로가 되어주는 건 고무적인 일이라 믿는다. 지금은 조금 불안하지만 젊을 때의 생각은 계속 바뀌게 마련이며 지금 그의 곁에 있는 선배들은 모두가 똑똑하고 건강한 세계관을 가진 사람들이니까 말이다.

요새 계속 폭탄 맞은 듯한 헤어스타일을 유지하고 있기에 이유를 물었더니, 세상에! 원형탈모증으로 고생을 하고 있다는 거다. 스트레스가 백 퍼센트 이유인 원형탈모가 왜 지금의 그에게 생긴 걸까. 연기가 너무 좋아서 미친 듯이 연기만 했는데 어느 날 자신이 스타가 되어 있더란다. 한데 자신의 '속'은 전혀 변한 게 없거늘 사람들이 자신을 이미 만들어진 이미지 안에서만 보려고 하는 것이 부담스럽고 특히 가까운 지인들조차도 진심을 왜곡해서 받아들이는 것이 너무 힘들다는 거다. 세상에 공짜는 없다. 그는 하고 싶은 걸 하면서 일찍이 부와 명예를 얻은 대신 또 다른 홍역을 앓고 있는 중인 거다. 그것도 시간이 해결해줄 거라는 말을 해주려다 말았다.

그가 지금 앓고 있는 홍역은 불로초로도 해결되지 않는 것이다. 그를 아끼는 선배인 나는 통과의례를 앓고 있는 그가 그저 하루빨리 자아의 실체와 만들어진 이미지 사이의 간극을 현명하게 대처해나가는 '어른 배우'로 거듭나길 기다릴 뿐이다. (2003년 12월)

## 요즘 그는 ■■■

그가 영화 〈사생결단〉 촬영 중이라 길게 얘길 할 수 없었던 난 정작 물어볼 걸 못 물어보고 〈주먹이 운다〉에서 보여준 기막힌 연기에 대해 침 튀기며 칭찬만 하고 전화를 끊었다. 다시 불로초에 대한 질문을 문자로 넣었다. 잠시 후 도착한 그의 대답. "불로초는 먹고 싶지 않지만 더 이상 나이 먹긴 싫어요. 젊음을 유지하고 싶어요." 그가 이제야 진리를 깨달은 거 같다. '오래' 하면 '잘' 한다는 게 꼭 그렇지만은 않다는 진리 말이다. '장인정신'이야 우리 모든 딴따라에게 필요한 덕목이지만 그처럼 천재로 태어난 극소수의 사람은 그저 '이미' 좋은 배우이므로 굳이 나이 든 배우를 부러워하지 않아도 된다는 게 내 생각이다. 그리고 짧은 통화를 통해서나 근간의 인터뷰 글들을 통해서 본 그는 그 사이에 이미 '어른'이 돼 있는 것 같았다. 더 이상 '철없는' 소릴 하지 않으니 말이다. 그나저나 머리 빠지는 건 요새 좀 어떤지 그걸 못 물어봤네. 바쁜데 자꾸 물어볼 수도 없고……

딴따라라서 좋다

# 한국 연극 개혁의 보석

홍기유

  2003년 12월 4일. 대학로 동숭아트센터에선 참 특이하고도 낯선, 그러면서도 기특한 광경이 벌어졌다. 점점 술 동네로 변해가는 대학로가 연극의 거리 '였던' 옛 영광을 되찾겠다는 비장한 각오, 딱 그것 하나만 공통점일 뿐 그 어느 것 하나 비슷한 것 없는 각양각색의 극단과 작품들이 하나의 기획 아래 뭉친 '연극열전' 이라는 프로젝트. 그 프로젝트의 출발을 알리는 고사(告祀)가 조용히, 그러나 힘 있게 치러진 것이다. 연극 팬들에게는 '모듬회' 를 즐길 수 있는 절호의 찬스일 이 프로젝트는 1980년부터 2000년까지 20년 동안 우리나라에서 공연되었던 작품 중 다시 보고 싶은 연극 열다섯 편을 동숭아트센터의 대극장과 소극장에서 1년 내내 만날 수 있는 프로젝트다.

  기라성 같은 연극인들, 그래서인지 절대 함께 뭉친 일은 없었던 연극인들이 사상 처음으로 하나의 프로젝트 아래 쑥스럽게 모여들었다. 이런 기적은 대학로의 어르신들에게 기대하기엔 이미 '날 샌' 일이었다. 똑똑한 청년 두 사람, 동숭아트센터의 프로그래머 홍기유와 영화감독으로 더 알려진 창작집단 수다의 괴수(?) 장진, 그 두 사람이 아니었으면 이런 축제는 시작되지 못했을 거다. 그중 한 사람, 동숭아트센터의 프로그래머이자 극단 동숭아트센터의 젊은 대표인 홍기유를 만났다.

이 대장정의 기획 아이디어는 2002년 11월 동숭아트센터와 극단 차이무의 '생연극 시리즈'라는 레퍼토리 개발 공연을 시작할 때였다고 한다. 좋은 작품이 갖고 있는 힘은 대단한 것이어서 재공연이 갖는 시너지 효과는 생각보다 크다는 걸 확인한 그는 '그렇다면 이런 프로젝트를 범 극단적으로 해보면 어떨까?' 하는 생각을 했고 젊은 혈기에 '사고'를 치게 된다. 좀 큰 사고라 혼자 감당하기엔 무리가 있다고 판단하고 서울예전 연극과 89학번 동기로 막역한 사이이자 이런 번뜩이는 아이디어와 카리스마가 필요한 프로젝트엔 적임자라고 생각한 장진 감독을 꼬여서 의기투합했다. 무엇보다도 이 프로젝트에 그를 끌어들인 이유는 젊은 연극인이 주축이 되어야 흔들리지 않고 끝까지 갈 수 있을 것 같아서였다(이렇게 얘기하면 어르신들이 섭섭하다 하시려나?).

전화번호부만 한 두터운 공연 연감을 붙잡고 머릴 맞대며 레퍼토리로 선정할 작품을 고르는 일부터 만만치 않았다고 한다. 이걸 하자니 저게 아깝고 다 하자니 사정이 여의치 않고……. 그러다가 두 사람은 한 가지 확실한 기준을 잡는다. 다른 사람이 좋다 했거나 언론이 좋다 한 걸 모두 잊고 그저 자신들의 스무 살 때를 떠올렸다. 어느덧 한 단체의 대표 자리에 앉은 30대인 그들에게도 빛나는 스무 살이 있었고 그때 그들은 지금보다도 더 열정적으로 연극에 미쳐 있었다. 밥 먹는 건 잊어도 연극 보는 일은 마치 자신들이 그 공연을 보지 않으면 한국 연극계가 멈추기라도 할 것 같은 심정으로 대학로의 연극들을 닥치는 대로 보던 시절이었다. 그때 머리와 가슴에

화인을 맞은 작품들! 그렇게 기준을 잡고 나니 고르기가 쉬웠다. 프로젝트의 프로그래머로서 자기가 감동한 작품이어야 남에게도 자신 있게 권할 수 있다는 믿음이 있었던 거다.

그렇게 그들이 고른 작품은 실험극장의 〈에쿠우스〉, 연우무대의 〈한씨 연대기〉, 극단 목화의 〈백마강 달밤에〉 등 열다섯 편으로 추려졌다. 아무래도 연극은 배우의 예술이기에 출연진도 '그때 그 사람'으로 해보려고 노력했지만 현실적으로 무리가 따르는지라 〈에쿠우스〉의 조재현을 비롯한 몇 작품만 '오리지널'이고 대부분의 공연들은 새로운 얼굴들이 관객을 만나게 된다. 말하자면 작품 자체가 스타였던 공연을 고르게 된 거다.

배우는 물론이고 연출도 마찬가지로 '쟁이'들은 평생 뽑히기만을 바라는 신세일 수밖에 없다. 그들이 아무리 뛰어난 재주를 가졌던들 판 벌려주는 사람이 없으면 아무 의미가 없는 것이다. 옛날에야 뜻있는 사람들끼리 주머니 돈 털어서 무대 올리고 그저 보러 와주면 고마워했지만 이젠 영화에 비하면 '애들 장난'인 연극마저도 웬만큼 아쉽지 않게 공연 하나를 올리려면 '억' 소리가 나는 세상이 됐다. 이젠 연극도 프로듀서 시스템이 되어야 한다. 더 이상 연극은 보는 사람만 보는 '고매한 예술'이어선 안 된다. 연극의 본질이 '하는 놈과 보는 놈'일진대 관객을 유치시킬 경쟁력이 없으면 무슨 의미가 있단 말인가. 그렇게 볼 때 홍기유 같은 똑똑한 프로그래머들은 작금의 위기에 놓인 한국 연극판에 없어서는 안 될 보석 같은 인재가 아닐 수 없다.

우리 연극이 발전하는 데에 가장 절실한 요소가 뭐라고 생각하느냐 물었다. "첫째도 서비스! 둘째도 서비스! 셋째도 서비스!"라고 힘주어 말한다. 연극하는 것을 무슨 성직자나 되는 것처럼 착각하는 사람들이 제일 한심하다는 거다. 자본주의 사회에 살면서 우리에게 일용할 양식을 주는 이들은 바로 관객들인데 '오나라 오나라' 해놓고 그 힘든 발걸음을 한 관객들에게 불편한 시설과 목에 깁스한 자세로 '예술을 보러 왔느냐? 그럼 예술을 보여주마' 하는 태도는 너무나 잘못된 자세라는 거다. 그는 극단 학전의 김민기 밑에서 기술직으로 오랜 수련을 쌓다가 기술직보다는 판 벌리는 일이 적성임을 깨닫고 처음 동숭아트센터의 관리팀으로 오게 된다. 관리팀장 초년병 시절 직원들한테 어찌나 친절을 강조했는지 동료들로부터 호텔에서 왔느냐는 비아냥거림도 들었다.

연극은 무조건 심각해야 된다고 생각하고 티켓 값에 비해 형편없는 공연과 서비스를 제공하면서도 연극을 한다는 것 자체에 무슨 대단한 의미를 두고 관객들에게 존경받고자 목에 힘주는 일부 연극인들의 마인드는 개그맨 정준하의 말대로 '연극을 두 번 죽이는 일'이 아닐 수 없다. 그는 손가락에 힘을 주며 말했다. "관객들이 피부로 느낄 수 있는 개혁이 없으면 말짱 꽝이죠."

개혁 얘기가 나오니 그가 노사모 회원이란 사실이 생각나 요즘 노통이 여기저기서 얻어맞고 있는 걸 어떻게 생각하느냐 물었다. "파병은 정말 잘못된 거죠. 하지만 그 외 여러 문제들은 근대화 이후 뿌리 깊은 모순들이 계속되는 것일 뿐, 노통 혼자 잘못해서 이렇게 된 것도 아닌데 뽑아줬다는 것 하나로 빚쟁이들처럼 왈왈대는 건 좀 너무한 거 아닌가?" 거의 '노빠' 수준의 발언이었지만 일리가 없는 얘긴 아니지 싶다.

제일 힘든 건 뭐니뭐니해도 자금 압박이란다. 중외제약 다니는 친구를 거의 협박하다시피 해서 진행비 6천만 원을 마련했지만 열다섯 편의 연극을 끌고 가기엔 턱없는 돈이라 장진 감독과 그의 근황은 앵벌이하러 다니느라 정신이 없다는 거다. 아! 어디가나 그놈의 돈이 문제로구나. 하지만 돈이야말로 없다가도 있는 것. 홍기유 같은 인재는 한 번 놓치면 또 언제 만날

지 모르는 친구다.

마지막으로 꿈이 뭐냐 물었다. 조선일보에는 기사 내지 말자고 직원들한테 큰 소리 쳐보는 거란다. 에고, 가슴 아파라. 하지만 난 그가 한국연극 개혁의 핵심에 있다는 것, 그리고 그 개혁이 성공하리라는 걸 믿는다. 그리고 그의 개혁이 성공하면 조선일보 문화란은 더 이상 기웃거리지 않아도 되는 날이 꼭 오리라는 것도 믿는다. (2004년 1월)

## 요즘 그는 ■■■

1년 반 동안 '새빠지게' 빚을 갚았단다. '연극열전'에 이어 기획했던 '창작하라, 번역하라' 프로젝트는 돈 문제보다도 작가들 뱃속에 있는 작품들이 출산을 하지 못하고 끙끙거리고 있어서 2007년으로 미뤄졌다. 그리고 그가 공언한대로 2010년에 올릴 두 번째 '연극열전'을 계획 중이다. 두 번째 연극열전의 주제는 1920년대의 공연 형태를 지금의 관객들이 맛볼 수 있게 한다는 거다. 원래 새치가 가득했던 그의 머리가 며칠 전 술자리에서 보니 아예 백발 수준으로 변해 있기에 '선생님'이라고 부르며 놀렸더랬다. 딴따라들과 관객들을 어떻게 하면 멋지게 만나게 해주나 고민하는 것이 그의 일상이니 머리가 허옇게 새는 것도 무리가 아니지 싶다. '연극열전'이 대학로 관객 다 뺏어간다고, 상업적인 기획이라고 그를 흉봤던 분들! 이 세상에 돈 받고 하는 공연치고 상업적이지 않은 공연이 있나요? 그리고 관객은 '뺏어간' 게 아니라 '찾아온' 게 아니었을까요? 연극만 아는 이 청년에게 박수 좀 쳐주시면 안 될까요?

# 쉽게 꺾이지 않을 그녀의 내공

**이경실** 작년 초. 그녀는 본인은 물론이요 그녀를 아는 사람이라면 상상도 못했을 일을 당했다. 난 마침 그녀를 이 지면에 모시고 싶어했던 터라 적잖게 당황했더랬다. 그녀를 향한 사람들의 관심이 누그러지길 기다려야만 했다. 웬만해선 잊혀지기 힘들 것 같은 충격적인 일이었지만 역시 '남의 일' 인지라 사람들의 관심은 차차 줄어들었다. 하지만 그녀의 웃음소리와 항상 당당한 자세, 그리고 무엇보다도 재치 있는 진행 솜씨에 반했던 난 그녀의 존재 자체까지 잊혀지는 건 아닌지 내심 불안했다.

그건 기우였다. 그녀의 호탕한 웃음소린 다시 우리 곁을 찾아왔다. "왜? 무슨 일이 있었어?" 하는 모습으로. 이제야 편하게 그녀를 만날 수 있었다. 만나면 반갑게 언니, 동생 하는 사이이긴 하나 막상 찻잔을 사이에 두고 앉으니 내가 아는 건 고작 프로 이경실뿐, 자연인 이경실에 대해선 모르는 것투성이였다. 잠시 쉬었던 아픈 기간 동안 독심술을 연마했는지 묻지도 않은 자신의 어린 시절 얘길 해줬다.

군산에서 나고 자란 그녀는 초등학교 6학년 때까진 남부럽지 않게 살면서 항상 주위 사람들의 사랑을 받던 명랑하고 활기찬 소녀였다. 허나 큰언니와 나이 차이가 열여섯 살이나 나는 형제의 막내였던 그녀는 중1 때 아버지가 정년퇴직을 하면서 가난이라는 걸 조금씩 알게 된다. 탁구 코치였던 큰오빠의 월급으로 대식구가 빠듯하게 살아가던 중 아버지가 고혈압으로 쓰러져 자리에 누우신 후론 수업료를 제때 내 본 적이 없었다. 하지만 그런 건 참을 수 있었다. 씩씩하고 자존심 센 그녀였기 때문이다. 그런 그녀에게 제일 견디기 힘들었던 건 선생님의 편애였다.

중1 때였다. 깜박하고 교과서를 안 가져갔는데 하필 짝도 안 가져왔더란다. 평상시 짝 아이의 엄마에게 갖은 치맛바람을 맞던 늙은 담임은 똑같이 책을 안 가져온 짝 아이에겐 부드러운 표정으로 "학생이 책을 안 가져오는 건 총 없이 전쟁터에 오는 거란다" 하더니 자신에겐 표가 날 정도로 야멸차게 "정신머리가 글러 먹은 애"라고 야단을 쳤다. 억울함에 심장이 터질 것 같았던 그녀는 벌떡 일어나 '차별'을 항의했고 못생긴 권위를 짓밟힌 선생은 그녀의 볼을 사정없이 내리쳤다. 그녀는 숨이 넘어가게 대성통곡했고 두 달 후 그 후유증으로 뇌막염을 앓아 두 달간 병원에 입원한 적이 있다고 한다.

고딩 시절 3년 내내 어머닌 아버지 대신 돈을 벌러 다녔고 아버지의 대소변을 받아내는 건 그녀의 몫이었다. 대학은 무조건 서울로 가야 한다고 결심했다. 다행히 실력이 되기도 했지만 무엇보다 아버지 뒤치다꺼리에서 벗어날 수 있는 좋은 핑계거리가 필요했기 때문이다. 우연히 여성잡지에서 〈수렁에서 건진 내 딸〉이란 작품으로 화려하게 충무로에 데뷔한 여성감독 이미례에 관한 기사를 읽고 영화 연출이 재밌겠다 싶어 동국대 연극영화과 영화 연출 전공으로 대학에 진학했다. 어렸을 때부터 어디나 '썰' 푸는 것에 자신 있었던 그녀는 대학 면접 때 아는 거 모르는 거 죄 끄집어내서 교수들을 홀딱 반하게 했다. 돈 없으면 못 다니는 데인 줄 오해하고 아버지가 사업을 하신다고 '뺑'까지 쳤었다고 그때 이야기를 하는 그녀 모습이 개구쟁이 같았다.

대학에 들어가자마자 본 최민식과 한석규 선배의 공연은 그녀의 학창 시절을 연극에 미쳐 보내게 했지만 용돈은커녕 등록금조차 자신이 벌어 써야 했던 여대생 이경실은 당시 상금이 꽤 높았던 개그맨 시험을 보고 털컥 붙게 된다. 그 후 어찌어찌 살다보니 한국 최고의 개그우먼 자리까지 오게 된 것이다. 여기까지 그녀는 쉴 새 없이 자신의 옛 이야기들을 들려줬다. 마치 오래 전부터 나에게 이 얘길 들려주고 싶었다는 듯이. 그리고선 또 묻지도 않은 이혼 얘길 해줬다.

세인들이 아는 것만큼 잉꼬부부는 아니었지만 대화도 제대로 못 해보고 언론에 떠밀리다시피 이혼을 하게 돼서 결론보다는 과정이 아쉽다고 힘들게 운을 뗐다. 이젠 마음의 정리가 됐다고 말하면서도 지면으로 옮기긴 어려운 얘기들을 참 많이도 해줬다. 입장을 바꿔놓고 생각해봤다. 부부의 일이란 아무도 모르는 거라고들 한다. 게다가 스무 살 때부터 서로를 봐온 사이일 테니 그보다 더한 일을 당했다 하더라도 그 징그러운 인연의 끈을 단박에 잘라낼 수는 없을 것 같았다. 자신의 직업이 웃고 웃기는 직업인 게 이렇게 다행스럽게 생각된 적도 없다고 한다. 그렇지 않았다면 마음의 회복이 이렇게 빨리 진척이 되진 않았을 거라고 쓸쓸히 얘기하는 그녀를 보면서 그녀의 호흡 속에 남아 있는 애증의 찌꺼기가 한없이 처연해 보였다. 하지만 그녀를 동정하는 건 결코 아니다.

작년에 어느 여성단체에서 주최한 모임에 갔다가 그녀들이 강금실 장관 지킴이를 발족하면서 동시에 이경실을 보호하고 지키는 모임도 만들고 싶다고 하기에 말린 적이 있었다. 그녀는 그들의 보호가 필요할 정도로 나약한 여자가 아니기 때문이다. 오히려 그네들이 그녀에게 어설픈 위로를 해주려다가 그녀의 당당함과 프로로서의 자긍심에 기나 죽지 않을까 염려스러웠다. 보통 연예인 커플들의 안 좋은 뉴스를 보면 서로 잡아먹지 못해 안달인데 비해 속이야 어쨌든 황색 저널리즘에게 먹잇감으로 이용되진 않는 것만 봐도 그녀의 자존심이 얼마나 견고한지 알 수 있다. 그녀는 강했다.

한 가지 아쉬운 점이 있다면 그녀는 가정폭력의 피해자 입장보다는 부정한 아내로 오해받았던 것에 더 괴로워한다는 점이었다. 스무 살 때부터 이날까지 오로지 한 남자만 알고 살아왔기에 일반 사람들보다 오히려 더 정숙(?)한 그녀로서는 억울하기도 하겠지만 솔직히 난 그녀의 사생활은 조금도 궁금하지 않다. 내가 정말 궁금한 건 '맞을 짓'을 했으니 맞았을 거라고 생각하는 사람들의 '머릿속'이었다. 해도 되는 전쟁이란 있을 수 없듯이 '맞을 짓'이란 있을 수 없기 때문이다.

가장 큰 숙제는 앞으로 혼자서 아이들을 어떻게 키워나갈 것인가 하는 것이란다. 이 일을 과연 언제까지 할 수 있을까 생각하면 불안하기도 하다는 거다. 하지만 그런 걱정은 비단 그녀뿐만 아니라 언제 무슨 이유로 팬들의 내침을 당할지 알 수 없는 모든 딴따라들의 공통된 걱정거리일 것이다.

그녀가 자신의 40년 가까운 인생을 단 두 시간으로 압축해서 들려주는 바람에 함께 사는 세상에 대한 의지나 프로로서의 고충에 대해선 묻지도 못하고 인터뷰를 끝내야 했다. 주문한 차가 싸늘하게 식었을 즈음 그녀는 말했다. 그를 용서할 순 없지만 이해할 순 있다고. 사랑에 척도가 있다면 용서라는 것이겠지만 이해 또한 보통의 '공법'으로는 불가능한 것일 게다. 사랑과 결혼도 하나의 게임이라면 난 그녀가 당당한 승자라고 믿는다.

그녀의 밝은 얼굴과 호탕한 웃음소리는 진짜로 이긴 사람만이 보여

줄 수 있는 것이기 때문이다. 그리고 그런 그녀의 모습은 '진짜 프로'만이 해낼 수 있는 내공인 것이다. (2004년 1월)

### 요즘 그녀는 ■■■

그녀가 팬들과 만나는 인터넷 카페에 오랜만에 슬쩍 들어가봤다. 아주 가끔이지만 그녀가 직접 팬들에게 근황을 얘기해주는 곳에 가보니 그저 옆집 언니처럼 친근하게 수다를 털어놓았다. 그 글들에 의하면 그녀는 최근에 어느덧 초등학교 5학년이 된 딸아이를 캐나다로 어학연수를 보냈다. 자신은 전혀 보낼 생각이 없는데 딸이 조르기에 "엄마 혼자 벌기 때문에 내 노후도 생각해야 해서 너희들에게 너무 많은 투자를 하는 건 옳지 않은 것 같다. 그리고 투자한다고 네가 잘하리란 보장도 없잖아"했더니 딸내미가 "제가 커서 엄마 책임질게요" 하더란다. 그 한마디에 껄껄 웃으며 딸을 보냈다. 그리고 그 딸이 너무 보고 싶어서 메신저로 대화를 하는데 딸은 엄마 마음도 모른 채 바쁘니까 담에 얘기하자고 하더란다. 누구에게나 기죽지 않는 그녀지만 자식을 그리워하고 섭섭해 하는 모습에서 그녀도 엄마로서는 별 수 없구나 싶었다. 한편으론 아이들이 씩씩하고 밝게 잘 자라고 있는 것 같아 그녀가 더 멋져 보이기도 했고. 근데 아무리 생각해봐도 그녀의 노후 역시 딸내미가 책임지지 않아도 혼자서 씩씩하게 잘 사는 할머니가 될 것 같다는 생각이 든다.

# '순악질 세상'을 따뜻하게

**김미화** 6시 이후에 택시를 타면 라디오에서 종종 그녀의 목소릴 듣게 된다. 개그우먼이 시사 프로 진행자가 됐다고 화제가 된 지도 벌써 석 달이 넘었다. 자신의 '나와바리'가 아닌 곳이기에 아주 조심스레 아주 겸손히 진행을 하지만 천성이 맑은 그녀의 매력은 코미디 프로에서만 보던 모습과는 또 다른 것으로 다가왔다. 그녀의 또 다른 매력이란 이런 식이다. 게스트가 나와서 어려운 시사 전문용어를 현란하게 구사하며 내용 전달보다는 자신의 '교양 많음'을 자랑하고 있자면 그녀는 주저하지 않고 묻는다. "그게 무슨 뜻이에요?"

그 어떤 시사 프로에서도 받아보지 않은 질문을 당한 게스트는 땀을 뻘뻘 흘리며 그 전문용어의 원래 의미를 면접 치르는 학생의 자세로 또박또박 풀어서 설명한다. 게스트를 난처하게 하려는 게 결코 아니다. 정말 몰라서 묻는 거였다. 그렇게 시사에 상식이 없으면서 어떻게 시사 프로를 진행하느냐고? 그게 이 프로의 '컨셉트'다. 세상에 널린 게 시사 프로, 시사 잡

지이지만 정작 서민들 입장에서 만들어지는 콘텐츠는 그리 많지 않다. 장바구니 경제를 걱정하고 자살하는 노동자를 걱정한다면서 정작 그네들이 못 알아듣는 어려운 말들로 '자기들끼리' 떠드는 프로들에 맞서서 그들을 '대변' 하는 입장에서 만든 프로가 바로 그녀가 진행하는 라디오 〈세상은 그리고 우리는〉(저녁 6시~8시, MBC 표준FM)이다.

'그냥 보통 아줌마' 의 눈으로 보는 세상 이야기를 다루겠다고 했지만 프로그램이 상당히 알차다. 코너가 여러 개라 조금 산만한 감도 없지 않지만 그래서 전혀 지루하지 않고, 옳지 않은 일에는 이거 지상파 맞나 싶을 정도로 무섭게 후려치기도 한다. 어떤 게스트가 나와도 어떤 멘트를 날려도 인생을 사랑하고 어려운 이웃을 진심으로 걱정하는 그녀의 착한 마음이 오롯이 배어 나오는 이 프로그램은 날이 갈수록 열혈 청취자들이 늘어나고 있다. 이마에 일자 눈썹을 붙이고 "움메 기 살어!"를 외쳤을 때부터 사람들에게 항상 따뜻한 웃음을 주는 그녀를 만나기 위해 MBC를 찾았다.

그녀의 방송시간대는 개그맨들이 방송 외적인 일로 돈을 '땡기기' 에 황금시간대다. 각종 행사 같은 것 말이다. 그래서 그녀처럼 잘 나가는 개그맨이 그 시간에 텔레비전에 비해 '단가' 도 낮은 라디오를 붙박이로 한다는 건 큰 결심이 필요한 일이었다. 그것도 20년 넘게 해오던 개그가 아니라 난데없는 시사 프로라니. 정찬형 피디와의 신뢰가 제일 큰 역할을 하긴 했지만 시사 프로를 다수가 듣는 프로로 만들고 싶은 욕심이 있었기 때문이란다. 시사 프로를 대중적인 프로로 만들고 싶어하는 그녀의 '꿍꿍이 속' 은 10년이 넘는 세월 동안 50여 개에 이르는 시민단체에서 시민운동을 하는 그녀의 '삶의 약력' 이 설명을 대신하고 있었다.

가난한 유년 시절과 학창 시절을 보낸 그녀는 '쓰리랑 부부' 로 인기를 얻자 돈독이 올랐다. 닥치는 대로 일을 했고 정상에 올랐다. 하지만 정상의 자리에서 돌아본 자신은 별로 행복해보이지 않았다. 이게 제대로 사는 게 맞나 하는 무서운 반성을 하게 된다. 인기보다는 영혼의 자유가 중요했고 돈보다는 인간으로서의 명예가 소중해졌다. 그때 우연한 기회로 시민운동 하는 사람들을 만났고 그때부터 지금까지 그들과 '한솥밥 먹는 사이'라고 스스럼없이 말할 정도로 많은 일들을 해왔다. 정치에 대해선 관심도 없을 뿐더러 알지도 못한다. 그저 어려운 이웃을 돕는 일에 자신의 이름과 얼굴과 발길이 필요하다기에 열심히 자신의 '달란트'를 바쳤을 뿐이다. 그런 그녀가 시사 프로를 맡은 건 어찌 보면 너무나 당연한 일인지도 모른다. 그녀도 얘기했지만 시사 프로 진행자의 미덕은 시사에 대한 지식보다는 인간에 대한 따뜻한 마음이 우선되어야 하기 때문이다.

딴따라가, 그것도 여자가 '있어 보이는' 자리에 앉은 것이 샘이 나는지 시비를 걸어오는 사람도 적잖았다. 언론도 마찬가지다. 그녀를 인터뷰한 기사들을 보면 하나같이 "어, 요것 봐. 지가 무슨……. 거봐. 헤매지. 넌 아직 안 돼"의 호흡으로 그녀를 쑤셔댔다. 어느 사회에서나 가장 편견을 가진 존재는 언론이리라. 평생 바보 연기로 전 세계를 웃긴 채플린은 천재에다 똑똑한 사회주의자였고 미스터 빈은 옥스퍼드 출신이라는 걸 모르나? 인문학적 지식으로 보나 인품으로 보나 그녀를 인터뷰한 기자들보다 그녀는 언제나 한 수 위였음을 알 수 있었고 참으로 통쾌했다.

"미국 보고 뭐라고 좀 하면 '반미 성향'이 어쩌고 색깔이 어쩌고 하는 것도 참 이해할 수 없어요. 미국 정부가 잘못한 걸 잘못했다고 얘기한 걸 가지고 진행자는 중립을 유지해야 된다고 우기는 청취자들에겐 좀 섭섭하더군요. 어차피 완벽한 중립이란 건 누구나 불가능한 건데. 오히려 그런 불평은 듣는 사람이 중립이 안 되니까 그런 거겠죠." 힘든 점은 무엇이냐는 질문에 그녀가 준 대답이다. '수위'를 조절하는 것도 힘든 일 중 하나다. 강하게 하자니 듣는 사람이 놀랄 것 같고 약하게 하자니 자신이 속에서 끓는다는 거다. 송아지처럼 착하게 생긴 눈을 쳐다보면서 그녀의 얘길 듣고 있자니 그녀의 '속에서 끓고 있다'는 게 무엇인지 너무나 잘 알 수 있을 것 같아서 그 건강한 에너지에 나도 덩달아 정신이 또렷해지는 걸 느꼈다.

시민운동을 많이 하는 자신더러 설친다고 욕하는 사람들에게서도 적잖게 상처를 받았다고 한다. 외국은 연예인들이 시민운동을 하는 것이 국민들의 '프라이드'가 되는 반면 우리나라 사람들은 본인도 안 하면서 연예인들도 못하게 구설수에 올리는 건 참 안타까운 일이라는 거다(아! 이 얘긴 나도 인터뷰 당할 때마다 했던 얘기들이다). 일반 시민운동 하는 사람들이 아무리 이웃돕기를 하자고 해도 꿈쩍 않다가 빠순이를 몰고 다니는 한 '오빠'가 한 번 헌혈 차에 '떠' 주니까 그의 수많은 소녀 팬들이 우르르 가서 자신의 피를 내줬다. 정말로 세상이 건강해지길 원한다면 이런 대중 선동의 힘을 갖고 있는 사람들이 시민운동 하는 것을 진심으로 격려해주고 박수쳐줄 일이다.

그녀는 현재 성균관대 사회복지학과 졸업반인 학생 신분이기도 하다. 일을 너무 많이 벌려놓아서 미치게 힘은 들지만 꼭 해내고 싶다는 대학 4년생인 그녀에게 나중에 '커서' 뭐가 되고 싶으냐고 물었다. 어려운 이웃을 위해 좀더 체계적으로 일을 할 수 있으면 좋겠고 늙어서는 재단을 설립하는 게 꿈인데 될지 모르겠다며 부끄러워했다(남을 웃길 땐 항상 당당했던 그녀가 남을 돕는 얘길 하는 동안은 내내 부끄러워했다).

요즘 그녀가 무엇보다 마음을 쓰고 있는 건 뭘까. 올해로 자신의 연기 생활이 21년째란다. 지금까지 딸아이들한테 부끄러운 짓 한 번 한 적 없이 살아왔지만, 개그는 '허구'였다면 자신이 지금 하고 있는 방송은 '사람 사는 리얼리티'를 떠드는 것이므로 실제 생활에서도 본보기를 보여야 한다고 생각한단다. 그래서 더 제대로, 더 바르게 살려고 노력하고 있다는 거다.

이런 결벽증에 가까운 마음다짐을 이번 총선에 나오는 정치인들이 백 분의 일, 아니 천 분의 일이라도 닮았으면 얼마나 좋을까 생각하며 그녀를 생방송 스튜디오로 보내줬다. (2004년 2월)

## 요즘 그녀는 ■■■

햇수로 3년째 〈세상은 그리고 우리는〉을 진행 중이다. 노련해졌을 법한 시간이 흘렀지만 그녀는 여전히 겸손함과 정직함으로 프로를 이끌고 있다. 같은 방송국에서 프로를 하나 진행하고 있는 나는 작가와 피디들 천지인 방송국 사무실 한구석에서 조용히 '공부' 하고 있는 그녀를 꽤 자주 본다. 〈TV 책을 말하다〉는 건강 때문에 그만뒀다. 간이 안 좋아진 요즘은 일일이 책을 읽는 준비가 너무 힘에 부쳐서 그만뒀다는 거다. SBS에서 낮에 하는 토크쇼 진행도 하고 있는데, 시청률도 낮고 큰 벌이도 아니지만 사회문제를 다루는 프로여서 '사명감을 가지고' 하고 있다고 한다. '사명감' 이라는 그녀의 표현에 가슴 한편이 뜨끔해진다. 이 땅에 딴따라로 태어난 사명감이 무엇인지 생각해본 적이 한 백 년 정도 전인 것처럼 느껴졌기 때문이다.

딸아이들에게 부끄럼 없이 사는 게 목표라고 말한 그녀는 얼마 전 이혼을 했다. 한데 나는 그 이혼마저 가정폭력에 의한 결정이었으므로 아이들에 대한 그녀의 처사는 떳떳했다고 본다. 그녀는 지금 친정어머니와 어렸을 때부터 외할머니 손에 컸다는 딸들과 함께 살고 있는데 이혼 후의 삶이 오히려 더 평안하고 안정이 됐다고 한다. 그런 여인 3대 집안의 모습을 상상하니 영화 〈안토니아스 라인〉이 생각났다. 건강한 여성들끼리의 공동체를 평화적이고 성공적으로 꾸려 나가는 어느 마을의 이야기인데 내가 본 최고의 페미니스트 영화였다.

# 그래, 우리는 번역극만 한다

최형인

그녀는 한양대학교 연극영화과 출신들을 주축으로 이뤄진 극단 '한양레퍼토리'의 수장이다. 92년, 학교에서 4년 내내 갈고닦은 실력을 발휘할 곳을 찾지 못하고 방황하는 제자들을 위해 '비빌 언덕'을 마련해 주겠다고 극단을 만들었다. 그 후 10년이 넘는 동안 박광정, 설경구, 권해효, 전수경 등 스타 연극인을 배출해내고 공연을 올릴 때마다 항상 화제를 몰고 다녔던 그녀와 그녀의 극단이었지만, 그들의 비빌 언덕 역시 다른 수많은 극단들과 마찬가지로 소프트웨어만 있을 뿐 하드웨어인 극장의 부재로 고생이 이만저만이 아니었다. 그러다 2003년 그들에게 산타클로스가 나타나서 덜커덕 극장을 지어줬다. 그것도 번듯한 대학로 자리에. 그 산타클로스는 그녀가 천직으로 몸담고 있는 한양대학교의 김종량 총장이었다.

기적과도 같은 선물이었다. 이렇게 혼란스러운 시대에 인간의 영혼을 살찌게 하는 예술, 특히 연극을 통해 사람을 사람답게 하는 일이 우선이라는 게 이유였다. 로또 1등에 당첨된 기분이 이런 걸 거다. 극단 대표나 단원들이 아무리 한양대 교수와 졸업생들로 구성된 극단이라 해도 엄연히 프로 극단일진대 엄청난 재벌도 아니고 대학에서 극장을 마련해준다는 건 요즘 같이 너도나도 돈, 돈 하는 세상에 기적과도 같은 일이 아닐 수 없다. 이 땅의 모든 연극인들이 배 아파할 정도로 부러운 일이지만 이들의 작업을 보면 기꺼이 고개가 끄덕여진다.

번역극을 위주로 하던 그녀의 극단은 80년대 민족극 붐을 타고 창작극 르네상스를 맞이한 90년대의 대학로에서 항상 시비 거리로 도마에 오르곤 했다. 젊은 시절을 해외에서 공부하며 보낸 그녀로서는 일부러 창작을 피했다기보다 그저 인종, 국가, 문화를 초월하여 좋은 레퍼토리를 선정한다는 것이 기준일 뿐이었기에 섭섭하기도 했다. 물론 나 역시 같은 값이면 그리고 기회가 한 번뿐이라면 나랑 상관도 없는 나라의 얘기와 공감할 수 없는 감수성을 멀뚱멀뚱 구경하기보다는 지금 내가 밟고 있는 이 땅의 모습, 지금 우리의 모습을 담은 작품을 보고 관객과 그 열정을 공유하고 싶은 것이 사실이다.

하지만 좋은 창작극을 공연하면서도 국적불명의 번역극 투를 쓰는 질 낮은 연기를 보고 있는 것보다는, 비록 우리 문화와 조금 맞지 않는 얘길할지언정 동서고금을 막론하고 어디나 통할 수 있는 감동을 전하면서 정확한 감정 전달과 창작극과 다를 바 없는 대사법을 쓰는 그들의, 아니 그녀의 연기법을 감상하는 것은 큰 즐거움이었다. 창작이라고 다 좋은 작품이 아니며 번안한다고 만사가 해결되는 건 아니다. 잘하면 금상첨화지만 엄청나게 큰 한계를 갖고 있기도 한 것이 번안이라는 행위이다.

그들은 이 번안과 창작의 한계를 가볍고 유쾌하게 뛰어넘었다. 이를테면 이런 것이다. 멀쩡하게 우리말로 공연을 하다가도 상대의 이름을 부를 라치면 어색하게 "촤아~ㄹ쓰!" 하고 부르므로 다른 말들의 어투도 덩달아 성우가 더빙하듯이 될 수밖에 없다(흔히 '번역극 대사'라고 하고 지금도 많이들 쓰고 있다). 반면 그녀의 배우들은 어차피 이건 연극이고 번안은 불가능하며 자신들이 뱉는 말이 한국어라면 솔직하게 "얘, 철수야!" 하듯이 "얘, 찰스야!" "마이클아!" 하는 식인 거다.

신선한 충격이었고 그들을 '번역극만 하는 해외유학파'라고 흉보던 사람들을 생각하면 통쾌하기까지 했다. 호칭만 그런 게 아니다. 소위 말하는 '신들린' 연기, 관객이 울기 전에 자기가 자기연민에 빠져 울부짖는 연기가 리얼리즘과 얼마나 큰 괴리를 두고 있는지를 그녀는 많은 학생들에게 가르쳤고 우리나라 배우들의 연기는 그녀의 제자들로 인해 한층 업그레이드됐다.

극장이 없을 땐 극장만 있으면 세상을 다 가진 것처럼 행복할 거라 믿었다고 한다. 그러나 소유는 번뇌와 한 몸이기 때문일까? 다른 연극인들

에게 뺨 맞을 소리지만 그녀는 지금 행복감보다는 두려움으로 몸서리치고 있다. 그렇게 원하던 극장을 얻었건만 망하지 않고 극장을 유지하는 것은 '집' 없이 떠돌던 시절보다 몇 배로 힘이 드는 일이라는 걸 깨달았기 때문이란다. 스타를 모셔다 할 수도 있고 홍보를 자극적으로 할 수도 있으며 레퍼토리 선정을 요새 시류에 맞게 바꿀 수도 있었다고 한다. 하지만 온전히 자신들의 힘으로만 이끌어가야 할 극장이 생긴 뒤에도 극장이 생기기 전과 조금도 다름없이 작업을 했고 그 결과는 씁쓸했다. 아직 공연 중이니 단언할 순 없지만, 그리고 극장이 생긴 지 얼마 안 된 터라 입소문이 덜 났겠지만 개관 기념공연을 하고 있는 극장엔 빈자리가 많았다.

옳은 생각을 가지고 연극을 만들면 관객은 온다던 믿음이 흔들리고 있다고 고백하는 그녀에게 좋은 연극은 뭐라고 생각하느냐 물었다. "관객 한 명 한 명에게 잊고 있던 자신의 내면을 발견할 수 있게 하는 작품"이라고 했다. 그녀 말대로라면 지금 공연 중인 〈2번가의 포로〉와 〈트루 웨스트〉는 분명 좋은 작품이다. 배우들의 연기도 훌륭하고 작품도 분명 '미제'인데도 '국산' 같이 느껴지는 그런 작품들이다. 근데 왜 관객이 없을까? 이 극장 역시 '돈 놓고 돈 먹기' 세상인 동시대를 '읽지' 못한 건 아닐까? 프로듀서 시스템을 갖춰야 하는 거 아니냐는 내 질문에 '돈맛을 알고' 일하는 분위기는 자기 정서에 안 맞는다는 거다. 걱정이다. '정서'를 포기하지 않으면 상품으로서의 호환성을 얻어내기란 점점 더 어려워지는 일일 테니 말이다.

연극을 하는 이유를 물었다. 지극히 개인적인 구원을 위해서라고 잘라 말한다. 인간적이고 착한 영혼들의 애길 보고 감동받고 그러고서 그 관객의 마음이 착해지는 것이 결국 세상을 구원할 거라고. 관객을 가르치고 선동하는 연극을 별로 좋아하지 않는단다. 그런 '가열찬' 연극을 하는 사람 치고 훌륭한 사람을 별로 보지 못했기 때문이란다. 교조적 편견일 수도 있다. 하지만 예전에 어느 민족극 극단 단원이 자기 동료 중에 부르주아가 있다고, 그 사람하곤 일 같이 못하겠다고 억지를 부렸다는 얘길 생각해보면, 가만히 있으면 돈 안 까먹고 잘 먹고 잘 살 텐데 굳이 아이들을 거두고 연극 전용극장을 운영하는 것이 '지금의 나'를 만들어준 세상에 환원하는 길이라고 믿는 그녀의 영혼이 그 '가열차게 민족극을 하는' 사람보다 오히려 더 많은 것을 가졌다는 생각이 든다.

연출은 해도 되고 안 해도 되는 일이며, 연기는 하면 행복하지만 꼭 하겠다는 건 아닌 반면 배우 지망생들에게 연기를 가르치는 일은 자신의 숙명인 것 같다고 하는 그녀에게 최근에 극장 운영이라는 숙명이 하나 더 늘은 셈이다. 아무쪼록 극장에 관객이 많이 들어서 '우리의 것' 이전에 '사람의 것'을 확인하고 소통하는 즐거움을 누리길 바랄 뿐이다. (2004년 2월)

### 요즘 그녀는 ■■■

우리 사회가 '우리' 강조하다 피 본 게 한두 번이 아닌 요즘, 이 글을 읽으니 더욱 그녀의 세계관에 머릴 끄덕이게 된다. '우리'를 구원하는 예술보다 '나'를 구원하는 예술이 더 솔직한 게 아니었나 싶은 거다. 물론 어느 생각이 옳다고는 말할 수 없다.

얼마 전 그녀는 극단 한양레퍼토리의 간판 레퍼토리인 〈러브레터〉를 연출하고 출연도 했다. 가슴 아픈 사랑 이야기의 절정인 이 극은 두 남녀 배우가 한자리에 앉아서 한 번도 일어나지 않고 편지만 읽는 연극이다. 블로킹이 부재하는, 말하자면 극장성은 전무한 라디오 공개방송 같은 연극인 것이다. 극장성이 전혀 없음에도 불구하고 (물론 그게 이 연극의 '컨셉'이지만) 뛰어난 작품성과 배우들의 연기 때문에 할 때마다 객석이 꽉 차는 스타 작품이다. 이번엔 설경구가 출연해서 화제가 되기도 했다. 나도 출연시켜달라고 떼를 쓰니 외부 출연진들은 마흔이 넘은 사람들만 초대한다고 한다. '우리'가 아닌 '나'를 구원시키는 데엔 정녕 배우의 자연 나이가 기준이었단 말인가. 오호, 통재라. 나이는 궁색하게 둘러댄 핑계였다는 걸 난 안다. 그만큼 그녀가 자신의 단원들을 아끼는 것이라 생각하니 섭섭함이 들어설 자리가 없었다.

# 덜 어리석어지려는 저항정신

**김C**

그는 세련된 문명사회에 표류하는 부시 맨 같았다. 제인의 손에 이끌려 도시로 끌려나온 타잔 같기도 했다. 녹화 도중 화장실에 다녀왔다는 일화는 '다행히도' 편집되었지만 생방송 중이었다 해도 마찬가지로 행동했을 그다. 스스로도 믿기지 않던 라디오(그것도 오전 시간대) 디제이가 되고서는 자기 목소리가 듣기 싫으면 다른 방송 들으라고 서슴없이 얘기한 것, 어느 오락 프로에서 MBC 아나운서와 결승 대결에 오르자 '정직원과 일용직의 대결'이라고 얘기한 것은 참으로 신선한 충격이요, 즐거운 일 없는 요즘 우리를 웃게 하는 고마운 일이었다.

난 그가 세상에 알려지기 조금 전인 〈윤도현의 두 시의 데이트〉에 게스트로 나오던 시절부터 그의 '특이함'을 즐기고 있었다. 그가 인터넷 라디오 진행을 할 때는 같은 방송국의 이웃 프로를 진행하기도 했고 그가 제도권 방송에 진출하기 시작했을 때도 아슬아슬하면서도 진지한 그의 방송을 즐겨 들었다. 난 그가 라디오에서 음악을 얘기할 때면 한없이 맑은 영혼을

가진 사람이라는 걸 느꼈다. 그를 물위로 끌어올려준 사람이 강산이라는 것 뿐, 그에겐 어떤 계보도 학벌도 없었다. 선입견과 제도적인 편견에서 무한히 자유로운 그가 소개하는 음악들은 익히 알던 음악이라도 다르게 들렸다. 음악을 정말 사랑하는 사람만이 가능한 따뜻한 힘이었다. 내가 '뜨거운 감자'의 음반을 산 것은 바로 그런 거칠지만 맑은 영혼에 끌렸기 때문이다. 그러니까 내가 그의 음악을 접한 '경로'는 그가 싫지만 홍보를 위해 억지로 한다는 텔레비전 오락 프로가 아니었다는 거다.

그런데 요즘 들리는 그의 '돌출 행동'은 나를 조금 놀라게 했다. 여태까지의 그의 '기행'(?)은 일반 사람들은 놀랐는지 몰라도 같은 딴따라인 난 '그래, 통쾌하다, 잘한다 잘해' 하며 낄낄거렸을 뿐이었다. 하지만 방송에서 자기 좀 그만 불렀으면 좋겠다는 둥, 특정 개그맨 이름까지 얘기하면서 "내가 미쳤냐? 음악 하는 사람인 내가 왜 ×××와 말뚝박기를 해야 하냐? 다 나의 음악을 홍보하기 위해서다" 같은 말들은 그게 '진실'이요 '사실'일지라도 '막말'로 받아들여지기 때문이다. 그를 만나고 싶었다. 만나서 그를 좀 다독이고 싶었다. 그가 속한 밴드 '뜨거운 감자'의 두 번째 앨범 중 '걱정마요 헤이'와 '유턴'을 좋아하고 그의 음악이 더 많은 팬을 만나길 바라기 때문에 그런 '위험한 악수'를 두는 그를 말리고 싶었기 때문이다.

서른넷 평생 처음으로 정신없이 바쁜 일상을 보내고 있을 그를 생방송을 끝내자마자 불러냈다. 그가 의도하지 않았던 것이긴 하지만 독특한 그의 외모에 버금가는 언행 때문에 최근엔 CF까지 찍느라 많이 피곤해보였다. 두 시간 가까운 시간 동안 그나마 부드러운 모습을 보여준 것은 내가 가져간 '뜨거운 감자' 시디에 사인을 할 때와 이제 갓 두 달 된 딸아이 얘길 할 때뿐이었고, 인터뷰 내내 짜증과 신경질을 냈다. 그 짜증과 신경질의 대상은 피곤해 죽겠는데 불러낸 나 같은 '언론'도 아니고 자기를 바보로 만드는 오락 프로도 아닌 자본의 천박한 생리가 가장 적나라하게 드러나는 연예계의 중심으로 한없이 빨려 들어가고 있는 바로 자기 자신일지도 모른다는 생각이 들었다. 아직은 '끈'을 놓고 있지 않았지만 있는 힘을 다해 자기부정을 하고 있는 그의 모습이 안쓰러웠다.

결혼하고 아이까지 낳았으면서 '내일'에 대한 구체적인 계획이 없이 사는 건 락 앤 롤 정신이 강해서라고 했다. 거지 같이 살던 때가 그리울 정도로 요즘의 이런 인기가 부담스럽지만 이젠 돌아가지 못할 상황이 됐다고 했다. 요즘에 와선 절대적인 것도 없고 인생엔 정답도 없는 것 같다고 말할 땐 그의 영혼이 상당히 불안해하고 있음을 눈치 챌 수 있었다. 그는 혼란스러워하고 있는 것이었다. 어쩌면 이런 인기와 유명세를 아직 감당해낼 준비가 되지 않은 듯했다. 기타노 다케시 얘길 해줬다. 세계적으로 인정받는 예술 영화를 찍은 천재 감독이 어처구니 없을 정도의 유치한 텔레비전 프로에도 잘만 나오는 것을 보고 어떤 기자가 어떻게 그 양극의 문화를 소화해내느냐 물었더니 "방송은 뇌를 비우고 나가는 건데 힘들게 뭐가 있는가"라고 대답했다고 한다. 다케시다운 대답이었다. 다케시처럼 하면 되지 않느냐 했더니 자기가 벌써 다케시만 한 내공이 있을 리가 있느냐면서 그 경력, 그 나이가 되면 모를까 아직 그렇게 '초월'하지 못하겠단다. 그래, 그거였다. 지금 그는 자신의 인기를 즐기는 것이 아니라 괴로워하고 있는 것이다.

13년 전 내가 데뷔를 하던 때가 생각났다. 난 내가 학교 다닐 때 부르주아 극단이라고 제일 무시하고 흉을 봤던 극단에서 데뷔를 했고 두 번째 공연은 같은 이유로 두 번째로 무시했던 극단에서 하게 됐다. 연기생활 11년 만에 그나마 조금 대중의 사랑을 받을 수 있었던 것은 〈와이키키 브라더스〉에 출연해서만이 아니라 평소에 한심한 신문이라고 흉봤던 조선일보가 주는 상을 덥석 받았기 때문이고, 영화감독 지망생 남편과 딸아이를 거둬

먹일 수 있었던 것은 거들떠보지도 않던 일일드라마에 출연한 덕분이었다. '어른'이 된다는 것은 자신이 손가락질하던 그 손가락 끝에 자신이 와 있음을 눈치채는 것이다. 난 어른이 됐다. 하나도 당당할 것 없고 부끄러운 것투성이지만 그래도 눈 딱 감고 대충 뭉개고 사는 거다. 그는 아직 어른이 되어 가고 있는 중인 것 같았다. '대충 뭉개는' 걸 못 견뎌하고 있기 때문이다.

'공인'이라는 말을 싫어한다. 대중의 사랑을 받는 것이 어떻게 공직자와 같은 의미인 공인이 될 수 있느냐는 것이다. 말이 안 된다며 일축했다. 음악 인생의 목적을 물었다. 로보트 태권브이와 그 목적이 일치했다. 사랑과 세계 평화란다. 그럼 세계 평화를 위해서 음악이, 가깝게는 김C 자신이 할 수 있는, 해야 할 일이 무엇인가를 물었다. "뮤지션은 대중에게 자신의 가치관을 전달할 줄 알아야 한다고 생각해요. 정치인이 한마디 하면 '웃기시네' 하는 반면 뮤지션이나 다른 예술가들이 하는 말은 파급력이 크죠. 그래서 뮤지션은 똑똑해야 해요." 대중에게 파급력이 크므로 똑똑해야 하고 자신의 가치관을 전달해야 한다고? 그게 '공인'의 의무 아닐까? 언뜻 앞뒤가 안 맞는 얘기 같지만 그만큼 딴따라로서의 자긍심이 강하다고 이해하기로 했다.

음반의 대부분을 작사는 물론이요 작곡까지 한 그는 고등학교 때까지 야구를 했기 때문에 제대로 공부를 한 적이 없어서 아직도 악보를 읽을 줄 모른다. 피곤해서 어쩔 줄 몰라 하는 그에게 마지막으로 물었다. 악보를 읽을 줄 모르는데 어떻게 작곡이 가능한지를. 작곡은 악보를 '읽고 그리는' 것이 아니라 가슴속에 있는 감성을 꺼내는 것이란다. 채플린도 그랬다던데……. 특히 자신이 하는 락은 화성보다는 '정신'이 중요하므로 정신과 영혼만 갖고 있다면 누구나 락을 할 수 있다는 거다. 그러면서 말한다. 락은 자신처럼 교육 못 받고 돈 없고 빽 없는 사람들이 하는 음악이니 '저항'이 없을 수 없다는 거다. 그런 저항정신도 좋지만 난 그가 더 많은 팬들을 만나기 위해서 신경질은 그만 내고 방송 일을 즐겼으면 좋겠다. 다케시처럼 '뇌'를 빼놓고 말이다. (2004년 3월)

## 요즘 그는 ■■■

얼마 전까지 그가 진행했던 심야 라디오 프로의 홈페이지엔 아직도 그가 방송할 때 성실히 올려놨던 글이 보관돼 있다. 위트 있고 독특한 시각으로 세상을 따뜻하게 바라보는 그의 내면을 즐기기에 충분한 글들이었다. 어떤 글에서는 레이 찰스가 부른 '조지아 온 마이 마인드'라는 노래가 미국 조지아 주의 주가(州歌)가 됐다는 얘길 하면서, 우리나라의 지역 홍보 노래들은 하나 같이 알아듣기 힘든 발성으로 부르면서 곡조는 대부분 군가 형식으로 돼 있는 현실을 개탄했다. 그러면서 그가 제안하기를 김현철의 '춘천 가는 기차'는 춘천 시가(市歌)로, 최성원의 '제주도 푸른 밤'은 제주도의 도가(都歌)로, 조용필의 '돌아와요 부산항에'는 부산시의 시가(市歌)로 하면 얼마나 좋으냐는 거다. 백번 공감한다. 그러면서 그가 이 글에서 강조한 것은 '유연해지자'였다. 그래서일까? 그는 요즘 좀 지나치게 유연해진 것 같다. '부르지 좀 말았으면 좋겠는데 앨범 홍보 때문에 할 수 없이 나가는' 것 치곤 너무 많은 쇼 프로에 나오고 있기 때문이다. 물론 난 그가 쇼 프로에서 특유의 엉뚱함으로 사람들을 재밌게 하고 광고에 나와 돈을 벌고 영화에 출연해 연기도 배우고 영화음악을 해서 음악 활동도 넓히는 일이 참 보기 좋다. 다만 이제 더 이상 '잠시 후에 자신이 가 있을 자리'를 혹독하게 홍보지만 말았으면 좋겠다. 그 게시판의 글 중 한곳엔 이렇게 쓰여 있었다.

'나는 날마다 모든 면에서 점점 좋아지고 있다. 이 세상은 내게 풍요로움을 준다. (……) 나는 매일 주문을 외운다. 조금만 덜 어리석어지려고…….'

# 그가 있어야 할 자리는 무대

기주봉

　　성이 '기' 씨라 그런가? 연극계 대 선배이긴 하지만 개인적으로 한 자리에 있어본 적이 별로 없어서 그를 잘 알지 못했던 난 그가 왠지 '기인' 일 것 같았다. 배우하기엔 치명적일 정도로 작은 키에 연기 말고는 별 다른 소문도 없는 그를 난 왜 그렇게 인식하고 있었을까? 오랜 시간을 실험적이고 뻐딱한 연극만 주로 해온 '76단' 의 대표이자 간판 배우라서 그랬을 수도 있다. 그가 있게 했고 그를 있게 한 연극 〈관객모독〉이 연극열전의 세 번째 주자로 대학로에서 다시 한번 관객들을 '모독' 하고 있기에 그를 만났다.

　　〈관객모독〉은 관객을 모독하는 척하면서 연극을, 나아가서는 기존의 세상 질서와 관습과 통념과 권위를 모독하는 연극이다. 독일의 천재작가 피터 한트케가 30년 전 스물다섯 나이에 세계 각국에서 자신의 작품이 공연될 것을 이미 예견(?)했는지 완벽한 열린 구조로 써놓은 이 작품은 어느 시대, 어느 나라, 어느 집단에서 공연되는지에 따라 내용과 형식의 변주를 다양하게 해내는 게 가능한 작품이다. '형식이 곧 메시지' 인 이 도발적 연극은 우리나라에선 마치 76단밖에 소화할 극단이 없다는 듯이 그들의 '얼굴'이 됐고 기주봉은 〈관객모독〉이 무대 위에 오를 때마다 관객을, 연극을, 세상을 비웃어왔다.

찻잔을 사이에 두고 바라본 자연인 기주봉은 기인과는 거리가 멀었다. 무대에서는 묘한 카리스마와 독특한 매력을 뿜는 이 중년의 사내가 '역할' 없이 관객이 아닌 사람을 대하는 태도는 그지없이 선한 소시민의 모습 그것이었다.

40대 초반까지는 가족이 굶든 말든 연극배우의 '가오'를 지키는 것이 최고라고 생각했다. 그러던 어느 날 굴러다니는 잡지를 주워 뒤적이는데 '인생지사 새옹지마 우리 한 번 같이 잘 살아봅시다. 월 200 보장'이라는 광고 문구가 눈에 확 들어온다. 정수기 외판원을 모집하는 광고였고, 그는 그 길로 배우를 버리고 정수기 외판원이 된다. 사이비 종교집단처럼 새벽마다 모여서 구호를 외치는 동안 물은 반드시 정수를 해서 먹어야 한다고 세뇌가 됐다(지금도 그의 집엔 정수기가 설치되어 있다). 하지만 세뇌는 됐는데 고객 앞에만 가면 '구라'가 안 되서 실적은 처절했다. 사람들 앞에만 서면 신이 나고 어디서든 나서길 좋아하던 꼬마 기주봉이었지만 노는 게 아니라 돈을 벌려고 하니 입이 안 떨어졌다. 그렇게 맨땅에 헤딩하고 있는데 식당 하는 친구가 왜 딴 생각을 하느냐며 자신의 식당 한쪽에 모노드라마를 올릴 수 있는 작은 공간을 마련해준다. 후식을 먹으면서 공연을 보는 형태였으니 오래 가진 못했다. 그래도 그 친구의 애정 어린 충고에 용기를 얻고 다시 배우로 돌아온다. 그리고 배우의 '가오'보다는 가족이 더 중요하다는 걸 40대 중반이 돼서야 깨닫는다. 영화판에서 들쑤시기 시작했고 단 몇 년 만에 충무로에서 제일 잘 나가는 조연배우가 됐다.

박리다매일까? 그가 안 나오는 영화가 없건만 아직 작은 집 한 채 마련을 못했단다. 어느 인터뷰에서 그는 우리나라 영화배우의 출연료가 주, 조연의 차이가 너무 심하다고 일침을 놨다. 자본의 논리도 이해하지만 조연이 받쳐주지 못하면 주연도 빛나질 않는 것이고 수십 년 동안 내려온 '배우들의 질서'가 있는 법인데 심한 박탈감을 느낄 정도로 몸값이 차이가 나는 것은 현장 분위기에 악영향을 미칠 수 있다는 얘기다. 아무리 예술을 하러 왔다지만 30년 연기한 자신의 몸값의 수십 배를 받는 어린 배우들을 대할 때마다 선배로서 다정하게 연기의 노하우와 인생의 지혜를 전해주고 싶어도 머릿속에서 몸값 숫자가 떠나질 않아서 자꾸 주눅이 든다는 거다. '동감' 하고 '공감' 하고 '통감' 하는 부분이다.

이번에 민예총(한국민족예술인총연합)의 새로운 수장이 된 황석영 씨의 인터뷰 기사가 생각났다. 최근 며칠간 국회에 들어가서 새 문예진흥법을 들고 쫓아다녔는데 별 성과 없이 사실상 폐기됐다고 한다. 그러면서 국회의장이 급박한 민생 문제는 아니지 않느냐고 되묻더란다. 황석영 씨는 그게 왜 '민생 현안'이 아니냐며 열 받아 하더란 얘기다. 20년이 넘게 100편이 넘는 연극을 한 대학로 최고 배우가, 먹고살 길이 막막해서 정수기 외판원이 된 상황이 급박한 민생이 아니라니. 배우는 '민'이 아니라는 걸까? 가난이 시가 되는 함민복의 시구도 생각났다. "시 한 편에 3만 원이면 너무 박하다 싶다가도 쌀이 두 말인데 생각하면 금방 마음이 따뜻한 밥이 되네." 기주봉은 다행히도 '영화판'에 뽑혀서 가난을 면했지만 수많은 기주봉들은 지금도 정수기 외판원과 무대 사이를 갈팡질팡하고 있다. 소를 키우는 일이나 땅을 일구는 일은 '급박한 민생'이고 딴따라는 저 좋아서 하는 일이니 굶어도 된다고 생각한다는 건 참으로 섭섭하고 답답한 일이다.

올해 그는 나이 오십의 배우가 됐다. 서른, 마흔, 그리고 쉰. 무엇이 달라졌는가 물었더니 몸이 달라졌단다. 세상을 바라보는 어쩌고 하는 현학적인 답을 기대했던 내가 어리석었다. 몸이 달라지면 세상이 달라지는 법. 더 이상 정확한 답변이 어디 있을라고. 요즘 제일 걱정되는 것이 무엇이냐 했더니 역시 자기 몸이 늙어가는 것이란다. 이 나라의 정치 경제도 아니고 누구처럼 세계 평화도 아닌 자기 몸뚱이에 대한 연민이 그의 가장 큰 관심사였고 너무도 어린 아이 같은 솔직한 대답에 그나마 있지도 않던 경계심 따위가 무장 해제된다. 그는 그런 사람이었다. 옆에 있는 사람까지 덩달아 착해지게 만드는 사람 말이다.

정수기를 팔 때는 수돗물과 정수기물이 얼마나 다른지를 기를 쓰고 설명해도 사람들을 설득시키지 못했던 그였다. 하지만 지금 〈관객모독〉을 보러 간 관객들은 그가 "당신이 보고 계신 건 연극이 아닙니다"라고 말하면 "그래, 이건 연극이 아닐 거야" 하고 금세 그에게 홀려버린다. 그가 있어야 할 자리는 무대였던 것이다.

배우가 된 동기가 어려서부터 그저 나서기 좋아하고 사람들 앞에서 떠들기 좋아했기 때문이란다. 아니, 이 말없이 수줍음만 타는 아저씨가? 상상이 안 간다 했더니 자신이 조용해진 계기가 있다고. 그가 20대 중반일 때 그의 형이자 대학로의 중견 연출가이고 〈관객모독〉의 연출가인 기국서 선생이 툭하면 나서는 그에게 "너나 잘해라"고 따끔하게 충고를 했단다. 그 이후, 떠들고 나면 밀려오는 공허함과 허탈감을 견디지 못했고 베케트 작품 같은 부조리극을 이해하지 못하는 자신이 배우로서 너무 한심하다는 생각을 했다는 거다. 그 이후로는 나서기 대장이던 시절이 언제 있었는가 싶을 정도로 말이 없는 사람이 됐다는 거다. 분명 자신의 애길 하고 있는 것임을 알면서도 나는 땀이 쭉 날 정도로 뜨끔했다. "너나 잘해라." 내 근간의 화두가 될 것 같다. (2004년 3월)

**요즘 그는** ■■■

내가 내 글을 읽고 눈물을 흘리는 건 참으로 민망한 일이 아닐 수 없지만 이 원고를 정리하면서 울컥 눈물이 솟고 말았다. 정수기 팔 때는 기를 써도 사람들을 설득시키지 못하던 그가 무대 위에선 연극을 연극이 아니라 하는데도 그걸 믿게끔 하니 그가 있어야 할 자리는 무대더라는 대목 말이다. 그처럼 무대에서 혹은 스크린에서 사람 홀리는 재주, 오로지 그 재주 하나만 갖고 이 땅에 태어난 광대들이 정수기를 들고 나가지 않아도 굶지 않을 수 있는 길은 정녕 없는 것일까?

검색 창에 그의 이름을 쳐보니 대한민국에서 현재 가장 바쁜 배우가 그가 아닌가 싶을 정도로 짧은 기간 내에 정말이지 많은 작업을 하고 있었다. 여전히 박리다매인지는 모르겠지만 기분 좋은 일이다. 드라마는 끊이지 않고 계속 들어오고 있고 영화는 독립영화를 하나 도와주기로 한 게 있단다. 너무 착한 일을 하시는 것 아니냐 농처럼 물으니 "그건 내가 놓치고 싶지 않은 거라……" 한다. 그동안 돈 안 준다고 수많은 독립영화를 거절해왔던 난 많은 걸 '놓친' 배우였다. 내게 있어서 '놓치고 싶지 않은 것'은 무엇일까 생각해본다.

올해 무엇보다 큰 계획이 있다. 1976년에 창단했다 해서 극단 이름이 '76단'이니 올해가 30주년이 되는 해인 거다. 기념공연으로 11년 전에 했던 〈리어왕〉을 준비 중이다. 물어보나마나 '76 스타일'로 완전 재해석한 리어가 될 게 뻔하다. 그가 리어를 하게 될진 모르지만 제발 그렇게 되길 바라는 건 나만의 바람이 아닐 거다.

# 뜨거운 박수로 '황정민을 지켜라'

　　내가 연극을 볼 때 '재밌다' '감동적이다' 라는 감상을 뛰어넘어 감히 '행복하다' 고 느끼는 때가 있는데 바로 극단 목화의 연극을 볼 때다. 오태석이라는 세계적인 예술가의 환상적인 연출 때문이기도 하지만 고도의 기술과 뜨거운 가슴으로 무장된 배우들의 연기를 볼 수 있기 때문이기도 하다. 그리고 내게 '행복' 을 전해준 그 무대엔 언제나 그녀, 황정민이 있었다.

　　10년이 넘는 세월 동안 그녀의 연기를 좋아했지만 정작 그녀와 극장 밖에서 얼굴을 마주하고 얘길 나눠본 건 이번이 처음이었다. 원체 쑥스러움을 잘 타는 내성적 성격이기도 하지만 실력과 경력에 비해 인터뷰 경험이 턱없이 적었던 탓에 그녀는 시종일관 그 작은 눈을 더 작게 만들어 수줍게 웃으며 "모르겠어요" "생각 안 해봤어요"만을 연발해 속 얘길 듣기까진 조금 시간이 걸렸다. 나는 그런 그녀를 보면서 그녀의 실력을 생각한다면 인터뷰에 이골이 났어야 정상 아닌가 하는 생각에 미쳐 시끌벅적한 곳만 찾아다니는 언론을 향해 눈을 흘기고 있었다.

1988년에 고등학교를 졸업했고 서울예전 연극과를 나왔으니 90년에 데뷔를 했어야 '계산'이 맞다. 헌데 그녀의 대학로 데뷔는 93년이었다. 고등학교 졸업 후 '엄한 짓'을 하다 뒤늦게 대학을 갔는데 그 이유는 자신의 외모로는 잘해야 식모 역할밖에 할 게 없을 거란 지레짐작으로 연극과 가는 것부터가 꺼려졌기 때문이란다. 뭐, 꼭 데뷔가 빨라야 좋은 건 아니지만 늦은 이유가 가슴이 아팠다. 배우가 되고 싶은 소녀 황정민 곁에 배우는 꼭 예뻐야 하는 건 아니라고, 너처럼 재주 있는 사람이 바로 배우를 하는 거라고 용기를 준 사람이 아무도 없었다는 사실이 원망스러웠다.

가난한 배우였고 늘 가난한 무대에 서야 했던 그녀는 11년 동안 무대를 지켜내면서 한쪽으로는 끊임없이 아르바이트를 해야만 했다. 남대문 시장에서 메가폰을 붙잡고 "어서옵쇼"도 외쳤고 은행 끝자리에 앉아 골프 회원권도 받았다. 털실 공장에서 시다 생활도 했었다는 소리에 조금 놀라서 얼마나 했느냐 물었다. "한 7, 8년쯤?" 하더니 까르르 웃는다. 11년 배우생활 중에 공장 시다 생활 7, 8년이라……. 연기 말고는 연애질밖에 고민할 일이 없었던 내 청춘이 벌레같이 느껴져 다음 질문이 생각이 나질 않았다. 당황해 하면 무안해 할까봐 얼굴 근육을 조작하고 있는 사이, 그녀는 환하게 웃으며 "참! 나 칼도 팔았더랬어요. 왜 비싼 주방용 칼 세트 있잖아요. 어휴…… 주변머리가 없어서 세일즈다운 세일즈도 못했는데 순전히 주변 분들이 사주셔서 '이달의 판매왕'을 한 적도 있었다니까요"라며 또 까르르 웃는다.

공장 노동자의 삶을 직접 느껴보고자 '위장취업'을 했던 거라면 모를까, 세계가 인정한 극단에서 거의 10년 동안 주인공을 맡고 춤, 소리, 연기에 예술의 경지를 보여주는 그녀가 공연 때마다 강행군이 반복되는 연습과 그 힘들다는 공장 일을 병행해왔다니……. 내가 그녀의 입장이었다면 예술가를 인민의 최고 봉사자로 인정해 최상의 예우를 해준다는 사회주의 국가로 망명하고 싶었을지도 모른다. 부자에겐 더 강한 세금을 취하고 공무원들은 차떼기 같은 짓 절대로 못하게 해서 그 돈으로 가난한 인민들이 배불리 먹을 수 있는 세상이 빨리 오게 해야 한다. 그래서 그녀 같은 예술가들은 인민을 즐겁게 해주는 일만 해도 굶지 않을 수 있는 세상 말이다. 그런 세상이 오긴 오는 걸까?

누구에게나 묻는 '단골 질문'을 했다. 제일 힘든 건? 특별히 힘든 건 없으나 작품할 때마다 연기의 한계를 느끼는 것이 제일 견디기 힘들단다. 연기 말고 다른 건 무엇이냐니깐 연기를 잘해야겠다는 고민 말고는 세상에 중요한 게 뭐가 있겠냐는 듯한 표정을 지으며 한 번도 그런 생각을 해본 적이 없다는 듯이 한참을 생각한다. 겨우 고민거리를 '찾아내서' 대답을 해준다. 두 번째 고민은 역시 경제적인 문제였다. 그 다음엔 노처녀로서의 고민 정도가 '가볍게' 뒤따랐다. 결혼보다는 일이 항상 중요했지만 요새 와선 이러다 평생 못할 수도 있겠구나 싶은 생각을 하면 맘이 허해진단다. 하지만 그녀의 두 번째, 세 번째 고민은 내가 물어봐서 억지로 찾아낸 고민일 뿐 그녀의 영혼과 몸뚱이 세포 하나하나는 11년 전이나 지금이나 오로지 '당면한 역할을 어떡하면 충실히 관객에게 전달하느냐', 그거 하나인 것 같았다.

그래서 그렇게 연기만 죽어라 하는 것이 행복한가 물어봤다. "무대 위에 있을 땐 행복 그런 거 잘 몰라요. 역할에 집중하느라 정신이 없어서요. 사실 연습도 괴롭고, 공연 준비하는 것도 괴롭고, 다 힘들고 괴로워요. 근데 어느 한순간 행복을 느낄 때가 있긴 해요. 커튼콜 박수 받을 때요. 그럴 땐 내가 이 사람들에게 뭔가를 전달했구나, 잠깐이나마 내가 이 사람들을 즐겁게 해줬구나 싶어서 기분이 좋아져요." 자신이 출연한 연극을 보고 한 명이라도 자신의 삶을 되돌아볼 수 있는 계기를 갖는다면 너무 행복할 것이지만 그건 너무 큰 바람이고 그저 잠깐의 재미를 준 것만으로도 만족한단다. 그

험한 고생을 하고서 관객에게 많은 걸 건네주는 그녀가 정작 관객에게 바라는 건 박수뿐이라니 왠지 불공평하다는 생각이 들었다.

그녀는 작년에 영화 〈지구를 지켜라〉에 출연했다. 오래 전부터 그녀의 팬이자 친구 사이였던 장준한 감독은 시나리오 작업할 때부터 신하균의 애인인 순이 역에 그녀를 출연시킬 작정을 하고 그녀를 모델로 썼다고 한다. 그녀는 그 영화에서 누구도 흉내내지 못할 그녀만이 할 수 있는 연기를 보여줬다. 스포일러가 될 것 같아 스토리는 자세히 밝힐 수 없지만 전 지구인이 함께 단체관람을 한 후 심각하게 생존을 위한 대책회의를 해야 할 것만 같은 '죽이는' 영화였고 배우들의 연기도 완벽했다. 특히 조금은 모자란 듯하면서도 진짜 사랑을 보여준 서커스단 소녀 순이는 페데리코 펠리니 감독의 〈길〉에서 줄리에타 마시나가 연기한 젤소미나의 오마주였는데, 그녀의 연기는 한국의 젤소미나, 한국의 줄리에타 마시나라 해도 손색이 없을 정도였다.

그녀는 지금 연극열전의 네 번째 주자인 〈남자충동〉(조광화 연출)에서 주인공 장정의 어머니로 출연 중이다. 순이를 할 때는 영락없이 약간 모자란 10대 소녀였는데 〈남자충동〉에선 누가 봐도 질곡의 삶을 '정말로' 살아온 60대 할머니로 살고 있다. 난 이 공연을 인터뷰를 하고 며칠 있다가 봤는데 감동을 받기도 했지만 유일하게 행복할 때가 관객의 박수를 받을 때라던 그녀의 말이 생각나 손바닥이 화끈거릴 정도로 박수를 쳐댔다. 그것만이 내가 그녀를 위해 할 수 있는 유일한 일이었다. 여러분도 그녀의 연기를 보게 되면 공연이 끝난 후 그녀가 하회탈 같은 웃음을 지으며 커튼콜을 하거들랑 손바닥에 불이 나도록 박수를 쳐주길 부탁드린다. 그대가 내는 관람료 중 그녀에게 돌아가는 몫은 극히 미미할 뿐이고 그녀가 그대에게 바라는 것은 오직 한 가지, 힘찬 박수뿐이기 때문이다. 그러나 내 부탁이 없어도 그녀의 연기를 보게 된 당신은 당신도 모르게 손바닥에 불이 날 것임을 확신한다.
(2004년 3월)

### 요즘 그녀는■■■

너무도 당연히 그녀는 언제나 '연습 중'이거나 '공연 중'이었다. 얼마 전 일본을 다녀온 거나 인도를 다녀온 거나 백퍼센트 오태석 선생의 작업을 돕기 위한 것일 뿐 관광은 생각지도 못하는 일이다. 돌아와서도 소처럼 일만 하는 그녀에게 도망가고 싶은 생각이 혹 들지 않더냐고 물었다. "그저 운명이려니 해요" 하며 또 까르르 웃는다. 나중에 혹 오태석 선생이 돌아가신다면 묘비에 자식 이름만 올릴 게 아니라 황정민을 비롯한 목화 단원들의 이름도 함께 올려야 하는 거 아닌가 하는 엉뚱한, 그러나 꽤 시비조의 생각이 났다. 아, 갑자기 그녀의 목소리와 그녀의 몸짓이 너무도 그리워진다. 극장엘 가야겠다. 날짜? 그냥 가면 된다. 언제나 그녀는 거기에 있으니까.

# 윤민석, 당신은 철들지 마세요

89년. 당시 대학 3학년이던 나는 비록 운동권 학생은 아니었지만 임수경 학우가 북한에 가는 걸 보고 감격의 눈물을 흘렸고, 당시 임종석 전대협 의장이 그 소식을 알리자 그 자리에 있던 전대협 학생들이 누가 먼저랄 것 없이 전대협 출정가를 불렀다는 얘길 듣고 소름이 돋았더랬다. 강철 같은 자신들의 대오를 총칼로 짓밟는 군부를 향해 조금 더 밟아달라고 더 쳐달라고 그래야 자신들의 날이 더 설 테니라는 내용의, 그야말로 '시뻘건' 노래 가사를 전해 듣고 도대체 그런 노래는 누가 만드는지 궁금했다.

97년. 대학로 최고 히트 연극이었던 극단 차이무의 〈비언소〉 공연을 할 때 극중에서 내가 개량한복을 입고 나와 '서울에서 평양까지'를 라이브로 부르는 장면이 있었는데, 그 노랠 모르는 관객을 거의 보지 못했고 다들 너무나 흥겨워하며 그 노랠 따라 불렀던 기억이 있다. 2002년인가? 동계올림픽에서 오노가 금메달을 도둑질해갔을 때 누군가가 내 홈페이지에 '너무나 속 시원한 노래'라고 올려준 'fucking U.S.A.'를 듣고 그 노랠 만든 이름 모를(?) '무당'에게 진심으로 감사했다. 부시를 골로 가게 할 뻔했던 '기특한 과자'를 찬양(?)한 노랠 또 얼마나 한 많은 우리들을 위로해줬던가? 부시를 쓰러뜨린 기특한 과자라고 추켜세우며 한을 위로해줘서 고맙긴 한데 '배후'가 어디냐면서 이제 그 과자 만든 나라는 부시한테 끝장났다고 걱정해주는 대목에선 다들 뒤로 넘어갔다.

2004년. 수십 년 동안 수많은 사람들이 죽어나가면서 이뤄내려 했던 참 민주주의가 이제 막 눈앞에 보이는데 어처구니없이 '빽도'를 해버리려고 하는 탄핵 정국을 맞아 우린 모두 길거리로 뛰쳐나갔고 그 자리를 더욱 더 가열차게 결집시키는 노래 하나에 사람들은 심하게 다쳐서 나온 가슴을 응급처치받을 수 있었다. '개 같은 세상, 거꾸로 된 이 나라 누군가는 바로 잡아야 하겠지만 그래도 너흰 아니야. 제발 나라 걱정 좀 하지 마. 너흰 그럴 자격 없어. 너희만 삥 안 뜯어도 우리 경제는 살아날 거야. 제발 나가 있어.' 그래도 너흰 아니야……. 정말 명 가사였다. 너무 신나고 좋아서 당장 내 홈페이지에 올렸다.

그런데 그러고 나니 아무리 본인이 맘껏 퍼가라고 허락한 것이긴 하지만 애써서 만든 다른 딴따라의 '작품'을 몰래 훔쳐온 것 같아 맘이 불편했다. 사용료를 빙자한 후원금을 내려고 사이트에 들렀다가 깜짝 놀라고야 말았다. 위에 말한 '시대의 명곡'들이 모두 한 사람, 윤민석이라는 사람이 만든 노래였던 거다. 그뿐만이 아녔다. 이 노래들 이외에 여기저기서 귀동냥하며 들어왔던 수많은 민중가요들 중 태반이 그의 손에 의해 나온 것들이었다. 아니 정확히 말하면 그의 '가슴'에 의해 만들어졌다 해야 할 것이다. 진즉에 몰라본 내 무지함이 부끄럽고 왠지 미안하기까지 했다.

어차피 상업음악으로 맞선다 해도 게임이 안 되긴 하겠지만 그래도 그렇게 열심히 만든 노래, 많은 사람들을 위로해주는 노래를 무조건 공짜로 막 퍼가게 하는 이유를 물었다. 6월항쟁 세대들이 정치판으로 나가고 그때의 동료 딴따라들이 상업음악으로 랜딩했던 선례들이 많아서 조심스러웠단다. '달라야' 한다는 강박증이 있었다고. 하지만 지금은 조금 '노선'을 바꿨다. 처음으로 유료 시디를 제작했고 많이 팔렸으면 좋겠다고 말한다. 허나 그것조차도 마누라한테 갖다줄 돈을 벌기 위해서가 아니라 이 일을 그만두지 않게 진행만 할 수 있었으면 하는 순수한 차원이었다. 그의 역사의식과 곡 만드는 수준은 끝없이 변화하며 발전했겠지만 그의 순수함은 80년대 중반에서 응고돼버린 영혼 그대로인 것 같았다. 최소한 10년은 어려보이는 외모도 그걸 말해준다. 자고로 철이 안 들면 사람은 안 늙게 돼 있기 때문이다.

그의 가족이 고생을 하건 말건 그가 영원히, 아니 이런 노래들이 더 이상 필요치 않은 세상이 올 때까지 철이 들지 말았으면 좋겠다. 안 그래도 있던 동지들마저 하나둘 생활고를 견디지 못하고 민중가요라는 판을 떠나고 있는 마당에 그마저 돌아서 버리면 만약에 저들이 또다시 미친 짓을 할 때, 그땐 광장에 모인 우리들은 무슨 노래를 부르며 힘을 얻겠는가. 사람들에게 희망과 위로는 주면서 대가는 바라지 않는 그를 바보라고 책망하는 사람에게 그는 그래도 목숨을 내어 준 친구보다는 낫지 않느냐고 대답할 것 같았다.

경북 영주. 그의 고향이다. 우리 친정 집안도 그 근처인데 보수적이기 둘째 가라면 서러워할 동네가 아니던가. 게다가 동네 유지의 아들이었으니 부모님의 실망은 미루어 짐작하기 어렵지 않다. 항상 1, 2등을 다투던 고향 친구 하나는 지금 검사가 되어 있는데 지금도 고향에선 그 친구는 자식 농사 성공 케이스이고 자신은 실패 케이스의 샘플로 거론된다고 한다. 부잣집 공부 잘하는 도련님 출신이었던 그는 '당연히' 서울에 있는 대학을 다니게 되고 '우연히' 광주 사진을 보게 되고 '하필이면' 음악하는 재주를 갖고 태어나 오늘날에 이른다.

함께 노래운동하다 만난 아내는 지금은 늦게 가진 아이를 돌보면서 모자란 생활비를 영어 과외로 보충하고 있지만 조만간 노래로 일할 수 있는 기회를 만들어주고 싶다고 했다. 남편으로서가 아니라 작곡자로서 그녀의 노래실력을 썩히고 싶지 않기 때문이다. 고집스레 이 판을 떠나지 못한 죄로 아내에게 늘 미안했지만 요즘 갑자기 '뜨'는 덕택에 유료회원이 늘어서 그나마 체면이 좀 서고 있다. 그에게 '너흰 아니야'가 효자동이인 셈이다. 회원의 연령층이 초등학생에서부터 70세 노인까지라는 게 의외다. 어느 한

초등학생은 여자친구가 자기 맘을 몰라준다면서 그 친구를 욕하는 노랠 좀 만들어 달라는 '의뢰'를 하기도 했단다. 더 이상의 무당이 어디 있으랴.

그는 요즘 행복하다. 돈은 여전히 없지만 세상을 변화시키는 노래를 하는 게 꿈이었는데 과정이긴 하지만 그 꿈을 어느 정도 이루고 있기 때문이다. 매스컴에 노출된 현실에 대해선 어떻게 생각하느냐 물었다. "이젠 만방에 알린 상태니 빼도 박도 못하게 됐죠. 근데 오히려 딴 짓을 못하게 된 '장치'가 스스로에게 생긴 것 같아 다행이고 속 편해요"라면서 속없이 씩 웃는다. '부자 아빠'라는 잔인한 광고 카피가 이 땅의 많은 가난한 아빠들의 기를 죽였던 적이 있다. 그도 그중 하나였다고 홈페이지에 고백했다. 섬뜩하더란다. 나중에 딸아이가 자라서 자신이 하고 싶었던 걸 제대로 해주지 못한 부모를 원망할까봐 두렵지만 좋은 일 하느라 그랬다고 설명해줄 것이고 그런 부모를 자랑스러워했으면 좋겠다고 했다. 그러면서 애국하는 일과 좋은 부모됨이 상충되지 않고 애국하는 일과 효도하는 일이 상충되지 않는 세상이 빨리 왔으면 좋겠다고 한다.

살면서 옷깃을 여미게 하는 사람을 만난다는 건 참으로 감사한 일이다. 하지만 옷깃만 여미고 말 일이 아니다. 위로받았다면 그리고 충분히 '즐감'했다면 양심껏 '지불'을 해야 하겠다. 무당도 밥은 먹어야 할 게 아닌가. (2004년 4월)

### 요즘 그는 ■■■

여전히 유일한 수입원은 후원에 의지하고 있다. 그래서일까? 그의 회사(?)의 유일한 상근자이자 처음부터 고락을 함께 했던 동료가 최근에 어쩔 수 없이 사무실을 떠났다. 노랠 불러주고 만들어주던 후배들도 점점 발길이 뜸해진 지금 그는 다시 한번 전략 전술을 조정해야 했다. 바로 '네티즌 껴안기'다. 예전엔 '관심 있는 사람 모여라'였다면 이제는 개인 미니 홈페이지 등을 통해서 '찾아가는 민중가요'로 탈바꿈했다.

그야말로 '민중 속으로'가 된 거다.

그동안 몸이 자주 아팠다. 돈도 못 벌면서 몸까지 아파서 가족들 보기 여간 민망한 게 아녔다. 확실한 병명도 없었던 지난 시간들, '철들까봐' 스스로를 경계하느라 생긴 마음의 병이었을지도 모른다. 6개월의 시간이 흐른 요즘, 그는 다시 한번 자신을 채근한다. 이슈 있을 때만 노랠 내미는 건 대중성 확보에 다소 도움이 될 진 모르지만 노래의 목적보다 그저 하나의 유행 엽기송 버전으로 흘러가는 게 아쉬웠기에 이젠 제대로 민중가요를 대중들에게 '학습' 시키고 싶어졌다.

우리 모두 그에게 학습당하자. 민중이 함께 한 자리에서 한 노래를 부르는 것만큼 반민주 반평화 세력에게 효과적으로 겁주는 게 없기 때문이다.

# 나의 노래는 무서운 숙제

**양희은**　그녀는 우리 부부 결혼식의 주례 선생님이었다. 결혼 주례는 제일 존경하는 사람한테 부탁하는 거라 하고 신랑은 자신에겐 '그런 사람이 없다' 해서 내 10대 때부터의 꿈을 이룬 셈이다. 사적인 친분을 통해 알게 된 자연인 양희은은 내 어린 시절의 데미안이었고 그녀의 노래는 황지우의 시와 함께 내 20대를 지배했다. 부모 잘 만난 덕에 고생이란 털끝만치도 해보지 않고 자란 나는 세상이 다 우리 집 같은 줄로만 알고 자란, 한심할 정도로 세상물정을 모르는 아이였고, 그런 나를 볼 때마다 그녀는 육두문자를 앞세우며 어떻게 사는 것이 '진짜로' 사는 것인지를 깨우쳐주곤 했다. 그녀는 나에게 이모나 고모 같은 존재이기도 하면서 매서운 선배이기도 했으며 인생의 스승이면서 맞담배도 피우는 친구 같은 존재였다. 그런 그녀를 인터뷰하러 가는 길은 행복한 만큼 쑥스러웠다.

얼마 전 그녀는 민주노동당으로부터 텔레비전 광고에 쓰일 '행복의 나라로'를 불러달라는 제의를 받고 거절한 적이 있다. 나름의 매력이 있긴 하지만 텁텁한 한대수 씨의 음성보다는 낭랑하기 이를 데 없는 그녀의 목소리로 부르는 것이 정당 홍보용으로 더 적합하지 않았을까 하는 아쉬움이 있기에 왜 거절했는지를 물었다. 라디오 진행자 입장이 아니라 그저 가수이기만 했다면 주저않고 했을 것이라고 말했다. 진보정당을 돕고 싶은 마음은 있지만 '목을 내놓고' 할 정도로 '조직'을 믿진 않는다는 것이다.

노래는 어디까지나 '서정'이지 '참여'일 수 없다고 쐐기를 박는 그녀지만 그런 의지와는 상관없이 그녀와 그녀의 노래는 김민기와 함께 '참여'의 상징이 돼버린 지 오래다. 데뷔 이후 얼마간은 그 오해의 간극에서 콤플렉스를 키우기도 했다. 자신은 그저 소녀가장의 밥줄로서 당시 최고 비싼 레스토랑 무대에서 부른 노래들을 사람들은 투쟁의 도구로 썼기 때문이다.

하지만 당시 운동을 하는 동료들의 주장을 가만 듣고 있자니 그들이 보호하려는 대상에 자신도 포함된다는 사실을 깨닫고 그 콤플렉스에서 벗어난다. 게다가 부모가 주는 등록금으로 대학을 다니면서 입으로만 해방을 외치다가도 술값이 떨어질 때면 학비는 고사하고 식구들의 생활비까지 책임져야 했던 자신에게 기대기 일쑤였던 얼치기 전사들을 보면서 민중을 위해 노래하지 않고 동생들의 학비를 위해 노래하는 자신을 부끄럽게 여길 필요가 전혀 없음을 깨달았다.

어쩌면 환상에 가까운 자신의 그런 이미지 때문에 선거 때만 되면 정치인 후원회 러브콜을 징그러울 정도로 많이 받았다. 단 한 건도 하지 않은 이유를 그녀는 "난 딴따라야"라고 잘라 말했다. 개인적인 후원은 좀 그렇지만 딴따라이기 때문에 더욱 세상의 부조리에 대해서 나설 수도 있는 것 아니냐고 물었다. 노래를 '참여'가 아닌 '서정'으로 굳게 믿는 그녀에게는 좀 바보 같은 질문이었는지도 모른다. 딴따라의 본분에 대해서도 그렇지만 자신은 자신만의 선행에 대한 잣대를 가지고 있고 그것을 양심에 따라 성실히 수행했다고 자부하고 있었다. '조직'을 후원해서 시스템이 바뀔 것이라고 는 믿지 않는다. 제일 확실한 건 자신이 직접 일 대 일로 도움을 주는 '개인 플레이'이고 세상에서 제일 부당하다고 생각하는 건 굶는 아이들이므로 여 러 가지 행사를 통해 그 아이들과 아이들의 부모를 돕고 있다.

그녀 나이 서른 살 때, 열아홉부터 가장 노릇을 해오다 처음으로 자 신에게 휴가를 주고 유럽여행을 했다. 그때, 품팔이로 불렸던 노래가 너무 지겨워서 그 긴 여행 내내 허밍조차 하지 않았다고 했다. 쉰이 넘은 지금은 노래를 즐기면서 부르고 있는가 물었다. 아직도 자신은 무대 위에서 노래 부르는 일을 도무지 즐기지 못한단다. 프로가 어떻게 '즐길' 수가 있느냐고 반문한다. 그렇다고 관객을 위로하겠다는 거창한 포부가 있는 것도 아니다. 그저 언제나 그랬듯이 '무서운 숙제'를 할 뿐이란다. 아니 그 고통스러운 짓을 왜 계속하느냐 했더니, 노래는 일도 놀이도 아닌 그저 피할 수 없는 운 명 같은 것이기 때문이란다. 그리고 과분하게 쏟아 붓는 팬들의 관심과 사 랑에 보답해야 한다는 부채감이 있을 뿐이라고.

전 국민이 다 아는 노래 실력과 연륜에도 불구하고 그녀는 한달 공연 을 위해 8개월을 연습한다. 1년에 평균 공연이 두 번 있는데 그렇다면 1년 내내 연습을 하는 셈이다. 신곡이 매번 나오는 것도 아니고 밴드 멤버가 달 라지는 것도 아닌데, 무슨 무협지에 나오는 도 닦는 무도인 얘기 같다. 무대 에 오르는 것은 너무나 무서운 일이지만 그 두려움이 없어지는 날엔 무대에 서 내려올 것이란다. 지난해 어느 날 내가 진행하는 라디오 프로에 나와서 라이브를 한 적이 있었다. 마치 신인처럼 바짝 긴장해서 손에 땀이 날 정도 로 노래하던 모습이 생각났다. 어떻게 매번 그렇게 '무서워'하며 노랠 할 수 있는지······.

그러고 보니 그녀의 노래 역시 즐겁고 경쾌한 것이 하나도 없다. 대부분 슬픈 노래뿐이다. 노래하는 일이 어려운 숙제임을 피할 수 없다면 좀 부담을 덜어줄 곡을 택하는 건 어떻겠는가 물었다. 가수의 노래 스타일은 그 사람의 체취와 같은 것이기 때문에 바꾸고 싶은 생각이 없단다. 인도 여행에서 만난 고행자와 시지프스의 신화가 뒤섞여 떠오른다.

아침방송과 콘서트를 병행하는 일이 힘에 부쳐서 친한 방송 피디에게 '가수 양희은'과 '진행자 양희은' 중에서 어느 쪽이 더 좋으냐고 물었단다. 그는 그런 잔인한 질문이 어디 있느냐면서 잠시 뒤면 하고 싶어도 못할 나이가 곧 오니 조금만 더 참고 둘 다 하라 했단다.

그 말을 전해 듣던 난 소스라치게 놀란다. 하고 싶어도 못할 나이라니. 그러고 보니 그녀는 웬만한 글씨도 돋보기가 없으면 볼 수 없는 '할머니과' 나이가 돼버렸다. 나에겐 언제나 지금의 내 나이인 그녀로 존재하기에 그녀의 늙은 나이가 너무나 어색했다. 그녀의 팬이라면 함께 늙어간다고나 하지만 난 그녀의 '학생'이기에 그녀의 늙어버림은 부모의 흰머리를 볼 때처럼 가슴을 철렁 내려 앉혔다.

가수를 그만두고 나면 꼭 해보고 싶은 일은 세계여행이다. 그래서 '세계의 재래시장' 정도의 제목으로 책도 쓰고 싶다. 하지만 그 소원은 아직 멀기만 한 것 같다. 요즘 그녀는 동생 양희경과 '드라마 콘서트'라는 독특한 컨셉트로 공연을 준비 중이다. 재주 많고 정 많은 두 자매가 함께 무대에서 팬들을 만날 모습은 상상만 해도 즐거워진다.

언제까지 가수를 하고 싶으냐 물으니 "오지혜 같은 후배가 그만 하라고 할 때까지"라고 대답한다. 그녀를 더 사랑해야겠다. 그때가 언제인지를 정확히 알려줄 수 있어야 하기 때문이다. 그때가 언제일진 몰라도 평생 아름다웠던 그녀이므로 무대에서 내려올 때도 눈부시게 아름다우리라 믿는다. (2004년 4월)

## 요즘 그녀는 ■■■

2004년 11월에 17년 기르던 두 마리의 개 중에서 수놈 보보를 먼저 보냈다. 잔정 없고 무뚝뚝한 그녀가 대성통곡하고 울었던 건 그 개가 자식 대신이었기 때문이다. 그리고 얼마 전 그러니까 보보가 간 뒤 1년하고 한 달 뒤 '딸' 미미도 보보 뒤를 따라갔다. 둘 다 사람으로 말하자면 노환이었고 안락사를 해서 보냈다. 그 '아이들'을 입양한 지 1년 됐을 때부터 쭉 봐왔기에 나 역시 마음이 너무 아팠다. 두 녀석 다 퍼그 종이었는데 보보는 단순하면서도 충직하고 엉뚱한 데가 있는 아이였고, 미미는 조금 신경질적이긴 했지만 끔찍할 정도로 '엄마'를 좋아해서 집에 있을 땐 하루 종일 그녀만 졸졸 따라다니고 일을 나가면 들어올 때까지 현관문에 앉아서 꼼짝도 하지 않는 초특급 '마마 걸'이었다.

아이를 가질 수 없는 그들 부부에겐 그 녀석들이 자식이었다. 난 얼마 전 이 책의 발문을 써준 감사의 선물로 미미처럼 생긴 퍼그 인형을 선물해줬다. 달리 위로를 할 길이 없었다. 자식이 죽고 나면 더 빨리 늙는다는데 걱정이다.

그녀는 여전히, 아니 오히려 더 바빠 보였다. 텔레비전 광고도 찍고 쇼 프로에도 나가고 여전히 아침이면 서민들이 보내온 편지를 읽는다. MBC 라디오의 간판 프로인 〈여성시대〉가 30주년을 맞이해서 지난 연말은 유난히 바빴던 것 같다. 책이 나오면 핑계김에 일산 집엘 가봐야겠다. 그 녀석들이 없는 일산 집을 상상할 수 없지만, 그래서 나도 무척 쓸쓸해지겠지만 그래도 재롱(?)을 부리고 와야겠다. 그녀가 늙는 건 내가 늙는 거 보다 싫기 때문이다.

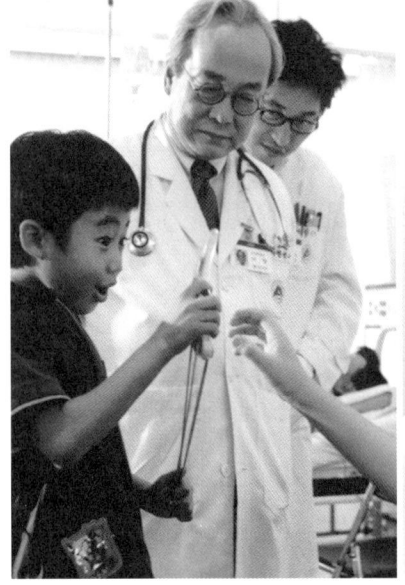

# 사무치게 그리운 멋진 친구여

이항 얼마 전 친구 하나를 잃었다. 그 친구는 내 친구 중에 나이도 제일 많고 배도 제일 많이 나왔고 술도 제일 센 친구였다. 그리고 그는 의사이면서 동시에 딴따라이기도 한 희한한 친구였다. 그는 나에게 한국에서도 나이 육십이 넘은 남자와 30대의 젊은 여자가 멋진 술친구가 될 수 있다는 신나는 경험을 하게 해준 사람이었다. 누구에게나 친절했고 누구에게나 힘이 되는 칭찬만 하는 사람이었고 의사로서도 훌륭한 사람이었다. 그런 그가 거짓말처럼 우리 곁을 떠났다. 대학로 연극인들이 다 접시 물에 코를 박고 반성해야 될 정도로 훌륭한 공연을 만들어 내는 그의 연출 실력을 보고 언젠가는 '오지혜가 만난 딴따라'에 모시고 싶다 했더니 감히 자신이 어떻게 딴따라가 될 수 있겠느냐며, 하지만 무척 영광일 거라고 겸손해하던 그를 이렇게 뒤늦게 지면으로 모시게 돼서 마음이 먹먹하기 그지없다.

경기고등학교 연극반은 서울고등학교 연극반과 함께 아마추어 연극 단체로서는 그 역사와 자리 매김의 영향이 가장 단단한 단체이다. 그 단체가 화동 연우회라는 극단을 만들어서 프로 연극인들 기를 팍팍 죽인 지 몇 년째. 신구, 이근희, 한진희 등 이름만 들어도 알만한 배우들과 김광림, 김민기, 최용민 등 실력 있는 연극인들이 모여 있는 극단 화동 연우회에서 그는 회장으로 연출가로 그리고 정신적 지주로 믿음직한 무게중심을 잡고 있었다. 한 8년 전쯤인가 그가 연출한 〈이것들이 레닌을〉이란 연극을 보고는 그의 뛰어난 연출 솜씨에 반했고, 몇 년 뒤 다시 그가 연출한 〈나비의 꿈〉이란 연극을 보고 의사이면서 연극을 그토록 제대로 만들어내는 그의 실력에 질투를 느끼기까지 했다. 그리고 뒤풀이 자리에서는 그의 인격과 품성에 반했다.

참 즐겁게도 얼마 후엔 영화 〈와이키키 브라더스〉를 보고서는 그도 나의 팬이 되어서 우린 만날 때마다 서로 팬이라며 웃었다. 작년에 내가 어머니와 한 연극 〈잘 자요 엄마〉를 보러 와서는 그의 친구 부부와 새벽까지 술을 마시며 연극과 인생을 얘기했다. 집에 돌아오면서 문득 내가 여태 신나게 얘기한 사람들이 머리 하얀 '꼰대'였다는 생각에 참으로 신선한 충격을 받았던 기억이 난다. 그 어떤 얘기에도 '어른인 척' '의사인 척' 하지 않고 젊은 우리들의 다소 좁은 시야의 세상 이야기에도 고개를 주억거려주었으며 겸손한 자세로 연극을 사랑하고 인간을 사랑하는 이야기를 했다.

그의 수많은 딴따라 지기들은 공연을 마치고 커튼콜을 할 때 객석에서 "브라보!" 하는 환성이 들리면 '아! 그가 와줬구나' 하고 알 수 있었다. 그 많은 공연의 객석을 매번 지켜주고 연출과 기획을 하고 심지어는 영화 출연까지 하는데도 진료 시간엔 어김없이 어린 환자들 곁에 있는 그를 보고 딴따라 지기들은 혹시 쌍둥이가 아니냐고 물을 정도였다.

그의 순수함과 열정은 의사로서도 어김없이 보여졌다. 소아혈액종양학을 전공하고 한양대학교 소아과 과장을 맡고 있는 그는 우리나라 소아암 백혈병 치료를 선진국 수준으로 끌어올리는 데 큰 역할을 했고 불우한 환경의 어린 환자들에게 치료 기회를 제공하기 위해 다양한 활동을 했다고 한다. 하지만 무엇보다도 내가 직접 그를 훌륭한 의사로 느낄 수 있었던 건 영화 〈안녕, 형아〉를 찍으면서였다. 나는 아픈 아이 엄마 역할이었고 그는 실제의 자신과 똑같은 소아암 전문의사 '이항 박사'로 특별 출연해서 전문적인 장면에 대한 도움을 주기도 했다. 촬영에 앞서 실제 환우들과 그 가족들의 상황과 처지를 알기 위해 몇 번의 캠프를 가졌는데 그에게 아이를 맡긴 부모들이 갖는 그에 대한 믿음과 신뢰는 상상을 초월할 정도로 깊고 두텁다는 걸 알 수 있었다. 그렇게 아픈 아이들의 부모들과 가족 같은 유대관계를 맺고 있는 그를 보면서 참 좋은 의사구나 하고 감동했다.

〈안녕, 형아〉를 촬영할 당시 그는 연극 〈만드라골라〉에도 출연 중이었다. 그러면서 진료도 쉬지 않는 초인적인 힘을 보여서 우리가 '나이롱 의사'라고 놀리기도 했는데, 극중 내 아들 녀석이 숨을 거두는 신을 찍느라 밤샘 촬영이 있던 어느 날 내가 그에게 왜 소아과를 택했느냐고 물었다. 의사는 남을 돕는 직업이라고 생각했고 아픈 아이들을 치료하는 소아과가 제일 '의사 같아서'였다고 대답하는 그가 멋져 보였다. 그리고 왜 이렇게 몸을 무리해가면서까지 연극을 열심히 하느냐고 물었다. 원래 의대생일 때부터 연극을 광적으로 좋아하기도 했지만 보름에 한 명꼴로 자기 손에서 아이들이 죽어나가는 일은 의사가 아니면 상상도 할 수 없는 스트레스라면서 일이 아닌 예술에 미쳐 있지 않으면 견딜 수 없기 때문이라고 했다. 그럴 거다. 사람의 목숨을 다루는 일을 직업으로 택한다는 것은 보통 용기로는 불가능했으리라. 아이의 죽음을 부모에게 알리는 일을 30년 동안 해오지만 매번 가슴이 찢어질 것 같다고 하는 그의 속내를 들으면서 연극을 연출하고 영화에 출연하는 일은 그에게 구원과도 같은 것이겠구나 싶었다.

지난 달 25일. 라디오 녹음을 하러 가던 중 그의 부음을 들었다. 화가인 그의 아내는 지방에 있는 작업실에 있느라 화를 면했지만 집에서 혼자 잠을 자던 그는 전기누전으로 불이 나는 바람에 연기에 질식해서 쓰러졌고 숨을 거뒀다는 것이다. 너무 놀란 난 차에 비상등을 켜놓고 아무데나 주차를 한 뒤 정신없이 울었다. 불과 며칠 전에도 그가 출연한 연극을 보러 갔었는데……. 믿을 수가 없었다. 황망한 정신으로 어렵게 녹음을 마치고 빈소에 달려가니 이미 많은 사람들이 와서 그의 어이없는 죽음을 기막혀 하고 있었다. 거짓말처럼 가버린 그를 사랑했던 사람들은 내 예상을 뛰어넘을 정도로 많았고 대부분이 그의 술친구들이었다. 그래서 우린 이렇게 큰 술자리가 있는데 이항 선생님은 어디서 뭘 하시기에 안 오시느냐고 농을 던지며 웃다가, 울다가, 절망했다.

　　의사의 죽음을 슬퍼하러 온 조문객의 반 이상이 딴따라였고 60대 노인의 죽음을 슬퍼하는 술친구의 반이 20, 30대의 젊은이들이었다. 그것만 봐도 그가 얼마나 멋진 사람이었는가를 알 수 있었다. 그리고 누구나 그 앞에 서면 자신이 썩 훌륭한 사람이라고 생각하게끔 하는 신비한 능력을 갖고 있는 사람이었다. 아내와도 친구였고 딸에게도 친구였고 까마득히 어린 우리들에게도 좋은 친구였던 그는 그렇게 믿을 수 없으리만큼 어이없게 우리 곁을 떠났다. 의학계로 보나 연극계로 보나 그는 아직 할 일이 태산 같은 '젊은이'였다.

　　"선생님, 저 지혜에요. 그곳에서도 술친구 많이 만드셨나요? 먼저 간 어린 친구들과는 다시 만나셨나요? 거기서도 그 아이들 잘 돌봐주실 거죠? 선생님. 얼마 전에 제가 한 신문에 의사들 너무 불친절하고 권위적이라고 흉봤는데 선생님 같은 의사도 있다는 말을 쓰지 않은 게 너무 후회돼요. 용서해주실 거죠? 나중에 우리들도 그곳에 가게 되면 우리 또 술 먹어요. 저는 선생님이 좋아하셨던 '사랑밖에 난 몰라' 많이 불러 드릴게요. 우리들 다 갈 때까지 좋은 자리 잡아놓고 기다려주세요. 보고 싶어요. 선생님. 편히 쉬세요." (2005년 3월)

### 요즘 그는 ■■■

하늘나라에서 어린 아이들을 돌보며 잘 지내고 있을 거다. 우리가 가면 또 술 한 잔 할 좋은 장소도 알아보고 있을 테고……

그의 아내에게 전부터 망설이던 전화를 했다. 학생들에게 그림을 가르치는 그녀는 언제나 하는 강의였지만 기이하게도 그가 가기 전에 유난히 죽음에 대한 이야길 학생들에게 많이 했었다고 한다. 그러면서 박경리 선생이 하신 말씀이 죽음에 대한 가장 정확한 정의를 내리셨던 거 같다고 했는데 말씀인즉슨 '진실은 다른 게 아니라 죽느냐 사느냐이다' 라고 하셨다는 거다. 너무나 할 말 없게 만드는 말이어서 숨이 다 멎는 거 같았다. 작업은 하고 계시느냐 했더니 아직 '일어난 일'로부터 도망가느라 바빠서 작업을 할 엄두가 안 난다는 거다. 정면으로 바라볼 수가 없어서 남편 모르는 분들만 만나고 있다고 하는 그녀의 말을 듣는 순간, 아까부터 어금니가 부서져라 참고 있던 울음이 터지고 말았다. 진심으로 미안했고 당황했다. 정신없이 "죄송합니다"를 연발하며 울음을 그쳐보려 애써봤지만 수습이 되질 않아 민망하기 그지없는 통화가 되고 말았다. 수화기 너머로 들려오는 그녀의 목소린 이미 떨리고 있었지만 애써 참으며 나를 다독여줬다. 책이 나오면 지인들에게 선물하고 싶으니 많이 사야겠다며 축하한다는 덕담까지 듣고 나니 누가 누구를 위로하는 통화인지 알 수가 없어서 전화 건 손가락까지 민망해지고 말았다. 통화 말미에 자신의 마음이 안정을 찾고 나면 차 한 잔 하자는 그녀의 선선한 제의에 덜컥 그러자 했다. 그때 또 거꾸로 위로받는 결례를 저지르지 않기 위해선 어서 빨리 그를 멋지게 보내는 마음을 먹어야겠다. 하지만 오늘만큼은 목이 쉬도록 울었다. 그가 너무 보고 싶었기 때문이다.

# 염치를 지키는 우직한 감독

**김대승** 그는 내 대학 선배다. 난 87학번, 그는 86학번. 불과 한 살 '오빠'였지만 진정으로 대학생활의 가치를 느끼게 해준 몇 안 되는 선배들 중 하나였다. 가열찬 시위 현장엔 언제나 그가 있었고 국내 정치상황과는 별도로 학내 문제로 인한 시위에도 그는 항상 마이크를 잡고 있었다. 평상 시엔 조용하고 쑥스러움도 잘 타고 마음이 무척 여린 그가 집회 현장에서 보인 논리적인 말솜씨와 조용한 카리스마는 18년이 지난 지금도 잊혀지지가 않는다(젠장, 도대체 18년이란 세월이 언제 지나갔단 말이더냐). 상식이 통하는 세상이 오면 영화를 하고 싶다고 수줍게 이야기했었다. 열심히 공부하고 있는 착한(?) 후배를 꼬여서 딸기밭에서 막걸리를 사주며 인생의 '썰'을 풀어 대던 귀여운 선배이기도 했다.

투사가 되기엔 너무나 여린 감수성을 갖고 있던 그는 자기랑 똑 닮은 영화 〈번지점프를 하다〉로 데뷔를 했다. 그 영화로 그가 신인감독상을 받았을 때 난 내가 받은 것처럼 기뻤다. 그리고 또 한참의 시간이 지나 그는 두

번째 영화를 찍었다. 첫 번째 영화가 자신의 이미지와 너무도 닮은 모습이었다면 두 번째 영화는 자신의 세계관을 그대로 아니, 처절하게 고백하고 있었다. 영화를 보기도 전에 선정성 시비로 시끄럽단 소문을 접했기에 영화를 보고 나서는 할 말이 많을 것 같은 그를 뻐근한 감동을 안은 채 찾아갔다. 손에서 담배와 커피를 놓지 않는 것도 18년 전처럼 여전했고 소심한 것도 여전했고 농담할 때조차 체면과 예의를 갖추는 모습까지 여전했다.

돈 많이 들어서 제작자들이 골치 아파하는 시대물을 '감히' 택했을 때부터 그의 뚝심은 시작됐다고 봐야했다. 그리고 그 뚝심은 화면 하나하나마다 펼쳐졌다. 기대 이상의 스펙터클은 입장료를 좀 더 내야 하지 않나 싶을 정도로 화려하고 꼼꼼했다. 아니, 화려하다는 건 그에게나 그의 영화에나 어울리지 않는 표현인 거 같다. 세심하고 꼼꼼하고 정확하다고 해야 맞다. 배우들의 연기도 훌륭하고 스피드도 추리물에 걸맞게 박진감 있고 스토리와 소재도 단단했다. 하지만 정작 내가 제일 감동받은 것은 보는 사람의 양심을 건드리는 그의 연출이었다. 일반 관객들도 그걸 받아들였다. 체면에 관한 영화라는 것도 참으로 그다웠지만 스타일과 신선함에만 빠져 있는 우리 영화계에 진부하게 보일 위험을 감내하고 미련하게 던져놓은 그의 '오래된' 진정성이 먹히고 있는 것이었다.

일단 그가 선택한 염치라는 단어가 참 맘에 든다 했더니 "양심이라고 하면 너무 쑥스러울 것 같더라고" 하며 쑥스러워했다. 양심을 다뤘다고 하면 엄청난 거 같은데 염치에 대해 말하고 싶었다고 하면 덜 어색할 것 같았다는 거다. 두 단어의 차이에 대해 설명을 해달라 했다. 양심은 절대적인 의미이지만 염치라 하면 '세상의 주인은 돈이라는 걸 다 알지만 그래도 사람이 주인일 거야, 라고 믿는 그 한 가닥 믿음'이 아니겠느냐는 거다. 그러면서 이런 말하는 것조차 너무 부끄럽고 진정성이란 말조차 '사랑해'라는 말처럼 불신의 대상이 돼 버려서 입에 올리기조차 불편하다고 했다. 끊임없이 자아비판을 해대면서 자기 얘길 하는 모습이 참 80년대 학번답기도 하고 18년 전 그 소심한 선배 같기도 하다는 생각이 들어 내 입 꼬리가 비실비실 올라간다.

　　한없이 부끄러워하기만 할 것 같던 그가 목에 핏대를 세워가면서까지 흥분을 한 건 이번 영화 〈혈의 누〉의 잔인한 몇 장면에 관한 언론의 보도에 대해 얘길 할 때였다. 어느 기자가 무심코 뱉은 '선정성'이란 단어에 그는 곧 피를 토하고 죽을 사람처럼 억울해했다. 영화 본 얘길 잠깐 하자면 난 그 장면들(거열 장면과 닭 목을 실제로 치는 장면 등등)을 보지 않았다. 보기 전부터 하도 끔찍하다는 말을 들어서 원래 그런 걸 못 보기 때문에 문제(?)의 장면이 시작될 때마다 눈과 귀를 있는 힘껏 막았더랬다. 그래도 속절없이 들려오는 효과음 때문에 그 표현의 수위는 전해 받을 수 있었다. 그리고 그 표현의 수위는 그대로 범인의 원한이 되어 전해져 와 몸서리가 쳐졌다. 그게 끝이었다. 그런데 영화를 본 사람들 중 상당수와 기자 몇 명은 도가 지나치다고 생각했는지 선정적이라고 비판을 하는 모양이다.

　　"어느 감독이 사람 찢겨죽는 걸 보며 좋아하겠느냐, 그리고 그걸 보고 즐기라고 찍었겠느냐. 그 장면의 주체는 관객이 아니라 살인자의 억울한 심정이다. 원한에 의한 살인이라면 그렇게 끝까지 지켜봤을 거다. 잔인한 거 싫다고 발길을 돌리는 사람들이 얼마나 많은데 그걸 흥행을 위한 장면이라고 생각하다니 황당하다." 그의 반론이라면 반론이었다. 자기 작품을 가지고 말로 설명을 해야 하는 상황이 영화감독들에겐 제일 자존심 상하는 일이라는 걸 잘 알기에 그의 설명을 듣는 건 참으로 답답한 일이 아닐 수 없다.

　　박찬욱 감독의 말이 떠올랐다. 그는 감독에게 그 장면을 왜 그렇게 했느냐고 따지지 말라고 했다. 무슨 의미냐고 물을 수는 있지만 표현이 '틀렸다'고 시비 거는 것은 용서할 수 없다고 했다. 영화는 감독의 예술이고 남의 돈 수십 억으로 하는 작업을 허투루 했을 리가 있겠느냐는 거다. 관객 맘에 들지 않는 장면은 있을 수 있어도 '틀린' 장면이란 건 있을 수 없다는 얘기다. 백 번 옳은 얘기다. 예술가의 결과물을 보고 '싫다' '재미없다'라고 말할 순 있어도 '옳지 않다'라고 말하는 것은 옳지 않기 때문이다. 평론가나 기자들도 마찬가지다. 인간이기에 개인적인 감상이 배제될 순 없겠지만 논리 없는 비평, 애정 없는 비판 한 마디가 그 결과물 하나를 위해 몇 년을 바친 창작자에게 얼마나 큰 상처가 되는지를 명심해야 한다. 비평가와 저널리스트들은 창작자들이 없으면 존재할 수 없는 사람들이라는 것 역시 잊지 말아야 함은 물론이고.

지금 네티즌끼리는 그 장면들이 지나치게 잔인했다는 쪽과 주제 표현을 위해 꼭 필요했다는 쪽의 토론이 열리고 있다고 한다. 정답은 감독이 필요하다면 필요하다는 거다. 싫으면 나처럼 고개를 돌려서 안 보면 그만인 거다. 아예 극장엘 가지 말던가. 진정 잔인한 것은 죽음의 묘사가 아니라 탐욕으로 자신을 속이고 이웃을 죽이는 인간의 마음인 것을. 왜 사람들은 감독이 보라는 건 안 보고 손가락 끝만 보는 걸까. 물론 예술은 '무엇을' 보다 '어떻게'가 관건이긴 하다. 오히려 그렇기 때문에 더욱 예술의 표현은 '엿장수 맘'인 것이다. 그는 다른 사람도 아닌 언론이 선정성에 대해 시비를 건 것을 더 못마땅해 했다. 선정성의 대표주자인 언론이 그런 말을 할 자격이 있느냐는 것이다. 찔끔할 사람들 많을 거다.

제일 중요한 삶의 기준을 물었다. 역시 염치를 지키며 사는 것이라 했다. 사건이 일어나면 따지고 드는 대신 덮느라 정신없었던 우리 현대사야말로 염치없지 않느냐면서 언젠가는 그 염치없기 짝이 없었던 우리 현대사를 영화로 찍고 싶다고 했다. 이렇게 염치를 지키려고 애를 쓰는 감독의 스무 살과 내 스무 살이 같은 자리에 있었다는 것이 참 자랑스럽고 감사할 뿐이다. (2005년 5월)

## 요즘 그는 ■■■

세 번째 작품인 〈가을로〉 촬영 막바지에 이르러 계절을 놓치는 바람에 시나리오를 수정하고 장소 헌팅을 다시 하느라 고생 중이라 한다. 개봉이 언제냐 물으니 그건 자기 일이 아니니 알 수 없다며 자긴 그냥 열심히 만들기만 할 뿐이라고 한다. 그러면서 관객 수를 천만을 바라보고 만드는 영화가 점점 느는 현실이 무섭다면서 그렇게 되면 다양성이 죽는 거고 그러면 문화도 죽는 거라고 했다. 백 번 지당한 말이다. 전국 극장의 70퍼센트가 그 많은 개봉 영화 중 단 서너 편만으로 채워진다는 건 폭력에 가까운 거다. 다양성과 소통은 문화의 본질이 아니었던가.

그는 2006년 올해 마흔 살이 돼버렸다. 느낌? 서른 살 땐 김광석의 '서른 즈음에' 도 부르며 각별해했는데 오히려 마흔은 아무런 감흥이 없고 오로지 영화 잘 찍어야 한다는 생각밖에 없다고 한다. 그래서 마흔을 '불혹' 이라 했나? 모쪼록 그렇게 계속 세상 유혹에 넘어가지 않고 영화만 우직하게 찍어나가는 감독이길 바래본다. 지금껏 그가 그래온 것처럼 말이다.

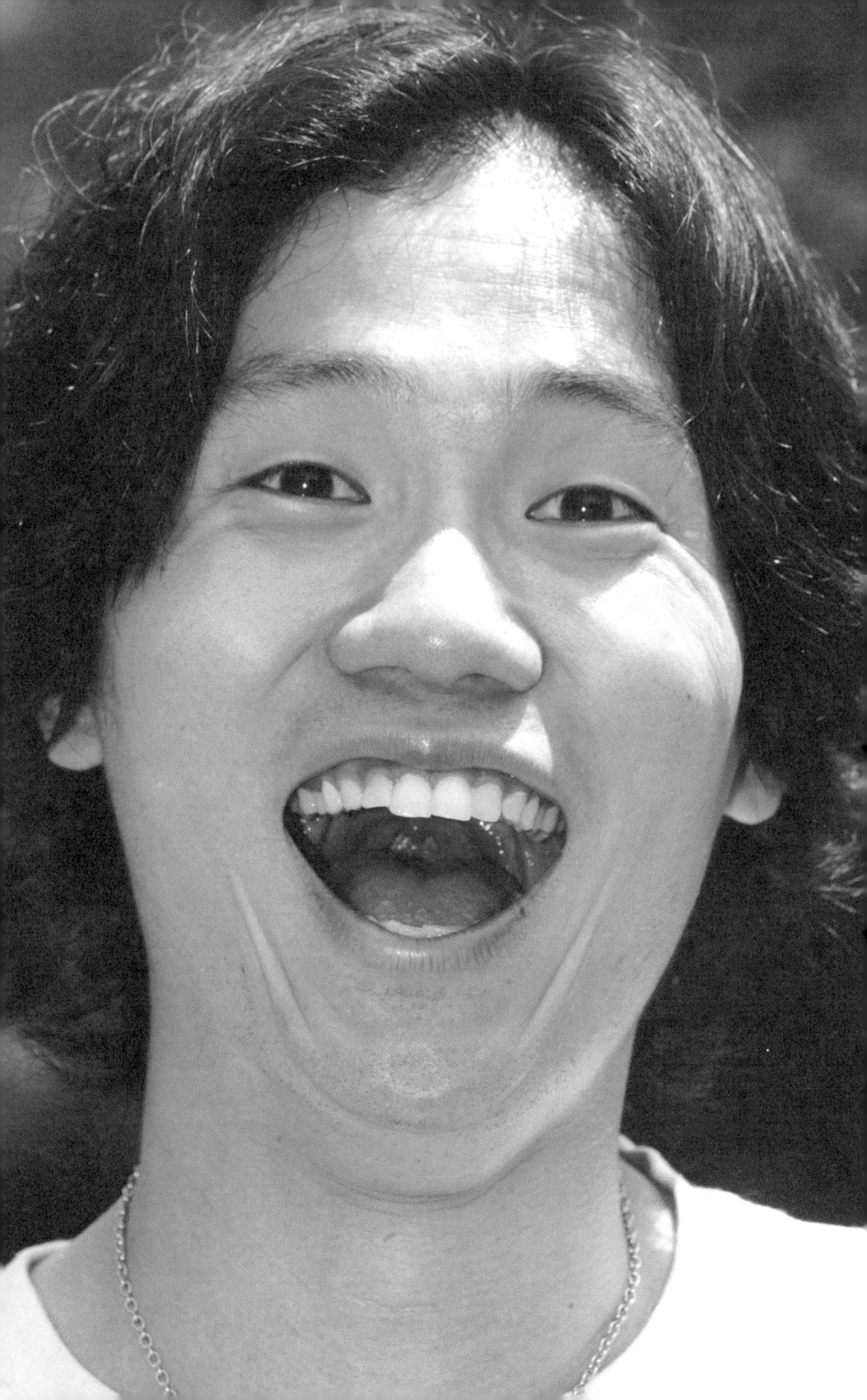

# 그 연극, '어벙'하지 않더냐

난 도무지 요즘 텔레비전에서 나오는 개그들을 이해하지 못했다. 어디서 웃어야 하는 건지를 알아차릴 수 없었고 세 살 아래 신랑이 난 하나도 웃기지 않은 장면을 보고 키득거리면 세대차이(?)마저 느낄 지경이었다. 심지어는 다섯 살 먹은 딸내미가 구사하는 유행어를 못 알아듣는 일이 종종 생기기 시작했다. 신랑은 내가 '꼰대'가 되어가고 있는 증거라고 놀려댔다. 하지만 다행스럽게도 내가 유쾌하게 웃을 수 있는 몇 안 되는 개그가 있었는데 그중 하나가 '깜박 홈쇼핑'이었다. 특히 안상태의 개그는 웃기는 건 둘째 치고 페이소스가 있는 캐릭터를 잘 살리는데다가 연극적인 발성과 연기가 보여서 '오호! 저 친구 좀 보라지!' 했다.

KBS 커피숍엔 안어벙의 막내아들쯤 되어 보이는 앳된 청년이 얌전히 앉아 있었다. 그는 내가 최근에 출연한 영화 〈안녕, 형아〉에 특별 출연한 적이 있기 때문에 매니저에게 섭외전화를 했을 때 나를 '설명'하는 차원에서 그 얘길 했거늘 정작 그에겐 그런 과정이 전달되지 않았나 보다. '시사' 주주간지에서 인터뷰를 하러 온다니깐 생뚱맞다 싶은 얼굴을 하고 있던 그가 날 보더니 "어디서 뵌 분 같은데요" 하는 거다. 아, 무안해라. 그래도 어디서 본 것 같다고 해주는 게 어딘가. 땀 삐질……

그가 개그맨이 되기 전에 오랜 시간을 길거리 개그 공연을 하며 '길거리 생활'을 했다는 건 많이 알려진 사실이다. 거리로 나섰던 이유는 자신의 성격을 뜯어 고쳐보고 싶어서였다. 부모님과 얘길 해도 조금만 대화가 길어질라치면 귀까지 벌개질 정도로 숫기가 없고 내성적이었다고 한다. 대학 초년생 때 그를 잘 모르는 친구가 엠티 때 그에게 사회를 덜컥 맡겼고 눈 딱 감고 한 번 해보자 했던 게 '먹혔다'. 그 이후로 개그는 그에게 꿈이요 사는 이유가 된다. 말하자면 스스로에게 깜짝 놀란 것이 '계기'가 된 것이다. 친구들에게 웃긴 이야기를 해주고 싶어 인터넷 유머 난을 뒤지다가 전유성 씨가 코미디를 하고 싶어하는 청춘들에게 무료로 코미디를 가르쳐 준다는 소문을 듣고 그의 제자가 된 것이 좀 더 구체적인 계기가 됐다. 첫 스승이 전유성이었다니 참 운이 좋았던 모양이다.

맘 맞는 친구들과 아무도 도와주지 않는 공연을 해댔다. 잠은 고시원에서 자고 추운 겨울에도 길에서 아이디어를 짜고 길에서 연습하고 길에서 공연을 했다. 달리는 전철에 뛰어들어 기습 개그(?)로 시민들을 어리둥절하게 (혹은 즐겁게) 하고 백화점, 편의점 등 안 들어가 본 곳이 없을 정도로 미친 듯이 사람들을 웃기려고 애를 썼다. 자신이 뭔가를 해서 사람들이 웃는 모습을 보는 게 그렇게 행복할 수가 없더란다. 그저 그 맛에 한 달에 30만 원 벌어보는 게 소원인 상황을 견뎌내던 거리의 세 청춘들은 나란히 KBS 공채 개그맨 시험을 보고 기적처럼 셋 다 합격한다. 그야말로 '열심히 하니까 되더라'의 신화가 아닐 수 없다. 그의 고향인 충남 아산시 인주면 밀두리 주민은 마을 입구에 '안상태 군의 KBS 19기 개그맨 합격을 축하합니다. 밀두리 주민 일동'이라는 플래카드를 걸었다. 그리고 그는 잠깐의 단역을 거쳐 안어병을 만난다. 꿈에 그리던 개그맨이 된 것도 얼떨떨한데 개그맨이 되지 1년도 안 돼서 완전히 '떠' 버린 것이다.

그런 그가 다시 대학로를 찾았다. 배부른 치기라는 소리도 있고 다시 돌아올 자리가 없으면 어떡하나 걱정하는 팬들도 있었다. 하지만 그런 걱정은 텔레비전에 나오는 것만이 성공한 딴따라의 상징이라고 오해하는 데서 오는 기우였다. 그가 다시 돌아온 대학로는 예전의 그 춥고 험한 길거리가 아니라 어엿한 지붕이 있고 정식 관객이 있는 극장이었다. 그것도 '안어병'이 아닌 안상태의 이름을 걸고 하는, 말하자면 모든 코미디언들이 품은 꿈의 공연을 하는 극장 말이다. 바쁜 그의 스케줄 덕에 쫓기듯 인터뷰를 한데다가 '딴따라' 인터뷰 사상 처음으로 매니저가 한 테이블에 앉아서 마치 감시당하듯 치른 인터뷰라 절대적으로 내용이 부족했다. 그래서 그의 '날카로운 턱선'에 빠져 있던 나는 인터뷰를 하는 동안 그의 인간성에마저 빠져 버렸기에 홀리듯 그의 공연장을 찾았다.

막상 공연장 입구에 도착하니 내가 보려 하는 공연이 연극인들이 그렇게 무시하고 텃세를 부리는 개그맨의 공연이라는 생각에 표를 들고 있는 손이 민망해졌다. 바쁘다는 핑계로 동료 연극인들의 공연도 자주 찾지 못해놓고 개그 공연 '따위나' 보러 다닌다고 소문이 나면 어쩌나 하는 한심한 걱정이 덜컥 들었다. 게다가 동료들 공연은 대부분 음료수 한 박스로 때우고 들어가면서 이런 '개그맨 공연'을 거금 2만 원이나 주고 보다니, 배신자가 된 거 같기도 하고 좀 쪽팔리기까지 했다. 아닌 게 아니라 극장을 안내하고 표를 파는 소위 '삐끼'들을 이렇게 가깝게 마주한 것도 처음이라 내심 어색해하고 있던 차였다.

괜히 인터뷰를 한다고 했나 하는 소심한 걱정을 하며 극장에 들어섰다. 연극쟁이 눈엔 한심할 정도로 열악한 극장 시설과 초라한 무대를 보고 겁이 덜컥 났다. 게다가 너무 작은 소극장이라 '안 온 척' 할 수도 없는 노릇 이었다. 그리고 텔레비전 개그 프로도 첨부터 끝까지 본 적이 없는 내가 한 시간 반이라는 시간을 오로지 개그만 하는 걸 견딜 수 있을까 하는 두려움 도 있었다. 무엇보다 한 시간 반 공연을 하루 4회(토요일은 5회) 한다는 스케 줄을 보고 너무 하는 거 아닌가 하는 생각에 짜증스럽기도 했다.

그러나 난 첫 장면부터 낄낄대며 즐기기 시작했다. 첫 장면은 안상태 가 나오지도 않았는데 말이다. 이제 겨우 스물여덟이라는 안상태가 최고 고 참인 듯 보이는 이 개그 쇼엔 애오라지 개그에만 인생을 올인한 듯한 열댓 명의 젊은 청춘들이 그야말로 혼신을 다해 관객을 웃기고 있었다. 텔레비전 에서 하는 허무개그 같은 걸 이해 못하는 나 같은 아줌마들을 위한 배려인 지 공연에서 보이는 그들의 개그 쇼는 논리적이었고 상황 설정도 유니크했 으며 구성도 참신하고 끼들도 넘쳐흘렀다. 마지막으로 보여주는 안상태의 힙합과 랩 실력 또한 제대로 된 '쇼'를 즐기게 하기에 충분하고도 남을 정 도로 수준급이었다.

쑥스러울 정도로 흥분된 맘으로 극장을 나서다가 그제서야 인터뷰 때 그가 했던 말이 생각났다. 대학로 연극인들의 텃세에 대해 어떻게 생각 하느냐는 내 질문에 "세상엔 여러 가지가 있다. '배제' 하지 말고 다양성을 인정해줬음 좋겠다. 연극인들이 우리들보다 모든 면에서 더 '센' 분들 아닌 가. 포용해줬음 좋겠다"라고 대답했었다. 이런 제기랄, 이제 겨우 1년 차인 개그맨 안상태보다 '예술'을 십 수 년 했다는 배우 오지혜의 그릇은 온갖 편견과 선입견으로 인해 턱없이 작았다. 이왕 이렇게 고백하는 거 대학로 동료들에게 욕먹을 각오하고 한마디 더 하자면, 안상태 쇼……, 솔직히 말 하면 너무 재밌어서 또 보고 싶을 지경이다. 가만, 연극을 보고 나서 또 보

고 싶어했던 게 몇 번이나 되더라? (2005년 7월)

## 요즘 그는 ■■■

모두 아는 사실이지만 그가 결혼을 했다. 그리고 신혼을 즐겨 볼 새도 없이 정신없이 바쁜 중이다. 각종 행사에다 영화 속 깜짝 출연, 그리고 또 작은 개그 공연들까지……. 그의 어린 신부는 학교를 계속 다니고 있는 듯했다. 각자 일하고 공부하고 짬짬이 한 집에서 만나고……. 깨가 쏟아지는 소리가 들린다. 난 그의 생일과 결혼에 작은 선물을 사무실로 직접 갖다 주는 정성을 보였다. 욘사마에 올인한 일본 아줌마에 비하면 새 발의 피지만 그래도 그는 적당히 감동해줬고 나 또한 처음 경험해보는 순수한 팬의 입장이 생각보다 꽤 즐겁다.

그는 지난 해 마지막 날, 공연을 하는 도중 내게 전화를 해서 새해 인사를 했다. 선물 고맙다는 인사를 하고 또 하고……. 참 예의바른 청년이다. 올해 모 방송에서 시작하는 시트콤에 고정으로 배역을 하나 맡았다는 반가운 소식도 전해줬다. 군인 가족 이야기인데 좀 깐죽대는 캐릭터라고 한다. 웃기는 건 기본이고 발성과 화술과 페이소스를 소화하는 능력을 다 갖춘, 그야말로 '연기'를 할 줄 아는 그에게 더 멋진 기회가 온 것 같다. 진심으로 기뻐해줬고 당연히 잘할 거라고 격려해줬다. 자기가 좋아하는 연예인이 일에서도 인생에서도 건강하게 잘 살아주고 내 정성에 반응해주는 것이 이렇게 뿌듯한 일인 줄 예전엔 미처 몰랐다. 몇 명 되진 않지만 그리고 참 소극적(?)이긴 하지만 고마운 내 팬들에게 신년 인사라도 해야겠다는 생각을 한다.

# 최광일 씨, 형 애긴 하지 말까요?

**최광일** 내가 그를 사적으로, 아니 공적이긴 하지만 어쨌든 간에 단 둘이 만난 건 처음이었다. 그가 선택한 장소는 나 역시 대학로에서 연극하던 시절 뻔질나게 드나들던 카페 학림이었다. 100년이 지나도 그대로일 것 같은 카페 문을 열고 들어서자 사장님은 나대신 늙은 모습으로 반갑게 날 맞이해주었고 100년 전에도 그 카페 바로 그 창가 자리에 앉아 있었을 법한 모습으로 최광일이 날 기다리고 있었다(내가 늦은 건 아니다. 일찍 오는 인터뷰어보다 더 일찍 오는 성실한 인터뷰이의 모습을 보이는 것이 최광일의 정체성을 아주 잘 설명해주는 대목이다).

경력 15년 차인 그의 연기를 처음 본 것은 정말 미안하게도 5년 전 〈에쿠우스〉를 보러 가서였다. 역대 앨런 중 가장 앨런 같은 모습으로 열연한 무대 위의 그의 모습은 내게 좀처럼 잊기 힘든 매력 있는 배우로 다가왔다. 〈에쿠우스〉는 자기가 사랑하는 말들의 눈을 쇠꼬챙이로 찔러 죽인 뒤 정신치료를 받는, 한없이 불안한 영혼을 가진 열일곱의 앨런을 위한 연극이다. 주인공이 바뀔 때마다 최고의 앨런이라는 수식어가 붙는 공연이지만 내가 보기엔 작고 마른 몸에 동안을 가진 외모로 보나 정확하고도 힘 있는 연기력으로 보나 그가 최고의 앨런이라고 생각된다. 이 역할을 거쳐간 당대 최고 배우인 강태기, 송승환, 조재현보다도 난 그의 앨런이 맘에 들었다. 그리고 역시 그가 더 멋진 앨런이었다고 생각하게 하는 선배 앨런 중엔 그의 친형인 배우 최민식이 있었다. 그랬다. 그는 세계가 인정한 배우 최민식의 동생인 것이다.

누구누구의 동생. 이런 수식어만큼 프로 딴따라를 김빠지게 하는 표현이 또 어디 있을까. 나 또한 유명한 배우를 부모로 두었기에 마흔을 바라보는 지금까지도 내 이름 앞엔 '누구누구의 딸'이 항상 딸려 나온다. 그게 얼마나 자존심 상하는 일인지를 누구보다도 잘 알기에 그가 원한다면 형 애긴 한마디도 안 할 수 있었다. 하지만 그는 형제끼리 수박 장사하는 거랑 다를 거 없는 거 아니냐면서 형 애긴 해도 그만 안 해도 그만이라며 되려 담담했다. 부모님 이름표를 떼고 그저 '배우 오지혜'로 찾아주길 원하는 건 내 의지대로 되는 게 아니라는 진리를 긴 가슴앓이를 지나 한참이나 늦게 깨달았던 나에 비해 그는 그런 문제는 이미 오래 전에 뛰어넘은 듯했다. 가족 중에 비교 대상이 되는 딴따라가 있다는 건 부모보다 형제의 경우가 더 힘들었을 텐데도 말이다.

동병상련의 심정으로 정말 아무렇지도 않느냐고 물었다. 15년 전 처음 연극을 시작했을 땐 솔직히 힘들었다고 한다. 하지만 그 힘든 것이 자존심 때문이었다기보다 심할 정도로 내성적인 성격 탓에 그저 쑥스러워서였다고 하니 내심 놀랍다. 헌데 연극을 시작하게 된 동기를 듣고 그럴 수도 있겠다 싶었다. '고삐리' 시절 형이 연극을 한다고 보러 오라 해서 별 생각 없이 대학로를 찾았다. 형은 현대사의 비극인 의문사를 다룬 연극에 운동권 학생을 연기하고 있었다(공교롭게도 그때 그 연극의 어머니로 나온 사람은 나의 어머니였다. 그때 그와 나는 객석에서 각자 자신의 어머니와 형의 연기를 보고 있었던 거다). '평범했던 고삐리가 천재적인 형의 연기를 보고 머리에 번개를 맞는 느낌이 들었다. 그래서 형의 뒤를 이어 배우가 되기로 결심했다.' 뭐 이런 이야기가 전개될 줄 알았다. 그때 그 공연을 본 것이 '번개'를 맞고 배우가 되기로 결심하게 된 계기가 된 건 사실이다. 하지만 그에게 '번개'를 내려준 배우는 형이 아니라 냉철한 검사로 나왔던 송영창이었다는 거다.

　　너무 뜻밖이었고 당혹스럽기까지 한 그의 고백을 듣고 나도 모르게 고개를 꺾어가며 웃어댔다. 최민식이나 송영창이나 명배우이긴 마찬가지지만 그를 배우로 만든 것이 친형이 아닌 다른 배우였다는 사실이 왜 그리도 나를 통쾌하게 했을까. 그때의 내 감정을 정신과 상담을 받으면 참 재미있는 해석이 나올 거라는 엉뚱한 상상을 하면서 기사화해도 되는지를 물었다. 어디선가 한 번 기사화가 이미 됐고 형도 그 사실을 알고 있다고 한다. 형의 반응은? "네가 뭐 그렇지 자식아" 하면서 씩 웃고 말더란다. 얼굴도 안 닮았고 이름도 돌림자를 쓰지 않아서 진짜(?) 친형제가 맞나 의심스러웠는데 어떤 일에도 시큰둥할 것 같은 그 심드렁함이 그들이 형제임을 말해주는 것 같았다.

　　남자 형제만 넷이라고 한다. 또 재밌는 건 첫째 형님과 막내는 그림을 그리고 둘째 민식과 셋째 광일은 배우라는 거다. 경찰 아버지에 여장부 어머니를 둔 그들 형제는 굿을 좋아하는 어머니 덕에 일찍부터 샤머니즘의 기를 받아 다들 '쟁이'가 된 것 같다고 너스레를 떤다. 이름이 세 번째 바뀐 건데 그것 역시 형은 잘 나가는 데 비해 자신이 오랫동안 무명으로 있는 것이 마음 쓰인 어머니의 굿 정성 덕이란다. 지금보다도 무명 시절, 어린 나이에 장가를 가서 스물다섯에 아이 아버지가 된 그는 무대 위의 시간만큼 공사현장의 현장감독으로 지냈다고 한다. 오십 보 백 보인 동료 배우들에게 카드 깡이 아닌 현금 깡(?)을 해가며 근근이 살았던 시절 그의 어머니의 맘이 헤아려졌다. 형제가 같은 일을, 그것도 세인의 사랑을 먹고사는 딴따라를 하는 것은 그 부모에게도 힘든 일일 거라는 생각을 처음으로 해봤다.

하지만 그가 그렇게 담담할 수 있는 것은 배우는 여러 직업 중 하나일 뿐이라고 생각하고 있고 대중적인 인기보다는 관객과 소통하는 것에 연기의 의미를 두고 있기에 가능했다. 자신은 '직업'을 잃은 적이 한 번도 없으며 비록 소수일지라도 짜릿한 소통을 계속 해오고 있으므로 아쉬울 것이 없기 때문인 거다. 그가 출연한 독특한 영화 〈파란만장한 남편과 철없는 아내, 그리고 태권소녀〉만 봐도 그가 이미 훌륭한 배우임을 알 수 있다. 제목만큼이나 엽기적인 그 영화의 파란만장한 남편 역은 최광일이었기에 가능했다고 믿는다. 그는 함께했던 공효진, 조은지와 함께 그 엉뚱하고도 파격적인 시나리오를 너무도 사랑스럽게 연기해냈다.

그런 그가 이번엔 96년 일본 초연 이후 세계 각국에서 번안, 공연되어 화제가 되고 있는 연극 〈빨간 도깨비〉에 출연한다. 아사히신문이 현대사회의 통렬한 자화상이라고 호평한 노다 히데끼의 작품인데 각 나라를 돌아다니며 그 나라의 정서에 맞게 각색을 한 후 현지 배우들을 캐스팅해서 공연을 하고 있고 우리나라에선 이번이 초연이다. 한국 공연 역시 히데끼가 직접 배우들을 오디션해서 뽑았는데 그 경쟁률이 무려 60 대 1이었다고 한다. 올해로 5회째를 맞는 서울국제공연예술제 참가작인 이 작품은 해안가에 표류한 한 남자가 마을사람들로부터 빨간 도깨비로 몰리면서 일어나는 에피소드를 통해 타인에 대한 몰이해와 배척이 빚어내는 비극을 우화적으로 풀어낸다고 한다.

1년 전. 나는 내게 연기를 배우는 청춘들에게 그가 출연한다는 이유

하나만으로 어떤 연극을 추천한 적이 있었다. 그의 연기는 이론을 실제로 경험할 수 있는 좋은 표본이 되기 때문이다. 한 달 후면 난 내 제자 녀석들과 그의 공연장 객석에 앉아 있을 거다. (2005년 9월)

## 요즘 그는 ■■■

우리는 흔히 어떤 이가 무언가를 너무 잘하면 '밥 먹고 저것만 했으니 잘하겠지' 라는 말을 하는데 그는 정말 밥 먹고 연극만 한다. 그러니 근황이라고 특별할 게 없다. 그래도 리플을 달자면 죽은 여가수를 추억하는 작곡가로 분하고 있는 그의 최신작 얘기보다는 딸내미 얘길 하고 싶다. 초딩 3학년이 된 딸내미 책상 위에 커플링 반지 한 세트가 놓여 있기에 자길 주려고 산 건 줄 알고 혼자 흐뭇해하고 있었는데 남자친구에게 주려고 산 거였다는 사실을 알고 충격에 빠져 있다고 한다. 아빠가 배우인 걸 자랑스럽게 생각하고 이해할 수 없는 연극이어도 재미있다고 말해주는 애인 같은 딸이었기에 그 충격은 더 컸다는 거다. 관객에겐 배신당해본 적이 없는 그이기 때문에 그 충격은 달콤하면서도 가슴이 아릿할 거다. 휴, 난 딸이어서 다행이다.

# 문화혁명을 노래하는 잔다르크 이은미

난 그녀가 좋았다. 과거형으로 표현하는 데엔 이유가 있다. 노래야 뭐 설명할 것 없이 여전히 좋았고 라이브 무대가 많아질수록 디바로서의 매력은 더해만 갔다. 하지만 '아티스트'로서도 좋아하던 맘이 어떤 계기로 인해 크게 한 풀 꺾였던 적이 있다. 내 20대 속에는 뮤지컬은 연극이 아니라는 아버지 말씀에 대들다가 집에서 쫓겨날 뻔했던 기억이 있다. '다른' 것을 '틀린' 것으로 간주하고 심지어는 그것을 남에게도 강요하는 것이 아티스트의 자세냐고 다분히 버르장머리 없이 대들었기 때문이다. 하지만 그 생각은 지금도 변함이 없다. 한데 어느 날 내가 현존하는 대한민국 최고의 디바라고 믿었던 이은미 그녀가 텔레비전 인터뷰에서 "립싱크하는 가수는 가수가 아니다"라고 하는 것이 아닌가.

인생엔 여러 모습이 있듯이 우리에겐 디바도 필요하지만 군바리들에겐 노래 따윈 중요치 않은 가수도 필요한 거라고 생각했다. 게다가 이은미 정도 되는 가수면 굳이 저런 말은 안 해도 되는 거 아닌가? 저런 얘긴 다른 사람이 해줘야 하는 거 아닌가?' 하는 생각이 들었기에 적잖이 실망을 했던 터였다. 그러면서 한편으론 서로 싸운 사이도 아니고 나 혼자 좋아했다가 나 혼자 실망한 거면서도 화해(?)의 절실함을 느끼고 있었다. 그런 말, 하지 말라고, 그런 말은 팬들이 해줄 테니 당신은 그냥 무대 위의 디바로 남아달 라고 말하고 싶었다. 그런데 얼마 전에 내게 화해의 기회가 왔다. 그녀의 새 앨범에 리드 멘트를 해달라는 부탁을 받게 된 것이다. 짧은 멘트였지만 가 문의 영광으로 알고 즐겁게 녹음을 한 뒤 기회는 찬스다 하고 인터뷰를 부 탁했다.

조용하기만 했던 학창 시절과 디스크 환자로 몇 년을 누워 보냈던 20 대 초반, 그리고 그저 음악이 좋아 음악하는 친구를 따라 갔던 카페에서 영 업 후 장난스레 부르던 노래 때문에 우연히 가수가 된 사연들을 들었다. 그 누군가를 키운 팔 할이 바람이었다면 그녀를 키운 팔 할은 좋은 선배들이었 다 싶을 정도로 이름만 들으면 진짜 쟁이다 할 음악인들이 모두 그의 스승 이자 선배였다. 노사모 회원이 됐던 이유는 이 썩은 사회를 '뿌리부터 뒤흔 들어 줄 사람'인 것 같아서였다는 얘기도 들었다. 무대 위의 열정은 다른 데 서 나오는 것이 아니라 삶의 진정성에서부터 나오는 것이라는 걸 확인 또 확인할 수 있었을 정도로 그녀는 이 세상이 '기본'이 지켜지지 않고 있는 데에 너무도 순진하게 그러나 무섭게 화를 내고 있었다.

이쯤에서 고백을 했다. 좋아했다가 실망했었다는 고백을. 그리고 왜 그랬냐고, 지금도 그렇게 생각하느냐고 물었다. 그녀는 여전히 단호했다. 그러면서 그녀는 자신의 철학을 조목조목 설명해줬다. "얼굴과 몸매로 승 부하는 가수도 필요하다는 걸 인정한다. 하지만 너무 심하게 편중되어 있는 게 문제다. 음반 녹음할 때 딱 한 번 노래해보고 평생 그 노랠 직접 부를 기 회를 갖지 않는 걸 어떻게 '가수(사전: 노래하는 걸 업으로 삼는 사람. 필자 주)'

라 할 수 있겠는가? 내가 하도 떠들고 다니니까 방송국에서 나를 보는 '붕어' 들은 쪽팔려서 구십도 각도로 인사하고 도망가기 바쁘다." 난 반론을 제기했다. 자본의 논리를 너무 무시하는 거 아니냐, 대중이 그런 가수를 원하는데 그럼 어떻게 하느냐고. 그녀는 "그래도 가수는 노래를 하는 걸 가수라고 하는 거다"라고 대답했다. 마치 '그래도 지구는 돈다'고 외치는 갈릴레이를 보는 것 같았다.

한데 계속 '화해'를 시도하다가 오해가 있었음을 알았다. "그래도 당신은 노랠 잘하니까 그런 얘길 쉽게 할 수 있는 거 아닌가?"라고 물으니 예전에 그렇게 대드는 후배의 따귀도 때린 적이 있다면서 펄쩍 뛴다. "노랠 '잘' 하라는 게 아니다. 어떤 노래가 잘하는 노래라고 누가 말할 수 있겠는가? 내가 언제 나처럼 노랠 잘해야 진짜고 못하면 가짜다, 라고 했나? 노래 스타일엔 여러 가지가 있으니까 춤을 추든지 성형을 하고 광고에 나오는 표정을 짓든지 간에 일단 무대 위에 섰으면 직. 접. 노. 랠. 부. 르. 라. 는 얘기다. 그게 뭐가 어렵나? 그냥 '열심히' 부르면 되는 거고 그게 가수의 기본 아닌가?" 그랬다. 난 오해를 했던 거다. 난 그녀가 일종의 '잘난 척'을 하는 줄 알았다. 그리고 외모로만 연예인을 판단하는 것을 '안 예쁜 여가수' 로서 시샘하는 줄 알았다. 이은미를 잘못 봤어도 한참 잘못 본 거였다. 사람은 모든 걸 자기 기준으로만 재단한다더니 내가 그랬다. 내가 '연기도 못하면서 얼굴만 예쁜 것들이……' 하는 못난 생각을 하고 있었기에 그녀도 그런 줄 알았다. 그녀의 아티스트로서의 자질과 순수성을 나와 비슷한 수준으로 오해했던 것이 미안하기 짝이 없었다. 그녀가 악을 써대며 주장하는 것들은 그런 게 아니었다. 못하든 잘하든 제발 무대 위에서 관객들에게 사기치지 말자는 거였다.

오해가 풀린 건 당연한 거였고 팬들이 왜 그녀를 좋아하는 데서 그치지 않고 '존경'까지 하는지를 알게 됐다. 적이 많으시겠어요, 하니 당연하죠, 라는 대답이 오버랩으로 날라온다. 반면 자신을 끔찍이 아껴주는 음악인들과 팬들도 많기 때문에 그 힘으로 살아간다고 한다. 그렇게 적을 스스로 생산하며 가는 곳마다 '붕어'들을 혼내는 삶이 피곤할 법도 해서 계란으로 바위 치기 아닐까요, 하고 물으니 "그래도 바위에 계란 물이라도 묻잖아요"라고 대답한다. 그러면서 자긴 여전히 무대 위의 가수로서 꿈을 꾸고 있고 그 꿈을 잃게 되는 날은 가수를 그만두는 날이 될 거라고 했다.

방송국 '윗선'들에게도 주먹질을 해댔다. 언제까지 그렇게 대중에게 질질 끌려다니기만 할 거냐, 그게 지식인이 할 일이냐, 창피하지 않은가, 라고……. 아! 멋지다! 얼마 전 문광부 장관이 주는 젊은 예술가 상을 받은 사연도 그녀다웠다. 전국에 있는 '문화예술회관'들이 권위적이고 행정 위주로 운영돼서 그 지역 출신의 이름 모를 바이올린 연주자에겐 대관을 해도 '딴따라'에겐 너무도 인색한 관행에 대해 문광부에 직접 '쳐들어가서' 따졌단다. 정책 과시용 건물은 이제 제발 그만 지어라, 큰 극장 하나 지을 돈으로 작은 극장 여러 개를 지어달라, 한꺼번에 수천 명을 매회 채울 가수는 우리나라에 서너 명밖에 안 된다, 그럼 그밖에 가수들은 어디 가서 노랠 하란 말인가, 지방 사람들에게도 노래를 라이브로 듣는 것이 얼마나 즐거운 일인지를 경험하게 해주는 것이 진정한 문화혁명 아니겠느냐고, 왜 이 좋은 극장들의 빗장은 이리도 쓸데없이 무겁냐고.

그녀는 내달부터 6개월 동안 전국의 '문예회관' 투어 공연을 한다. 내가 박수를 치니까 "지혜 씨, 거 봐요. 계란으로 바윌 쳤는데 이렇게 됐어요. 우린 자꾸 외쳐야 해요"라며 쑥스럽게 그러나 뿌듯하게 웃었다. 지난 공연 땐 그녀가 문화혁명이라고 쓴 깃발을 높이 쳐들고 있고 그 뒤를 군중이 따르는 그림이 포스터로 그려졌다고 한다. 그리고 그녀의 팬들이 맞춰

입은 티셔츠엔 '문화혁명'이라고 쓰여 있었단다. 그녀의 전생이 잔다르크였던 게 아닐까 하는 생각이 들었다. 훗날 그녀의 혁명이 성공하는 날이 왔을 때 부끄럽지 않게 나도 오늘부터 계란 몇 개씩을 좀 가지고 다녀야겠다는 생각을 하며 잔다르크와 헤어졌다. (2005년 11월)

### 요즘 그녀는■■■

6집 음반을 홍보하면서 공연도 하고 있다. 텔레비전에도 얼굴을 내밀지만 오롯이 라이브만 전문적으로 하는 프로그램에만 출연한다. 6집 음반 '마 농 딴 떼'는 여러 장르들의 음악을 다양하게 시도해보고 리메이크한 노래들로 구성돼 있는데 난 개인적으로 내가 리드 멘트를 넣었던 '세월이 가면'이란 리메이크 곡이 제일 맘에 든다. 내 멘트는 너무 짧아서 곡에 별 영향을 미치진 못하지만 그녀의 목소리와 악기 구성은 사랑에 대한 추억을 이렇게 제대로 표현해낼 수 있을까 싶게 좋다. 혼자만의 사랑을 간직한 사람이라면 이백 퍼센트 공감할 감성적인 대사와 멜로디가 일품인 '애인 있어요'도 참 좋다. 보사노바 풍이지만 샹송 느낌이 나는 '날아라 제임수 딘'도 비 오는 날 창 넓은 카페에서 인적 드문 거리를 바라보며 듣기 딱이다. 그녀의 시디를 차에 넣고 다니기 때문에 글을 쓰고 있는 지금은 인터넷을 통해 듣고 있는데 한 게시판에 누군가가 올려놓은 댓글엔 이렇게 쓰여 있었다. '가수라는 말이 가장 잘 어울리는 사람입니다. 당신을 사랑합니다.'

# 나는 그가 덜 행복했으면 좋겠다

사양하고 싶었다. 친구 사이에 괜한 틈이 생길까 저어되기도 했지만 그의 파란만장 인터뷰에 밋밋한 내 글이 실려 비교당하는 건 아무래도 창피하다. 사실 인터뷰야말로 내 밥벌이 도구 아닌가. 인터뷰어로 지목당한 영광을 저버리고 약간 저항해봤으나 도리 없다.

역시 난 근심 많고 소심한 A형이다. 그와 인터뷰 약속을 잡아놓고 〈딴따라가 좋다〉의 최종 원고를 다시 읽어보니 '요즘 그(녀)는'이란 꼭지를 추가해두었다. 인터뷰했던 딴따라들의 최근 동향을 다시 취재해 쓴 보론이다. 시의성 놓친 인터뷰 모음이란 지레짐작을 취소할 밖에. 사실 〈씨네21〉의 오랜 연재물 '내 인생의 영화'를 책으로 묶어낸다고 할 때도 속으론 그랬다. '그럴 듯 해보이기만 하지 이런 모듬 글이 돈이 되겠어? 마음의 양식이 되겠어?' 물론 내가 틀렸다. 꾸준히 잘 팔리기도 하지만 심심풀이 삼아 다시 보니 읽을수록 진국이다. 연재로 실리는 짧은 글의 개별성과 그것들이 모여 이룬 작은 보편성의 차이랄까. 자기 고백성으로 쉽게 써놓은 영화에

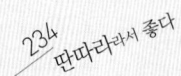

대한 글들을 이어 읽으니 영화철학서가 따로 없다. 연재글을 하나씩 읽을 때 몰랐으나 죽 이어가며 읽어보니 이건 삶의 고뇌와 지혜가 묻어 있는 배우론이자 인생참고서다. 오지혜라는 배우의 내장을 삭히던 초조함과 불안들이 들쑤셔낸 푸닥거리 한판이다. 그가 만나고 다닌 딴따라들은 자기 내부에 있던 말을 끄집어내고 자기 식으로 세상을 묘사하기 위한 일종의 핑계다. "신나서 굿하듯, 살풀이처럼 썼다"는 말은 새길수록 부럽다. 살풀이처럼 풀어낼 글이 과연 내 속에 있기나 하단 말인가.

　　　연재가 한창일 때, 자기 친한 딴따라만 만난다는 비판이 있었나 보다. "글 마렵지도 않은 딴따라를 뭐하러 만나나. 친한 사람만이 볼 수 있는 아우라가 있고 그걸 쓴 거다. 이게 아니라고 본다면, 틀린 글이 아니라 싫어하는 글이라고 말해달라." 글이 마렵다고 스스로를 묘사하는 글쟁이는 많지 않다. 문소리를 인터뷰해 글을 써달라는 청을 처음 넣었을 때, 이건 배우에 대한 예의가 아닐 수 있다 싶었다. 하여 기쁘게 나와준 오지혜가 고마웠으나 수첩을 탁자 위에 올렸다 내렸다 안절부절 못하며 메모는커녕 문소리와 깔깔거리며 떠들기 바쁜 그를 보며 불안했다. 아니, 저래서 인터뷰 글이 나오긴 할까. 내가 섭외해 놓고도 그의 놀라운 기억력과 필력을 미처 알아보지 못했던 터였다. 나는 그가 배우의 멍에보다 글쟁이의 운명을 타고 난 게 아닐까 가끔 생각한다.

　　　좋은 글은 고통의 산물이라던데 오지혜 글의 기원 역시 그랬다. 그토록 오랜 시간을 통증 노이로제에 시달려왔는지 몰랐다. 사춘기 때 별명이 '오 졸도'라 불릴 만큼 툭 하면 쓰러졌다고 한다. 지병처럼 된 디스크가 문제였지만 심한 빈혈과 시력 저하가 부록처럼 따라다녔다. 열다섯에 팔을 들어올리지도 못하는 오십견에 시달렸다는 건 좀 끔찍하다. 긴 시간 앓아본 이들은 알겠지만, 통증 노이로제는 우울증을 일으킨다. 우울증을 이겨낸 건

책 읽기와 글쓰기였다. 황지우 시를 읽으며 그도 시를 썼고, 고통 속에 갈고 닦은 그의 시는 고교 시절 화제를 일으켰다.

그의 글이 폼잡지 않듯 그 역시 폼 잡을 줄 모른다. 그의 표현을 빌리 자면, 우리는 서로가 신인일 때 만났다. 〈한겨레〉 문화부로 발령받은 나의 첫 '나와바리'는 연극이었고, 뮤지컬 〈지하철 1호선〉에 빠져 일곱 번쯤 보 러다녔을 때였다(그때 봤던 황정민, 장현성의 에너지는 지금도 생생한 느낌으로 남 아 있다). '걸레' 역의 오지혜를 인터뷰한다고 처음 만났는데 그의 경계 없는 흡인력에 사정없이 빨려들어갔다. 그는 나를 수더분한 친구로 정해버렸고, 그 느낌의 관계로 10여 년이 흘렀다. 그때 받았던 사람 대하는 느낌이 지금 이라고 달라지지 않았다. 늘 비슷한 함량의 웃음과 수다로 사람을 푹 젖게 한다. 아줌마 배우가 됐지만, 스타일이 더욱 세련돼졌다는 게 다르다면 다 를 뿐.

그가 좀 덜 친절하고 덜 정의로웠으면 좋겠다는 생각을 가끔 한다. 〈딴따라라서 좋다〉에 가장 많이 등장하는 공통 질문은 노무현 대통령에 관 한 것이다. 연극 기자 시절, 당시의 대학로 권력이던 연극협회를 '조지는' 기사를 썼을 때, 연락 없던 그가 달랑 편지 한통을 보내왔다. 이건 이래서 동감이고 저건 저러니 요건 요래야 하지 않느냐는 공분의 글이었다. 그것도 하필 연필로 쓴. 오지혜가 속으로부터 자연스레 정의감이 흘러나오는 사람 이라는 걸 여러 번 겪어본 터라 노무현에 대한 질문들이 어떤 기대에서 쏟 아졌는지 익히 짐작이 갔다. 스크린쿼터를 자존심도 없이 반으로 툭 꺾어 바친 그가 얄미운지라, 게다가 그 FTA라는 게 어떤 계급에게 보다 더 이로 운 것인지 대통령 자신이 잘 알고 있을 터라 지금의 노무현에 대해 거꾸로 물었다. "화장실 들어갈 때하고 나올 때 다르다더니…… 탄핵 때는 눈물까 지 날 정도였는데…… 그래도 사람 노무현은 여전히 좋아한다. 살아 있는 말을 하는 대통령은 처음이기도 하고." 역시 오지혜는 정의롭다. 그리고 친절하다. 원대한 미래의 꿈은 없다지만 지금의 이 행복한 가정과 삶을 준 세상에게 빚을 갚아야 한다는 강박감을 놓을 수 없단다. 그는 '강박감'이란 단어를 여러 번 썼다. 어린 딸 앞에서, 어린 후배들 앞에서 그가 행하는 작은 정의감과 친절함의 사례를 여기에 열거하는 건 재미없는 일이다. 난 그가 좀 덜 친절하고 덜 정의로우면, 좀 더 독하고 진한 글과 연기를 내뿜지 않을까 상상한다.

통증 노이로제로 인한 두려움도 작용했다고 하지만, 어머니이자 선배 배우인 윤소정 여사가 그토록 성형하자고 꼬셨건만 신인배우 오지혜가 한사코 거부한 건 그놈의 정의감의 파편 때문일 것이다. 그랬다면 예쁜 것들만 찾는 충무로에 절망해, (그즈음이 〈와이키키 브라더스〉 출연 전이다) 3일 동안 배우 직을 혼자서 사직했다 스스로 그냥 되돌아온 경험도 안 생기지 않았을까.

"괴로운 건 없는데 나만 즐거우면 뭐해. 세상 참 엿 같다. 그냥 열심히 꾸리는 이 일상에서 손을 탁 놓고 싶을 때가 있지 않나." 이럴 때도 있지만 그는 무척 행복해보이고, 행복하다고 강변한다. 나는 그가 덜 행복했으면 좋겠다. 덜 행복해서 나오는 차가운 시니컬로 '오지혜가 만난 딴따라' 혹은 '오지혜가 만난 정치꾼' 혹은 '오지혜가 만난 글쟁이' 같은 걸 계속 써줬으면 좋겠다. 못된 친구다. 할 수 없다. 그보다 글을 못 쓰니 솔직해지기라도 할밖에.

**이성욱** | 〈씨네21〉 기자

**사 진 저 작 권** 문소리ⓒ오계옥 명계남ⓒ박승화 김창완ⓒ김종수 윤도현ⓒ강재훈 김윤아ⓒ김종수 이상우ⓒ이용호 배칠수ⓒ류우종 이상은ⓒ박승화 권미형, 공상아ⓒ이용호 이대연ⓒ이혜정 이호재ⓒ류우종 이정은ⓒ류우종 박해일ⓒ김진수 장진ⓒ박승화 배두나ⓒ정용일 윤여정ⓒ정용일 방은진ⓒ이용호 성지루ⓒ류우종 김성녀ⓒ김진수 박광정ⓒ류우종 김지운ⓒ류우종 류승범ⓒ박승화 홍기유ⓒ류우종 이경실ⓒ김진수 김미화ⓒ박승화 최형인ⓒ김진수 김Cⓒ정용일 기주봉ⓒ박승화 황정민ⓒ류우종 윤민석ⓒ박승화 양희은ⓒ김진수 김대승ⓒ박승화 안상태ⓒ박승화 최광일ⓒ윤운식 이은미ⓒ류우종 오지혜ⓒ이선화

딴따라라서 좋다

**초판 1쇄 발행** 2006년 4월 15일 **2쇄 발행** 2006년 11월 28일
**지은이** 오지혜 **펴낸이** 이기섭 **편집장** 김수영 **기획편집** 김윤정 김윤희 조사라 **마케팅 부장** 조재성 성기준 김기숙 **디자인** DesignZoo

**펴낸곳** 한겨레출판(주) **등록** 2006년 1월 4일 제313-2006-00003호 **주소** 121-750 서울시 마포구 공덕동 116-25 한겨레신문사 4층 **전화** 마케팅 02-6383-1602~3 **기획편집** 02-6383-1607~9 **팩시밀리** 02-6383-1610 **홈페이지** www.hanibook.co.kr **전자우편** book@hanibook.co.kr

ISBN 89-8431-185-5  03810